Lola e o Garoto da Casa ao Lado

Stephanie Perkins

Lola e o Garoto da Casa ao Lado

A fórmula perfeita para a paixão e o humor.

Tradução

Robson Falchetti Peixoto

Novo Conceito

Esta é uma obra de ficção. Nomes, personagens, lugares e acontecimentos descritos são produtos da imaginação do autor. Qualquer semelhança com nomes, datas e acontecimentos reais é mera coincidência.

4ª Impressão — 2013

Produção editorial:
Equipe Novo Conceito
Impressão e Acabamento Arvato Print 161013

Este livro segue as regras da Nova Ortografia da Língua Portuguesa.

Dados Internacionais de Catalogação na Publicação (CIP)
(Câmara Brasileira do Livro, SP, Brasil)

Perkins, Stephanie
Lola e o garoto da casa ao lado / Stephanie Perkins; tradução Robson Falchetti Peixoto. -- Ribeirão Preto, SP: Novo Conceito Editora, 2012.

Título original: Lola and the boy next door.
ISBN 978-85-8163-053-3

1. Ficção norte-americana I. Título.

12-12037 CDD-813

Índices para catálogo sistemático:
1. Ficção : Literatura norte-americana 813

Novo Conceito

Rua Dr. Hugo Fortes, 1.885 — Parque Industrial Lagoinha
14095-260 — Ribeirão Preto — SP
www.editoranovoconceito.com.br

Para Jarrod, meu melhor amigo & verdadeiro amor.

Capítulo 1

Tenho três desejos bem simples. Sem dúvida, pedir por eles não é demais.

O primeiro é participar do baile de inverno vestida de Maria Antonieta. Quero uma peruca que de tão trabalhada poderia engaiolar um pássaro e um vestido tão largo que eu só serei capaz de entrar no salão através de portas duplas. Mas, quando eu chegar lá, vou segurar as saias no alto para revelar um par de coturnos de plataforma, só para que todo mundo veja que, por baixo dos babados, sou durona feito *punk rock*.

O segundo é que meus pais aprovem meu namorado. Eles o odeiam. Odeiam seu cabelo descolorido, sempre com raízes escuras, e odeiam seus braços, tatuados com teias de aranha e estrelas. Dizem que ele tem um ar de superioridade e um sorrisinho presunçoso. E estão fartos de ouvir a música que ele toca explodindo de meu quarto e cansados de brigar por causa da hora que eu devo voltar para casa sempre que saio para ver a banda dele tocar em clubes.

E meu terceiro desejo?

Nunca, jamais, em hipótese alguma, voltar a ver os gêmeos Bell. Nunca mais.

Então prefiro falar de meu namorado. Estou ligada que não é nada legal desejar a aprovação dos pais, mas, falando honestamente, minha vida seria muito mais fácil se eles aceitassem que Max é *o cara*. Isso significaria o fim das restrições constrangedoras, dos telefonemas infalíveis de hora em hora que melam nossos encontros e — o melhor de tudo — o fim do café da manhã de domingo.

O fim de manhãs como esta.

— Mais um *waffle*, Max?

Meu pai, Nathan, faz a pilha dourada de panquecas deslizar sobre nossa mesa rústica na direção de meu namorado. Na real, isso não é uma pergunta. É uma ordem, para que meus pais possam continuar com o interrogatório antes de darmos no pé. Nossa recompensa por aturarmos o café? Um encontro mais sossegado na tarde de domingo, com menos ligações.

Max pega dois *waffles* e se serve da calda caseira de framboesa e pêssego.

— Obrigado. Incrível, como sempre.

Ele derrama a calda com cuidado, uma gota em cada quadradinho. Apesar das aparências, Max é cauteloso por natureza. É por isso que ele nunca bebe ou fuma maconha nas noites de sábado. Ele não quer chegar aqui com cara de ressaca, que é, evidentemente, o que meus pais estão esperando. Prova de devassidão.

— Agradeça ao Andy. — Nathan estica o queixo na direção de meu outro pai, que administra um negócio de tortas em nossa casa. — Foi ele quem fez.

— Delicioso. Obrigado. — Max nunca perde o rebolado. — Lola, está satisfeita?

Eu me espreguiço e as pulseiras de baquelita que ocupam quase 18 centímetros de meu braço direito chocam-se levemente umas contra as outras.

— Sim, como já estava há vinte minutos. Vamos. — Eu me viro e apelo a Andy, o candidato mais propenso a nos liberar antes da hora. — A gente pode ir agora?

Ele pisca os olhos com inocência.

— Mais suco de laranja? Omelete?

— Não. — Luto para não desleixar na postura. Desleixo não é nada atraente.

Nathan espeta outro *waffle*.

— Então. Max. A quantas anda o mundo fascinante da leitura de registros?

Quando Max não está sendo um deus da cena *indie* e punk e do rock de garagem, ele trabalha para a cidade de São Francisco. Nathan se irrita com o fato de que Max não demonstra interesse nenhum em fazer faculdade. Mas o que meu pai não compreende é que Max é realmente brilhante. Ele lê complicados livros de filosofia escritos por pessoas cujos nomes não consigo sequer pronunciar e assiste a uma penca de inflamados documentários políticos. Com certeza eu não entraria em um debate com ele.

Max sorri educadamente e suas sobrancelhas escuras se erguem um tiquinho.

— O mesmo que na semana passada.

— E a banda? — pergunta Andy. — Um executivo de gravadora não deveria aparecer na sexta-feira?

Meu namorado franze o cenho. O cara da gravadora nunca apareceu. Max coloca Andy a par do próximo álbum do Anfetamina enquanto Nathan e eu trocamos olhares ameaçadores. Não há dúvida de que meu pai está desapontado por, mais uma vez, não ter encontrado qualquer coisa que incriminasse Max. Fora o lance da idade, claro.

Que é a verdadeira razão de meus pais odiarem meu namorado.

Eles odeiam o fato de eu ter 17 anos e Max, 22.

Mas sou firme na crença de que idade não importa. Além disso, são apenas cinco anos, bem menos que a diferença de idade entre meus pais. Embora não adiante apontar esse detalhe, nem o fato de que meu namorado tem a mesma idade que Nathan tinha quando eles começaram a namorar. Isso só vem botar mais lenha na fogueira. "Eu posso até ter tido a idade dele, mas Andy tinha 30", Nathan sempre diz. "Não era um adolescente. E nós dois tivemos vários namorados antes, muita experiência de vida. Você não pode se precipitar nessas coisas. Tem que ser cuidadosa."

Mas eles não se lembram do que é ser jovem e estar apaixonada. É claro que posso me precipitar nessas coisas. Quando se trata de alguém como Max, eu seria estúpida se não me jogasse de cabeça. Minha melhor amiga acha engraçado que meus pais sejam tão rígidos. Afinal de contas, um casal gay não deveria se compadecer com a tentação oferecida por um namorado sexy e um tantinho perigoso?

Isso está tão longe da verdade que chega a doer.

Não importa que eu seja a filha perfeita. Não bebo, não uso drogas e nunca fumei um cigarro sequer. Nunca bati o carro deles — nem mesmo posso dirigir, por isso também não pagam altas taxas de seguro — e tenho um trabalho decente. Tiro boas notas. Bem, fora Biologia, mas é por princípio que me recuso a dissecar aquele feto de porco. E só tenho um furo em cada orelha e nenhuma tatuagem. Ainda. E nem tenho vergonha de abraçar meus pais em público. Exceto quando Nathan usa uma testeira absorvente quando sai para correr. Porque francamente!...

Tiro meu prato da mesa, na esperança de acelerar as coisas. Hoje, Max vai me levar a um dos meus lugares favoritos, o Japanese Tea Garden, e depois vai me deixar de carro no trabalho para o turno da noite. E espero que, entre uma parada e outra, a gente passe um tempinho agradável juntos em seu Chevrolet Impala 1964.

Eu me apoio na bancada da cozinha, sonhando com o carro de Max.

— Estou chocado por ela não estar vestindo o quimono — diz Nathan.

— Quê? — Odeio quando estou com a cabeça nas nuvens e percebo que as pessoas estavam falando de mim.

— Pijamas chineses para ir ao Japanese Tea Garden — continua ele, apontando para minhas calças de cetim vermelho. — O que as pessoas vão *pensar*?

Não acredito em moda. Acredito em figurino. A vida é curta demais para sermos a mesma pessoa todos os dias. Reviro os olhos para mostrar a Max que estou ligada que meus pais estão ali bancando os babacas.

— Nossa pequena *drag queen* — diz Andy.

— Essa é nova. — Eu tiro o prato dele e jogo a sobra dentro da tigela de Betsy. Os olhos dela se arregalam e a cachorrinha abocanha de uma só mordida os restos de *waffle*.

O nome completo de Betsy é Heavens to Betsy[1] e nós a salvamos da "carrocinha" há muitos anos. Ela é uma vira-lata com porte de *golden retriever*, mas na cor preta. Eu queria um cachorro preto, pois uma vez Andy recortou um artigo de revista — ele *sempre* recorta artigos, geralmente sobre adolescentes que morrem de overdose, ou contraem sífilis, ou ficam grávidas e abandonam a escola — que dizia que cachorros pretos são sempre os últimos a serem adotados em abrigos e, portanto, correm mais risco de serem sacrificados. O que consiste em caso nítido de racismo canino, se me perguntarem. Betsy é um amor que só vendo.

— Lola. — Andy está fazendo cara feia. — Ainda não terminei.

— Então, pegue outro prato.

— *Lola* — diz Nathan, e eu dou um prato limpo para Andy. Sinto que estão prestes a fazer uma cena na frente de Max quando, de repente, eles olham para Betsy, que parece implorar mais *waffles*.

— Não — digo a ela.

— Você já a levou para passear hoje? — Nathan me pergunta.

— Não, o Andy levou.

---

[1] Heavens do Betsy é o nome de uma banda norte-americana independente de punk rock, formada em 1991 e que fez parte do movimento feminista punk rock conhecido como *riot grrrl*. Essas bandas abordavam temas como racismo, patriarcado e violência doméstica. (N. P.)

— Mas isso foi antes de eu começar a cozinhar — diz Andy. — Ela está pronta para outra caminhada.

— Por que não a leva para um passeio enquanto terminamos aqui com o Max? — pergunta Andy. Mais uma ordem, não uma pergunta.

Olho de relance para Max e ele fecha os olhos como se não pudesse crer que meus pais estejam, mais uma vez, lançando mão desse artifício.

— Mas, pai...

— Sem "mas". Você quis a cachorra, você a leva para passear.

Essa é uma das máximas de Nathan que mais me irritam. Em tese, Heavens to Betsy deveria ser minha, mas, em vez disso, ela teve o descaramento de cair de amores por Nathan, o que aborrece Andy e a mim imensamente. Pois somos os únicos que a alimentam e a levam para passear. Apanho os saquinhos biodegradáveis e a coleira dela (que bordei com corações e bonequinhas russas) e ela já vai ficando toda serelepe.

— Sim, sim. Vamos lá.

Lanço a Max outro olhar de desculpas. Então, Betsy e eu saímos.

São 21 degraus de nossa varanda até a calçada. Aonde quer que se vá em São Francisco, você tem que enfrentar degraus e colinas. Está muito quente aqui fora e é por isso que, junto com as calças de pijama e as pulseiras de baquelita, estou usando uma regata. Também estou com meus óculos de sol estilo Jackie Onassis, brancos e gigantes, uma longa peruca morena com pontas verde-esmeralda e sapatilhas pretas de balé. Sapatilhas de balé *de verdade*, não esses sapatos baixinhos que só parecem sapatilhas de balé.

Minha resolução de Ano-Novo foi nunca usar a mesma roupa duas vezes.

É gostosa a luz do sol em meus ombros. Tanto faz que seja agosto; por causa da baía, a temperatura não se altera muito ao longo do ano. Está sempre fresco. Hoje, porém, estou grata pelo clima peculiar, pois isso significa que não vou precisar levar um suéter para meu encontro.

Betsy faz xixi sobre a pequena porção de grama que há na frente da casa de cor lavanda e estilo vitoriano que fica ao lado da minha — ela sempre faz xixi nesse lugar, o que eu aprovo totalmente — e seguimos adiante. Apesar dos pais que me dão nos nervos, eu sou feliz. Tenho um encontro romântico com meu namorado, uma ótima relação com meus colegas de trabalho e mais uma semana de férias de verão.

Subimos e descemos a grande colina que separa minha rua do parque. Ao chegarmos, um senhor coreano em seu agasalho de veludo de algodão nos cumprimenta. Ele está fazendo *tai chi* entre as palmeiras.

— Olá, Dolores! Como foi de aniversário? — O Sr. Lim é a única pessoa, fora meus pais (quando estão bravos), que me chama por meu verdadeiro nome. Sua filha, Lindsey, é minha melhor amiga; eles moram algumas ruas adiante.

— Oi, Sr. Lim. Foi ótimo! — Meu aniversário foi semana passada. Ele vem antes do de todo mundo de minha série, o que eu amo. Isso me dá um ar de maturidade. — E o restaurante?

— Vai muito bem, obrigado. Todo mundo pedindo *galbi*[2] esta semana. Até mais, Dolores! Diga a seus pais que mandei um olá.

Esse meu nome de senhora é porque meus pais quiseram homenagear uma. Minha bisavó Dolores Deeks morreu uns anos antes de eu nascer. Ela era a avó de Andy e era extraordinária. O tipo de mulher que usava chapéus emplumados e marchava em protestos pelos direitos civis. Dolores foi a primeira pessoa para quem Andy saiu do armário. Ele tinha 13 anos. Os dois eram muito ligados e, quando morreu, ela lhe deixou sua casa. É nessa casa que vivemos, na casa verde-hortelã de estilo vitoriano de Bisa Dolores, no bairro do Castro[3]. O que nunca seríamos capazes de nos permitir sem seu generoso legado. Meus pais levam uma vida boa, mas nada como os vizinhos. As casas bem conservadas de nossa rua, com suas cornijas triangulares decorativas e sua extravagante ornamentação de madeira, vêm todas de famílias nobres. Incluindo a casa de cor lavanda que fica ao lado.

Meu nome também é igual ao deste parque, Mission Dolores. Não é mera coincidência. Bisa Dolores ganhou o nome de uma missão aqui das proximidades, que por sua vez ganhou o nome de um riacho chamado Arroyo de Nuestra Señora de los Dolores. Pois quem não gostaria de ter o nome de um riachinho deprimente? Como se não bastasse, por aqui também tem uma rua principal chamada Dolores. É uma coisa meio esquisita.

Prefiro ser Lola.

Termino de passear com Heavens to Betsy e seguimos para casa. Espero que meus pais não tenham torturado Max. Na realidade, ele é introvertido para

---

[2] Prato coreano que consiste em costelas de vaca embebidas em molho de soja. (N. T.)

[3] Castro é um sub-bairro de Eureka Valley em São Francisco. Foi até os anos 1970 local de moradia de operários, mas tornou-se o bairro "gay" mais conhecido do mundo. (N. R.)

alguém tão ousado nos palcos e esses encontros semanais não são fáceis para ele.

— Pensei que lidar com um pai superprotetor já fosse ruim o bastante — ele disse certa vez. — Mas *dois*? Seus pais vão fazer picadinho de mim, Lo.

Um caminhão passa chacoalhando ali por perto, e o curioso é que, de repente — não mais que de repente —, meu bom humor cede lugar ao mal-estar. Apertamos o passo. Max deve estar além do desconforto agora. Não consigo explicar, mas, quanto mais me aproximo de casa, pior é a sensação. Construo um cenário terrível na cabeça: meus pais são tão implacáveis com seus inquéritos que Max chega à conclusão de que não valho mais a pena.

Minha esperança é de que, um dia, quando estivermos juntos por mais de um verão, meus pais se deem conta de que ele é *o cara* e que idade não seja mais motivo para criar caso. No entanto, apesar de não serem capazes de enxergar isso agora, eles não são idiotas. Lidam com Max porque acham que, se me proibissem de vê-lo, nós simplesmente fugiríamos juntos. Eu me mudaria para o apartamento dele e descolaria um trabalho dançando nua em boates ou vendendo LSD.

O que está além de "ser uma perdida" na vida.

Mas agora estou quase correndo, puxando Betsy colina abaixo. Tem algo de errado aí. E estou convencida de que isso aconteceu mesmo — Max foi embora ou meus pais o encurralaram em uma discussão acalorada sobre a falta de direção em sua vida — quando chego a minha rua e tudo se encaixa.

O caminhão que passa.

Não o café da manhã.

O caminhão que passa.

Mas estou certa de que o caminhão pertence a outro inquilino. Tem que pertencer, sempre é assim. A última família, um casal que parecia cheirar a queijo suíço e colecionava bizarrices médicas como fígados conservados em formaldeído e modelos extragrandes de vaginas, desocupou a casa faz uma semana. Nos últimos dois anos, houve uma série de inquilinos e, toda vez que um se muda da casa, não consigo deixar de me sentir aflita até que o novo chegue.

E se *agora* for a vez de eles regressarem?

Desaperto o passo para dar uma boa olhada no caminhão. Será que tem alguém do lado de fora? Mais cedo, quando passamos, não cheguei a reparar em um carro na garagem, mas criei mesmo o hábito de não ficar olhando para a casa vizinha. Com toda a certeza, há duas pessoas mais à frente, na calçada. Estico os olhos e descubro, com um misto de agitação e alívio, que se trata apenas do pessoal da mudança. Betsy puxa a coleira e eu retomo o ritmo.

Claro que não há nada com que se preocupar. Quais são as chances?

Só que... e *sempre há* uma chance. Os homens da mudança erguem um sofá branco do fundo do caminhão e meu coração começa a bater mais forte. Será que o reconheço? Será que já me sentei naquela namoradeira antes? Mas não. Não o conheço. Espio dentro do caminhão abarrotado, à procura de algo familiar, e dou com pilhas de móveis em estilo sóbrio, moderno, que nunca vi na vida.

Não são eles. Não podem ser eles.

Não são eles!

Sorrio de orelha a orelha — um sorriso bobo que me faz parecer uma criança, coisa que geralmente não me permito fazer — e aceno para os homens. Eles resmungam qualquer coisa e acenam de volta. A porta da garagem de cor lavanda está aberta e estou convencida de que mais cedo ela não estava assim. Dou uma olhada no carro e fico mais aliviada. É um desses compactos e prateados e eu não o reconheço.

Salva. Mais uma vez. É um dia feliz.

Betsy e eu entramos em casa.

— Acabou o café! Vamos nessa, Max.

Todos estão ali na sala de estar, olhando para fora da janela.

— Parece que temos vizinhos novos — digo.

Andy parece surpreso com o ânimo de minha voz. Nunca falamos sobre isso, mas ele sabe que alguma coisa aconteceu dois anos antes naquela casa. Ele sabe que o retorno deles me preocupa, que eu fico agitada nos dias de mudança.

— Que foi? — Arreganho outro sorriso, mas logo me detenho, lembrando que Max está aqui. Controlo meu tom.

— Hã, Lo? Você por acaso não os viu, viu?

A preocupação de Andy é tocante. Solto Betsy da coleira e corro para a cozinha. Determinada a acabar logo com isso e ter enfim meu encontro, tiro da mesa os pratos que restam e vou até a pia.

— Não. — Solto uma risada. — O que é? Mais uma vagina de plástico? Uma girafa empalhada? Uma armadura medieval? O que é desta vez?

Os três ficam olhando para mim.

— O que é? — Minha garganta se aperta.

Max me examina com uma curiosidade incomum.

— Seus pais disseram que você conhece a família.

Não. Não.

Alguém diz mais alguma coisa, mas não entendo as palavras. Meus pés me arrastam em direção à janela, ao passo que meu cérebro grita para que eu dê meia-volta. Não podem ser eles. Não era a mobília deles! Não era o carro deles! Mas as pessoas compram coisas novas. Meus olhos estão cravados na casa ao lado quando uma figura surge na varanda. Os pratos que tenho nas mãos — *por que ainda seguro os pratos do café da manhã?* — se estilhaçam no chão.

Pois lá está ela.

Calliope Bell.

Capítulo 2

— Ela é mesmo tão bonita como na TV. — Cutuco de leve a tigela de cookies e biscoitos de arroz que veio de cortesia. — Bonita como sempre foi.

Max encolhe os ombros.

— Ela está bem. Mas nada de cair o queixo.

Embora seja confortante que Max não se mostre impressionado, isso não é o bastante para me distrair. Eu me inclino sobre o corrimão da rústica casa de chá e uma leve brisa cruza o espelho d'água situado a nosso lado.

— Você não entende. Ela é a *Calliope Bell.*

— Você está certa, eu não entendo. — Ele franze os olhos atrás dos aros grossos estilo Buddy Holly.

Eis algo que temos em comum: uma visão terrível. Adoro quando ele precisa usar os óculos. Roqueiro fodão encontra *nerd* sexy. Ele só os usa fora dos palcos, a menos que esteja fazendo um número acústico. Aí os óculos até acrescentam o toque necessário de sensibilidade. Max está sempre ligado em sua aparência, o que algumas pessoas podem achar vazio, mas que eu entendo completamente. Você só tem uma chance de deixar a primeira impressão.

— Deixe-me ver se entendi — continua ele. — Quando vocês eram calouras...

— Quando eu era caloura. Ela é um ano mais velha.

— Sim, sim, quando você era caloura... o que houve? Ela era ruim com você? E você ainda está chateada com isso? — Ele enruga a testa como se estivesse deixando escapar metade da equação. E deixou mesmo. E não vou ajudá-lo a completá-la.

— Sim.

Ele bufa.

— Deve ter sido uma parada bem sinistra para você quebrar aqueles pratos todos.

Levei 15 minutos para limpar toda a sujeira. Cacos de porcelana e pedaços de omelete, metidos entre os vãos do assoalho de madeira dura, e calda grudenta de framboesa e pêssego, respingada feito sangue pelos rodapés.

— Você não faz ideia. — E não dou detalhes.

Max se serve de mais uma xícara de chá de jasmim.

— Então, por que raios você a idolatra?

— Eu não a idolatrava nessa época. Só quando a gente era mais nova. Ela era uma... garota deslumbrante e talentosa que também aconteceu de ser minha vizinha. Digo, a gente se dava bem quando criança, a gente brincava de Barbie e de faz de conta. Só fiquei sentida quando ela se virou contra mim, isso é tudo. Não acredito que nunca ouviu falar dela — acrescento.

— Foi mal. Não vejo muita patinação artística.

— Ela participou de dois campeonatos mundiais. Pegou medalhas de prata, acredita? Ela é a grande promessa olímpica deste ano.

— Foi mal — diz ele mais uma vez.

— Ela já estampou uma caixa de cereais.

— Que sem dúvida é vendida por 1,99 no eBay. — Ele me dá um cutucão nos joelhos por debaixo da mesa. — Quem é que liga?

Solto um suspiro.

— Amo o guarda-roupa dela. Os babados de *chiffon*, os cristais Swarovski e as miçangas, os saiotes...

— Saiotes? — Max engole o resto do chá.

— E ela tinha aquela graça, aquela pose, aquela confiança. — Endireito os ombros. — E aquele cabelo perfeito e brilhante. Aquela pele perfeita.

— Valorizam demais o que é perfeito. Perfeição é um tédio.

Deixo escapar um sorriso.

— Você não me acha perfeita?

— Não. Você é deliciosamente esquisita e eu não gostaria que fosse de nenhum outro jeito. Agora, tome seu chá.

Quando acabo, damos outra volta. O Japanese Tea Garden não é grande, mas a beleza compensa o tamanho. Flores perfumadas de cores vivas e cintilantes como pedras preciosas são equilibradas pela tranquilidade dos tons azuis e verdes de plantas caprichosamente podadas. Veredas correm sinuosas em torno de estatuária budista, lagos de carpas, um pagode[4] vermelho e uma ponte de madeira em forma de lua. Os únicos sons vêm dos pássaros e dos cliques suaves de câmeras fotográficas. É sereno. Mágico.

E a melhor parte?

Cantinhos discretos, perfeitos para namorar.

Mal achamos o banco ideal, reservado e escondidinho, e Max já coloca as mãos atrás de minha cabeça e leva meus lábios em direção aos dele. Era isso que eu estava esperando. Seus beijos são macios e ásperos, hortelã e cigarros.

Saímos durante todo o verão, mas ainda não estou acostumada com ele. Max. *Meu namorado*, Max. A noite em que nos conhecemos foi a primeira vez que meus pais me deixaram ir a uma boate. Lindsay Lim estava no banheiro, de modo que fiquei sozinha por um tempo, recostada, um tanto inquieta, contra a áspera parede de concreto do Verge. Ele veio andando até mim como se já tivesse feito isso uma centena de vezes.

— Com licença — disse ele. — Acho que percebeu que encarei você durante o show.

Era verdade. Seu olhar fixo tinha me deixado sem fôlego, embora não pudesse confiar naquela impressão. A pequena boate estava cheia e ele podia ter olhado para qualquer uma das garotas afoitas que dançavam a meu lado.

— Qual é seu nome?

— Lola Nolan. — Arrumei a tiara e mudei o pé de apoio.

— Lo-lo-lo-lo-Lo-la. — Cantou Max como na canção The Kinks. Sua voz grave estava um tanto rouca por causa do show. Ele usava uma camiseta preta lisa, que eu descobriria mais tarde ser seu uniforme. Por baixo dela, os ombros eram largos, os braços, tonificados, e sem demora bati os olhos na tatuagem que se tornaria minha favorita, escondida na dobra do cotovelo esquerdo de Max. Seu xará do livro *Onde Vivem os Monstros*[5]. O garotinho com sua fantasia de lobo branco.

Até então, era o homem mais atraente que já tinha falado comigo. Frases quase sem nexo ficavam girando em minha mente, mas não consegui acompanhar nenhuma delas tempo o bastante para mandá-las para fora.

---

[4] Templo oriental geralmente em formato de torre, cujos telhados a cada andar terminam em pontas recurvadas para cima. (N. T.)

[5] Livro de Maurice Sendak. (N. T.)

— O que achou do show? — Ele teve que elevar o tom de voz para superar os Ramones, que tinham começado a explodir das caixas de som.

— Vocês são ótimos — gritei. — Nunca vi sua banda antes. — Tentei berrar essa segunda parte com um ar indiferente, como se eu realmente nunca tivesse visto a banda *dele* antes. Ele não precisava saber que era o primeiro show que eu via na vida.

— Eu sei. Teria reparado em você. Tem namorado, Lola?

Joey Ramone reverberava atrás dele. *Hey, little girl. I wanna be your boyfriend.*

Os caras lá da escola nunca eram assim tão diretos. Não que eu tivesse muita experiência, só mesmo uns namoricos aqui e ali. A maioria dos caras ou fica intimidada por mim ou acha que eu sou estranha.

— Isso te interessa? — Empinei o queixo, a confiança mostrando as asinhas.

Sweet little girl. I wanna be your boyfriend.

Max me olhou de cima a baixo e no canto dos lábios fez brotar um sorriso.

— Acho que você já precisa ir nessa.

Ele inclinou a cabeça, eu me virei e dei de cara com uma Lindsey Lim boquiaberta. Só uma adolescente mesmo para ficar tão passada e dar essa bandeira toda. Será que Max percebeu que a gente ainda estava no colegial?

— Então, por que é que você não me passa seu número? — continuou ele. — Gostaria de ver você um dia desses.

Ele deve ter ouvido meu coração batendo enquanto eu vasculhava minha bolsa cheia de tranqueiras: chiclete de melancia, canhotos de ingresso de cinema, receitas de *burrito* vegetariano e um arco-íris de vidrinhos de esmalte. Retirei uma caneta Sharpie, mas já era tarde demais quando me liguei que só crianças e tietes carregam Sharpies na bolsa. Por sorte, ele pareceu nem se tocar.

Max estendeu o pulso.

— Aqui.

A respiração dele fazia calor em meu pescoço enquanto eu calcava o pincel atômico na sua pele. Minha mão tremeu, mas dei um jeito de escrever meu número em traços fortes e legíveis logo abaixo das tatuagens dele. Daí ele sorriu — aquele sorriso inconfundível, com apenas um canto da boca — e saiu por entre os corpos suados, em direção ao bar pouco iluminado. Por um momento, tomei a liberdade de dar uma olhada no traseiro dele. Apesar do número de telefone, eu estava crente de que nunca mais voltaria a vê-lo.

Mas ele ligou.

É óbvio que ligou.

Aconteceu dois dias depois, em um trajeto de ônibus para o trabalho. Max queria me encontrar no Haight para almoçarmos. Eu quase morri por ter que recusar. Ele quis saber se daria no dia seguinte. Eu também trabalharia nesse dia. Então, ele quis saber se daria no próximo e eu já estava me achando muito da sortuda por ele ainda não ter desistido. Sim, eu disse a ele. *Sim.*

Usei um vestido rosa de garçonete, tipo aqueles das lanchonetes americanas dos anos 1950, e meu cabelo natural — sou morena, de tom médio — estava enrolado em dois coques imitando as orelhas de Mickey Mouse. Comemos *falafel*[6] e descobri que nós dois éramos vegetarianos. Ele contou que não tinha mãe e eu contei que também não tinha. E depois, enquanto eu tirava as migalhas de pão que me ficaram na boca, ele disse isto:

— Não tem uma maneira educada de perguntar, então vou direto ao ponto. Quantos anos você tem?

Devo ter feito uma cara horrível, pois Max parecia aflito enquanto eu me esforçava para bolar uma resposta que servisse à pergunta.

— Droga. Mandei mal, né? — Decidi que prolongar aquilo era minha melhor tática. — Quantos anos você tem?

— Sem essa. Você primeiro.

Mais delongas.

— Quantos anos você acha que eu tenho?

— Acho que você tem um rostinho bonito que a faz parecer bem jovem. E longe de mim insultar você de qualquer jeito. Então, vai ter que me dizer.

É verdade. Tenho rosto redondo e bochechas que dão vontade de apertar e minhas orelhas se projetam mais do que eu gostaria. Disfarço isso com roupas e maquiagem. Meu corpo cheio de curvas também ajuda. Mas eu pretendia contar a verdade, pretendia mesmo, quando ele começou a chutar:

— 19?

Sacudi a cabeça.

— Mais velha ou mais nova?

Encolhi os ombros, mas ele sacou onde isso pararia.

— Dezoito? Por favor, diga que tem dezoito.

[6] Prato típico de Israel e que consiste em bolinhos de grão-de-bico fritos e consumidos em pão sírio. (N. T.)

— Claro que tenho dezoito. — Empurrei de minha frente a cesta de plástico vazia. Por fora, eu era uma rainha de gelo, mas por dentro eu estava surtando. — Eu estaria aqui se não tivesse?

Seus olhos cor de âmbar se estreitaram como se duvidassem de mim e fui ficando cada vez mais em pânico.

— Então, quantos anos *você* tem? — voltei a perguntar.

— Mais que você. Está na faculdade?

— Ainda não.

Um dia.

— Então, ainda mora com a família?

— Quantos anos você tem? — perguntei pela terceira vez.

Ele fez uma careta.

— Tenho vinte e dois, Lola. E talvez a gente não devesse estar tendo esta conversa. Sinto muito, se eu soubesse...

— Não dou cadeia. — No mesmo instante eu me senti uma idiota.

Um longo silêncio se seguiu.

— É — disse Max. — Você é perigosa.

Mas ele estava sorrindo.

Levou mais uma semana de encontros casuais até que eu o convencesse a me beijar. Ele definitivamente estava na minha, mas digamos que eu o deixava nervoso. Por alguma razão, isso só me fazia ficar mais saidinha. Gostava de Max de um jeito que não tinha gostado de mais ninguém em anos. Dois anos, para ser exata.

Foi na principal biblioteca pública da cidade, e a gente se encontrou lá porque Max considerava o lugar seguro. Mas, quando me viu — de vestido curto e botas de cano alto —, os olhos dele se arregalaram naquela expressão que eu já reconhecia como uma vazão rara de emoção.

— Menina, você é encrenca mesmo — disse ele. Estendi a mão para o livro que ele segurava, mas acabei roçando na tatuagem de menino com fantasia de lobo. Ele quase derrubou o livro. — Lola — advertiu.

Olhei para ele com inocência.

E foi aí que ele me tomou pela mão e, abandonando a área de leitura, me levou para as estantes, em uma parte mais vazia. Ele me encostou nas biografias.

— Tem certeza de que quer isto? — Havia um tom de provocação na voz dele, mas seu olhar era sério.

Minhas mãos suavam.

— Claro.

— Não sou um cara legal. — Ele chegou mais perto.

— Talvez eu não seja uma garota legal.

— Não. Você é uma garota muito legal. É isso que curto em você. — E com um único dedo ele levantou meu rosto para chegar ao dele.

O relacionamento progrediu depressa. Era eu quem não deixava as coisas avançarem mais. Meus pais já estavam fazendo perguntas. Não engoliam mais essa de que eu passava todo aquele tempo com Lindsey. E eu sabia que, para darmos um passo além no relacionamento, era errado continuar mentindo para Max, de modo que abri o jogo com ele sobre minha verdadeira idade.

Max ficou furioso. Desapareceu por uma semana e eu já tinha perdido as esperanças quando ele ligou. Disse que estava apaixonado. Eu disse que ele teria que conhecer Nathan e Andy. Pais o deixam tenso — o pai dele é alcoólatra e a mãe o abandonou quando tinha 5 anos —, mas ele concordou. E então nos impuseram as restrições. E daí, na semana passada, em meu aniversário de 17 anos, perdi a virgindade no apartamento dele.

Meus pais acham que fomos ao zoológico.

A partir de então, dormimos juntos mais uma vez. E eu não sou idiota sobre essas coisas; não tenho ilusões românticas. Li o suficiente para saber que demora um pouco até que as garotas comecem a curtir. Mas espero que isso não demore tanto.

O beijo é fantástico, então tenho certeza de que vai acontecer.

Menos hoje, pois não consigo me concentrar em seus lábios. Esperei por eles a tarde toda, mas, agora que estão aqui, estou distraída. Escuto sinos ao longe — será do templo ou de fora dos jardins? — e tudo o que consigo ouvir é o badalar *Bell, Bell, Bell.*

Eles estão de volta. Havia três deles esta manhã, Calliope e os pais. Nenhum sinal dos irmãos de Calliope. Não que me importasse de ver Aleck. Mas o outro...

— Quê?

Fico assustada. Max está olhando para mim. Quando é que paramos de nos beijar?

— Quê? — repetiu ele. — Onde você está?

Sinto espasmos nos músculos dos olhos.

— Desculpe, estava pensando no trabalho.

Ele não acredita em mim. Eis o problema de ter mentido para o namorado no passado. Ele suspira com ar de frustração, se levanta e coloca a mão dentro do bolso. Sei que está brincando com o isqueiro.

— Desculpe — repito.

— Esqueça. — Ele olha para o relógio do celular. — Está mesmo na hora de ir.

Fica calado o percurso de carro que fazemos até o Royal Civic Center 16, com exceção do The Clash explodindo do aparelho de som. Max está irritado e eu me sinto culpada.

— Me liga depois? — pergunto.

Ele faz que sim com a cabeça enquanto já arranca para ir embora, mas eu sei que ainda estou em maus lençóis.

Como se eu precisasse de mais uma razão para odiar os Bell.

Capítulo 3

Minha supervisora está reorganizando os saleiros. Ela faz isso com uma frequência alarmante. O cinema está na calmaria entre um filme e outro da sessão da noite e eu aproveito a oportunidade para me livrar da sensação de pipoca amanteigada que tenho nos pelos do braço.

— Tente esfregar com isto aqui. — Ela me entrega um lenço umedecido de bebê. — É melhor que guardanapo.

Aceito com sincera gratidão. Apesar de suas neuroses, Anna é minha colega de trabalho favorita. Ela é um pouco mais velha do que eu, muito bonita, e acabou de entrar na escola de cinema. É dona de um sorriso alegre — com uma pequena abertura entre os dentes da frente — e de uma grossa e singular mecha platinada nos cabelos castanho-escuros. Dá um toque legal. Além disso, ela sempre usa esse colar com uma pecinha de vidro na forma de banana.

Admiro alguém com um acessório como marca registrada.

— De onde é que veio essa porcaria? — pergunta a única outra pessoa atrás do balcão. Ou, precisamente, em cima do balcão, onde está empoleirado agora o namorado de Anna, um rapaz europeu e absurdamente atraente.

Ele é a outra coisa de que gosto a respeito de Anna. Aonde ela vai, ele vai atrás.

Ele acena com a cabeça para o lencinho de bebê.

— O que mais você está levando nos bolsos? Trapos para tirar pó? Lustra-móveis?

— Cuidado — ela diz. — Ou os braços que vou esfregar serão os *seus*, Étienne.

Ele sorri com ironia.

— Só se for entre quatro paredes.

Anna é a única pessoa que o chama pelo primeiro nome. O restante de nós o chama pelo sobrenome, St. Clair. Não sei bem por quê. É uma dessas coisas que simplesmente são e pronto. Eles se mudaram para cá recentemente, mas se conheceram no ano passado, em Paris, onde frequentavam o Ensino Médio. *Paris*. Eu seria capaz de tudo para ir estudar em Paris, especialmente se houver caras como Étienne St. Clair por lá.

Não que eu fosse trair Max. Estou dizendo por dizer. St. Clair tem olhos castanhos lindos e cabelos desordenados de artista. Só é baixinho demais para meu gosto (é vários centímetros mais baixo que a própria namorada).

Ele frequenta a faculdade em Berkeley, mas, apesar de estar desempregado, o mesmo tempo que ele passa aqui no cinema ele gasta só para atravessar a baía. E, já que é lindo, atrevido e seguro de si, todo mundo cai de amores por ele. Demorou simplesmente horas até que ele tivesse passado por todas as áreas de funcionários, sem uma reclamação sequer da gerência.

Esse tipo de carisma é impressionante. Mas isso não quer dizer que eu queira ouvir sobre a esfregação dos dois.

— Meu turno termina em meia hora. Por favor, esperem até eu ir embora para desenvolver essa conversa.

Anna sorri para St. Clair, que está tirando do colete marrom que a namorada usa para trabalhar o bóton gigante do CONHEÇA NOSSO CLUBE DE AMANTES DE CINEMA!

— A Lola só está com ciúmes. Ela está tendo problemas com o Max de novo. — Ela olha de relance para mim e seu sorriso se torna amargo. — O que eu disse para você sobre os músicos? Esse tipinho rebelde só vai partir seu coração.

— Só são rebeldes porque são uns bundas-moles — murmura St. Clair. Ele alfineta o bóton na própria roupa, um *peacoat*[7] preto fabuloso que, sem dúvida alguma, dá a ele um arzinho bem europeu.

— Só porque, muito tempo atrás, vocês tiveram problemas com alguém — eu digo —, não significa que eu tenha. O Max e eu estamos bem. Não... não faça isso. — Faço um sinal negativo com a cabeça apontando para St. Clair. — Está destruindo um casaco impecável.

[7] Casaco de marinheiro. (N. T.)

— Foi mal, você o queria? Cairia bem no seu conjunto. — Ele faz um gesto para o meu colete marrom de trabalho. No espaço entre os bótons obrigatórios do Royal Theater, tenho vários broches retrô brilhantes. Apenas um gerente implicou até agora, mas, conforme educadamente expliquei a ele, meus adornos só atraem *mais* atenção para os broches publicitários.

Então, acabei ganhando aquela discussão.

E felizmente ninguém falou uma palavra que fosse sobre o colete, que ajustei para favorecer meu corpo. Tipo, até onde um colete de poliéster pode favorecer alguém. Meu celular vibra no bolso.

— Aguente aí — digo a St. Clair. É uma mensagem da Lindsey:

vc naum vai acreditar kem eu vi correndo no parq. si sigura.

— Lola! — Anna se lança para me amparar, mas eu não estou caindo. Será que estou? As mãos dela estão em meu braço, mantendo-me em pé. — O que houve, qual é o problema?

Seguramente Lindsey viu Calliope. *Calliope* era a pessoa que se exercitava no parque como parte do treinamento que fazia. Claro que era Calliope! Enterro a outra possibilidade bem fundo e com força, mas ela rebrota. Este parasita crescendo dentro de mim. Ele nunca desaparece, não importa quantas vezes eu diga a mim mesma para esquecê-lo. Isso é passado, e ninguém consegue mudar o passado. Mas ele cresce mesmo assim. Pois, por mais terrível que seja pensar em Calliope Bell, nada se compara à dor que me esmaga sempre que penso em seu irmão gêmeo.

Este ano eles serão veteranos. O que quer dizer que, apesar de não ter dado as caras nesta manhã, não há nenhuma razão para que o irmão gêmeo dela não esteja por aqui. O melhor que posso esperar é que haja algum tipo de adiamento. Preciso de tempo para me preparar.

Envio uma mensagem de volta para Lindsey só com um ponto de interrogação. *Por favor, por favor, por favor*, imploro ao universo. *Que seja Calliope.*

— É do Max? — pergunta Anna. — Dos seus pais? Ó céus, é daquele cara que a gente chutou para fora do cinema ontem, né? Aquele cara louco com o celular gigante e o balde de frango frito! Como é que ele arrumou seu núme...

— Não é daquele cara. — Mas não consigo explicar. Não agora, não isto. — Está tudo bem.

Anna e St. Clair trocam olhares idênticos de descrença.

— É a Betsy. Minha cachorra. O Andy diz que ela parece doente, mas tenho certeza de que prov... — Meu celular volta a vibrar, e eu quase o deixo cair na tentativa frenética de ler a nova mensagem de texto:

Calliope. investigações revelam novo treinador. ela voltou p fikr.

— E aí? — pergunta St. Clair.

Calliope. Ai, graças a Deus, CALLIOPE. Levanto os olhos para meus amigos.

— Que foi?

— Betsy! — dizem juntos.

— Ah... Sim. — Esboço um sorriso de alívio. — Alarme falso. Ela só vomitou um sapato.

— Um sapato? — pergunta St. Clair.

— Cara — diz Anna. — Você me assustou. Precisa ir para casa?

— A gente dá conta de fechar se você tiver que ir — acrescenta St. Clair. Como se ele trabalhasse aqui. Sem dúvida, ele só quer que eu vá embora para poder ficar na pegação com a namorada.

Saio a passos largos na direção da máquina de pipoca, constrangida por ter dado essa bandeira toda.

— A Betsy está bem. Mas obrigada — acrescento quando meu celular volta a vibrar.

c tah bem?

to. eu a vi hj cedo.

PQ NAUM ME CONTOU?

ia te lg dpois do trampo. c naum viu...?

naum. + pod dxar. me lg dpois ned.

Lindsey Lim se acha a detetive. Isso por causa da eterna obsessão dela por mistérios, desde que ganhou no aniversário de 8 anos a Série Inicial de Nancy Drew (desde *O Segredo do Velho Relógio* até *O Segredo da Quinta do Portão Vermelho*). Por isso é que me chamou de "Ned". Ela tentou me apelidar de Bess, a amiga paqueradora e apaixonada por compras de Nancy, mas eu não curti, já que Bess está sempre dizendo a Nancy que a situação é perigosa demais e que ela deve desistir.

Que tipo de amiga diz isso?

E definitivamente não sou George, a outra melhor amiga de Nancy, pois George[8] é uma molecona atlética de nariz achatado. George nunca usaria um vestido de Maria Antonieta — mesmo com coturnos de plataforma — para ir ao baile de inverno. Então, só resta Ned Nickerson, o namorado de Nancy. Ned de fato é necessário e muitas vezes ajuda Nancy em situações de risco. Posso conviver bem com isso. Ainda que ele seja menino.

Visualizo Lindsey na frente de seu computador. Não me restam dúvidas de que ela foi direto aos sites de fãs de patinação artística e foi assim que soube sobre o novo treinador. Embora eu não duvidasse de que ela mesma tenha andado no encalço de Calliope. Lindsey não é facil de intimidar, razão pela qual será uma grande investigadora um dia. Ela é racional, objetiva e de uma honestidade inflexível.

Por isso, somos o equilíbrio uma da outra.

Somos melhores amigas desde, bem... desde que os Bell pararam de ser meus melhores amigos. Quando eu entrei no jardim de infância e eles perceberam que não era mais legal andar com a vizinha que só passava meio período na escola. Mas essa parte de nossa história não é tão dura quanto parece. Porque logo conheci Lindsey e descobrimos nossas paixões em comum por tatus-bola, giz de cera verde-mar e aqueles brownies em forma de árvores de Natal. Amizade instantânea. E mais tarde, quando nossos colegas de classe começaram a me provocar por usar *tutus*[9] ou sapatos de rubi, era Lindsey quem rosnava para eles:

— Vá à merda, seu bafo de peido.

Sou muito leal a ela.

Será que ela vai descobrir alguma coisa sobre o outro Bell?

— *Pardon*? — diz St. Clair.

— Hã? — Eu me viro para dar com ele e Anna lançando outro olhar estranho para mim.

---

[8] Seu verdadeiro nome é Georgia, mas chamavam-na George por usar roupas pouco femininas. (N. T.)

[9] Saias de bailarina. (N. T.)

— Você disse alguma coisa sobre um tal de Bell. — Anna inclina a cabeça para o lado. — Tem certeza de que está bem? Você anda bem distraída esta noite.

— Estou ótima! Juro! — Quantas vezes vou ter que mentir hoje? Para parar de me autoincriminar, eu me ofereço para limpar os banheiros do quarto andar. Entretanto, mais tarde, quando Andy aparece para me levar para casa (meus pais não gostam que eu pegue ônibus à noite), ele me olha com a mesma preocupação.

— Você está bem, Lolinha?

Jogo minha bolsa no chão do carro.

— Por que é que todo mundo fica me perguntando isso?

— Talvez porque você pareça... — Andy faz uma pausa e sua expressão vai ganhando os contornos de uma esperança que ele mal consegue disfarçar. — Você e o Max terminaram?

— Pai!

Ele encolhe os ombros, mas o pomo de adão se move na garganta dele, uma evidência clara de que se sente culpado por perguntar. Talvez, no final das contas, haja esperança para Max e meus pais. Ou, pelo menos, para Max e Andy. Andy é sempre o primeiro a amolecer em situações difíceis.

O que, a propósito, não faz dele "a mulher" da relação. Nada me irrita mais do que alguém supondo que um de meus pais seja "menos pai". Sim, ele faz tortas para ganhar a vida. E ele ficou em casa para me criar. E ele é bom para conversar sobre sentimentos. Mas também conserta tomadas, desentope pias de cozinha, esmaga baratas e troca pneus furados. E Nathan pode ser o disciplinador nato e um advogado durão pela ACLU,[10] mas ele também decora nossa casa com antiguidades e fica todo lacrimejante em casamentos nos seriados de TV.

Portanto, nenhum dos dois é "a mulher" da relação. Os dois são homens gays. Dã.

Além disso, não são também todas as mulheres que se encaixam nesses estereótipos.

— São os... nossos vizinhos? — A voz de Andy é hesitante. Ele sabe que não vou falar se a causa for eles.

— Não é nada, pai. Foi só um dia longo.

Fazemos em silêncio o percurso de carro até nossa casa. Estou tremendo quando salto do carro, mas não é por causa da queda de temperatura. Tenho o

[10] União Americana pelas Liberdades Civis (American Civil Liberties Union). (N. T.)

olhar fixo na casa vitoriana de cor lavanda. Na janela do quarto que dá de frente para o meu. A luz está apagada. O frio que aperta meu coração se atenua, mas não vai embora. Eu *tenho* que ver dentro daquele quarto. Uma descarga de adrenalina percorre meu corpo e eu desembesto escadas acima, entro em casa e subo mais um lance de escadas.

— Ei! — grita Nathan atrás de mim. — O velhinho aqui não ganha um abraço, não?

Andy fala com ele em voz baixa. Agora que estou à porta de meu quarto, tenho medo de entrar. O que é um absurdo. Sou uma pessoa corajosa. Por que é que uma simples janela haveria de me assustar? Mas eu me detenho para me certificar de que Nathan não está vindo. Seja lá o que for que me espera do outro lado, não quero interrupções.

Ele não está vindo. Andy deve ter dito a ele que me deixe sozinha. Ótimo.

Com falsa confiança, abro a porta. Estendo a mão para o interruptor de luz, mas mudo de ideia e decido entrar ao estilo Lindsey Lim. Avanço furtivamente nas sombras. Nesta cidade, as casas em tons pastel se enfileiram tão próximas umas das outras que a tal janela, aquela que se alinha perfeitamente com a minha, está a poucos metros de distância. Espreito através da escuridão e procuro algum sinal de vida.

Não há cortinas na janela. Aperto os olhos, mas, até onde posso dizer, o quarto está... vazio. Não tem nada lá. Olho para a direita, para o quarto de Calliope. Caixas. Olho para baixo, para a cozinha da casa. Caixas. Volto a olhar para a frente.

Nada do irmão gêmeo.

NADA DO IRMÃO GÊMEO.

Todo o meu corpo suspira aliviado. Dou um tapa no interruptor para acender a luz e depois outro no aparelho de som — para escutar a banda de Max, claro — e ligo a música. Bem alto. Tiro minhas sapatilhas de balé, atirando-as sobre a montanha de sapatos que bloqueia a entrada de meu *closet*, e arranco minha peruca. Dou um batida nos cabelos e jogo meu colete de trabalho no chão. A estúpida camisa de gola e mangas curtas que eles me obrigam a vestir e as calças pretas horrendas fazem companhia ao colete no chão. Volto a vestir as calças chinesas de pijama de cetim vermelho e arremato o visual com uma camiseta combinando. Sinto que sou eu mesma novamente.

Olho de relance para a janela vazia.

Anfetamina explode das caixas de som e eu vou dançando até meu celular. Vou ligar primeiro para Lindsey. E depois para Max, para me desculpar por ter estado tão avoada no Tea Garden. Quem sabe ele até esteja livre amanhã de manhã. Não tenho que trabalhar até as 2 da tarde, então poderíamos sair para tomar um café da manhã em nossos próprios termos. Ou quem sabe possamos *dizer* que vamos sair para comer, mas na verdade vamos para o apartamento dele.

Meus olhos se fecham e eu pulo e me debato ao som da bateria. Giro em círculos e dou gargalhadas e agito meu corpo freneticamente para todos os lados. A voz de Max está enfurecida. A letra da música é um grande insulto. A energia de sua guitarra cresce mais e mais e o contrabaixo vibra por meu corpo feito sangue correndo. Sou invencível.

E então abro os olhos.

Cricket Bell sorri zombeteiro.

— Olá, Lola.

Capítulo 4

Ele está sentado na janela dele. Literalmente sentado nela. Está com o traseiro sobre o peitoril e as pernas — compridas e delgadas de um modo impossível — estão penduradas para o lado de fora, dois andares acima do solo. As mãos estão entrelaçadas no colo como se espionar a vizinha desavisada fosse a coisa mais natural do mundo.

Arregalo os olhos, impotente e atônita, e ele explode em risos. O corpo dele chacoalha de tanto rir. Ele joga a cabeça para trás e bate palmas.

Cricket Bell *ri* de mim. E *bate palmas*.

— Chamei você. — Ele tenta parar de sorrir, mas a boca só se expande mais de prazer. Posso quase contar os dentes dele. — Chamei você uma dúzia de vezes, mas a música estava alta demais, então eu estava esperando acabar. Você é uma baita dançarina.

O vexame tira de mim a capacidade de engatar uma conversa inteligente.

— Foi mal. — O sorriso dele não desapareceu, mas ele visivelmente se mostra constrangido. — Só queria falar um oi.

Com um movimento fluido, ele gira as pernas de volta para o quarto. Há uma leveza no modo como ele pousa os pés no chão, uma certa graça, que é imediatamente reconhecível. Essa recordação me mergulha em uma sensação de vergonha familiar e dolorosa. Então, ele se alonga e eu mais uma vez me surpreendo.

— Cricket, você está... alto.

O que é, muito possivelmente, a coisa mais estúpida que eu poderia dizer para ele.

Cricket Bell sempre foi mais alto que a maioria dos garotos, mas, só nos últimos dois anos, ele cresceu uns 15 centímetros. No mínimo. O corpo esbelto — antes magricela e desajeitado, apesar dos movimentos graciosos — mudou também. Ele ganhou peso, mas só um pouco. Os ossos não estão mais à mostra. Mas chamar a atenção para a altura de uma pessoa é como chamar a atenção para o tempo quando está chovendo. Óbvio e, ao mesmo tempo, irritante.

— É o cabelo — diz ele com cara séria. — A gravidade sempre foi minha inimiga.

E seu cabelo preto *está* alto. Está desleixado, mas... também não está. Não sei bem como esse efeito é possível sem uma quantidade significativa de mousse ou gel, mas, pensando bem, até quando criança o cabelo do Cricket ficava assim espetado. Isso confere a ele um ar de cientista louco, o que na verdade não está assim tão longe de ser verdade. Seu cabelo é uma das coisas de que sempre gostei nele.

Isto é, até que passei a não gostar dele de jeito nenhum.

Ele fica esperando minha resposta e, quando percebe que não vou dizer nada, limpa a garganta.

— Mas você também está mais alta. Claro. Digo, já faz bastante tempo. Então, é óbvio que está. Mais alta.

Estudamos um ao outro. Minha mente gira na tentativa de conectar o Cricket do presente com o Cricket do passado. Ele cresceu no tamanho e encorpou, mas ainda é *ele*. O mesmo garoto por quem me apaixonei na nona série. Desde a infância meus sentimentos vinham crescendo, mas, naquele ano, o ano em que ele completou 16, foi o ano em que tudo mudou.

Tudo culpa das calças dele.

Cricket Bell sempre foi... *legal*. E ele era fofo, e ele era inteligente, e ele era mais velho, e era natural que eu acabasse desenvolvendo sentimentos por ele. Mas o dia em que tudo se encaixou foi o mesmo dia em que descobri que ele se tornara interessado na própria aparência. Não de um jeito narcisista. Simplesmente de um jeito "talvez bermudões largos e tênis gigantes não sejam o visual mais atraente para um cara como eu".

Então, ele começou a vestir aquelas calças.

Calças maneiras. Nada de calças modernosas, calças de mauricinho ou qualquer coisa do tipo, apenas calças que diziam que ele se preocupava com as calças que usava. Eram escolhidas para se ajustarem ao corpo. Algumas lisas, outras listradas para ajudar a alongar a silhueta. E ele as combinava com camisas *vintage* e jaquetas descoladas de um jeito que parecia estiloso sem ter tido o menor trabalho.

Assim, enquanto os caras de minha série mal conseguiam se lembrar de fechar o zíper — e os únicos que ligavam para aparência eram homossexuais ainda não desabrochados —, estava ele ali, um rapaz hétero perfeitamente sociável, perfeitamente atraente e perfeitamente vestido, que só por acaso aconteceu de morar na casa ao lado da minha.

Claro que me apaixonei por ele.

Claro que isso acabou mal.

E aqui está ele, e seus modos de vestir não mudaram. Na verdade, até melhoraram. Tanto as calças quanto a camisa continuam com o caimento justo, mas agora ele usa acessórios. Uma pulseira de relógio de couro preto, grossa, em um dos pulsos, e no outro uma porção de braceletes envelhecidos de várias cores e pulseiras de borracha. Cricket Bell parece bem. Ele parece ainda MELHOR.

Sentir que essa ficha cai é surpreendente, mas a compreensão que se segue me choca ainda mais.

Não estou mais apaixonada por ele.

Em vez disso, olhar para ele me faz sentir... vazia.

— Como andam as coisas? — Esboço um sorriso ao mesmo tempo caloroso e frio. Um sorriso que diz: "Não sou mais aquela pessoa. Você não me magoou e eu nunca penso em você".

— Bem. Muito, muito bem. Acabei de entrar em Berkeley, então é lá que minhas coisas estão. Tipo. Em Berkeley. Dei uma passada aqui para ajudar meus pais a desencaixotarem tudo.

Cricket aponta para o espaço atrás dele como se as caixas estivessem logo ali.

— Em Berkeley? — Estou desconcertada. — Como entrou...?

Ele olha para baixo, para a passagem existente entre nossas casas.

— Eu, hã, eu me formei antes da hora. Estudo em casa, sabe? Calliope estudou em casa também, mas ela vai ignorar o lance da faculdade por uns anos para se concentrar na carreira.

— Então, está morando lá? — pergunto, mal ousando acreditar. — No *campus*?

— Sim.

SIM. AI, MEU DEUS, SIM!

— Quero dizer, vou trazer umas coisas — diz ele. — Para as férias e os fins de semana. Ou algo assim.

Sinto um aperto no peito.

— Fins de semana?

— Talvez. Eu acho. — Ele parece acanhado. — Tudo isso é muito novo para mim. A Calliope sempre foi o centro, sabe?

Eu sei, sim. A família Bell sempre girou em volta da carreira de Calliope. Esta deve ser a primeira vez na vida de Cricket em que seus horários não giram em torno dos dela.

— Vi sua irmã na TV ano passado — digo, tentando não soar angustiada pela ideia de vê-lo regularmente. — Campeonatos Mundiais. Segundo lugar, isso é impressionante.

— Ah. — Cricket se inclina contra a moldura da janela. Coça o lado do nariz, revelando uma mensagem escrita atrás da mão esquerda: CIRCUITO REVERSO. — Mas não deixe que ela escute você dizer isso.

— Por que não? — Olho fixamente para a mão dele. É surreal. Ele sempre escreveu lembretes enigmáticos ali e sempre usou o mesmo pincel atômico preto. Às vezes, eu também escrevia em minha mão só para ser como ele. Sinto um aperto no estômago à simples lembrança. Será que ele reparava? Será que Calliope tirava sarro dele por causa disso quando eu não estava por perto?

— Você conhece a Cal. Não conta se não for primeiro lugar. — Ele se endireita, volta a se mover e estende as duas mãos em minha direção. — Mas e você, como está? Foi mal, só fico falando de mim.

— Ótima. Estou ótima!

Estou ótima? Dois anos de fantasias de vingança e é isso o que me vem à mente? Claro, em meus devaneios eu também nunca estou usando pijama.

Ai, não. Eu estou de pijama.

E meu cabelo! Acabei de tirar a peruca! Está todo murcho e suado.

Tudo em relação a este momento está errado. Eu deveria estar vestida com algo glamouroso e inigualável. Deveríamos estar em uma sala lotada e ele deveria perder o fôlego quando me visse. Eu estaria aos risos e ele seria atraído até mim como por uma força magnética. E eu ficaria surpresa ao vê-lo, mas sem maior interesse. E então Max apareceria e colocaria o braço em volta de mim, eu sairia com a dignidade restabelecida e Cricket iria embora, martirizando-se por não ter ficado comigo quando teve a chance.

Em vez disso, ele está me encarando com sua expressão mais estranha. Enrugou a testa e entreabriu a boca, mas o sorriso desapareceu. É a cara que ele faz quando parece estar resolvendo uma equação difícil. Por que será que ele está fazendo essa cara para mim?

— E sua família? — pergunta ele. — Como estão todos?

É de dar nos nervos. Essa cara.

— Hum, estão bem. — *Estou confiante e feliz. E superei você. Não esqueça, eu superei você.* — O Andy começou o próprio negócio. Ele faz e entrega aquelas tortas incríveis de todos os sabores imagináveis. Está indo bem. Com o Nathan, a mesma coisa. Você sabe. Bem. — Desvio o rosto e olho para a rua escura. Queria que ele parasse de olhar para mim.

— E a Norah? — A pergunta dele é cuidadosa. Delicada.

Mais um silêncio constrangedor. Não são muitos os que sabem sobre Norah, mas existem certas coisas que não dá para esconder dos vizinhos. Coisas como minha mãe biológica.

— Ela... a Norah, ela está agora no ramo das previsões, lendo folhas de chá. — Meu rosto fica quente. Quanto tempo a gente vai ficar aqui bancando os educados? — Ela tem um apartamento.

— Que bacana, Lola. Fico feliz de ouvir isso. — E, porque se trata de Cricket, ele parece *mesmo* estar contente. Isso tudo é muito bizarro. — Você a vê com frequência?

— Não muito. Nem mesmo o Snoopy eu vi este ano. — Não sei por que acrescento isso.

— Ele ainda está...?

Faço que sim com a cabeça. O verdadeiro nome dele é Jonathan Head, mas nunca ouvi alguém chamá-lo assim. Snoopy conheceu Norah quando os dois eram adolescentes. Eles também eram alcoólatras, viciados em drogas e moradores de rua. Quando ele engravidou Norah, ela foi pedir ajuda para o irmão mais velho dela. Nathan. Ela não me queria, mas também não queria fazer um aborto. E Nathan e Andy, que estavam juntos havia sete anos, queriam uma criança. Eles me adotaram e Andy também adotou o sobrenome de Nathan para que nós três tivéssemos o mesmo nome de família.

Isso mesmo. Meu pai Nathan é meu tio biológico.

Meus pais tentaram ajudar Norah. Faz uns anos que ela já não mora nas ruas — antes de ter o apartamento, ela passou por vários abrigos para sem-teto —, mas ela ainda não é exatamente a pessoa mais confiável que eu conheço. O melhor que posso dizer é que pelo menos ela está sóbria. E eu só vejo Snoopy de vez em quando, sempre que ele aparece na cidade. Ele liga para meus pais, nós o levamos para comer um hambúrguer e depois ficamos meses sem ter notícias dele novamente. Os sem-teto vagam por aí mais do que a maioria das pessoas imagina.

Não gosto de falar sobre meus pais biológicos.

— Gosto do que fez com seu quarto — diz Cricket de repente. — As luzes são da hora. — Ele aponta para os cordões de luzes rosa e brancas que cintilam penduradas de um lado a outro do teto. — E as cabeças de manequins.

Tenho prateleiras que atravessam a parte superior das paredes do quarto de ponta a ponta, repletas de cabeças de manequins azul-turquesa. Servem de suporte para minhas perucas e óculos de sol. Já as paredes estão cobertas de cartazes de filmes de época e fotografias reluzentes em preto e branco de atrizes do cinema clássico. Minha escrivaninha é rosa-choque com *glitter* dourado, que eu taquei ali enquanto a tinta secava, e a superfície está soterrada de potinhos abertos de maquiagem cintilante, vidrinhos de esmalte meio seco para unhas, presilhas de cabelo infantis e cílios postiços.

Na estante, uma infinidade de latas de tinta *spray* e feixes de cola quente em bastão, e na mesa de costura há colagens com recortes de revistas japonesas de moda de rua. Rolos de tecido estão empilhados precariamente sobre ela, e na parede ao lado há ainda mais prateleiras, abarrotadas de frascos de vidro com botões e linhas e agulhas e zíperes. Sobre a cama, há um dossel feito de sáris indianos e sombrinhas de papel de Chinatown.

É caótico, mas eu amo. Meu quarto é meu santuário.

Olho para o quarto de Cricket. Paredes desnudas, chão desnudo. Vazio. Ele reconhece meu olhar.

— Não costumava ser assim, né? — pergunta ele.

Antes de se mudarem, era tão bagunçado quanto o meu. Latas de café cheias de engrenagens e rodas dentadas e porcas e arruelas e parafusos. Rabiscos de desenhos técnicos colados com fita na parede ao lado de mapas estelares e da tabela periódica. Lâmpadas e fios de cobre e relógios desmontados. E sempre as máquinas de Rube Goldberg.

Rube ficou famoso por desenhar aqueles cartuns de máquinas complicadas executando tarefas simples. Sabe, aqueles em que você puxa a corda para que a bota dê um chute e derrube o copo, que libera a bola, que cai na canaleta e rola até a gangorra, que libera o martelo que desliga o interruptor de luz? Assim era o quarto de Cricket.

Deixo escapar um sorriso meio acanhado.

— Está um pouco diferente, CGB.

— Você lembra meu nome do meio? — As sobrancelhas dele se arqueiam com a surpresa.

— Sim. Não é tão fácil de esquecer, Cricket *Graham Bell.*

Sim. A família Bell é *aquela* família Bell. A do telefone. A de uma das invenções mais importantes da história.

Ele coça a testa.

— Meus pais me complicaram com esses nomes infelizes[11].

— Ah, por favor. — Não seguro o riso. — Você ficava se vangloriando disso o tempo todo!

— As coisas mudam. — Seus olhos azuis se arregalam como se ele estivesse brincando, mas por detrás da expressão parece haver algo de que ele não acha muita graça. Algo incômodo. Cricket sempre teve orgulho do nome da família. Como inventor, assim como o pai de seu tataravô, era impossível que não o tivesse.

Ele recua bruscamente, penetrando nas sombras do quarto.

— Tenho que pegar o trem. Amanhã tem a facul.

A ação me assusta.

— Ah.

Então ele, em um salto, avança novamente, e o rosto fica iluminado pelas luzes rosadas e brancas cintilantes. Com sua cara de equação difícil.

— Vejo você por aí?

O que mais posso dizer? Aponto para minha janela.

— Vou estar bem aqui.

---

[11] *Cricket* significa "grilo" em inglês. (N. T.)

Capítulo 5

Max pega a camisa preta do chão do apartamento e a veste às pressas. Já estou vestida novamente. Hoje, sou um morango. Um vestido vermelho fofo dos anos 1950, um longo colar de contas pretas minúsculas e uma peruca verde--escura curtinha, ao estilo sóbrio de Louise Brooks. Meu namorado morde de brincadeira meu braço, que cheira a suor e creme de frutas silvestres.

— Você está legal? — pergunta ele. Ele não se refere à mordida.

Faço que sim com a cabeça. E *foi* melhor mesmo.

— Vamos aos *burritos*. Tô morrendo de vontade de comer guacamole e feijão. — Não digo que também quero ir embora antes que seu companheiro de apartamento, baterista do Anfetamina, chegue em casa. Johnny é um cara decente, mas às vezes me sinto meio deslocada quando os amigos de Max estão por perto. Gosto mais quando somos só nós dois.

Max apanha a carteira.

— É isso aí, Lo-li-ta — canta ele.

Eu lhe dou um tapa no ombro e ele me devolve seu inconfundível e sugestivo sorrisinho de meia boca, inconfundível e insinuante. Ele sabe que eu odeio esse apelido. Ninguém tem permissão de me chamar de Lolita, nem mesmo meu namorado, nem mesmo a sós. Eu não sou a obsessão de algum velho tosco. Max não é Humbert Humbert e eu não sou sua ninfeta.

— Esse foi seu último aviso — digo. — E você acabou de comprar meu *burrito*.

— Com guacamole extra.

Ele sela a promessa com um beijo intenso, e é quando meu telefone toca. Andy. Eu me sinto enrubescer.

— Desculpe — digo.

Ele se afasta, frustrado, mas diz baixinho:

— Não precisa se desculpar.

Digo a Andy que já estamos no restaurante e só fomos dar umas voltas antes. Tenho certeza de que ele engole essa. Clima cortado, Max e eu escolhemos um lugar que fica só a um quarteirão de distância. Há luzes de cactos verdes de plástico nas janelas e papagaios de papel machê pendurados no teto. Max mora na Missão, o bairro ao lado do meu, e o que não falta aqui são restaurantes mexicanos incríveis.

O garçom nos traz batatas *chips* salgadas e molho extrapicante, e eu conto a Max que as aulas recomeçam em três dias. Estou farta disso. Estou pronta para a faculdade, pronta para começar minha carreira. Quero desenhar figurinos para filmes e para o teatro. Um dia, vou desfilar pelos tapetes vermelhos vestindo algo nunca visto antes, como Lizzy Gardiner ao aceitar o Oscar por *Priscilla, a Rainha do Deserto* dentro de um vestido feito de cartões de crédito dourados.

Só que o meu será feito de algo novo e diferente. Como tirinhas de fotos instantâneas tiradas em cabines ou correntes de rosas brancas ou então cartões da loteria mexicana. Ou talvez eu use um grande par de botas de espadachim e um chapéu de plumas. E ande toda emproada até o palco com um sabre no cinto e uma pesada pistola no coldre e agradeça a meus pais por me mostrarem *... E o Vento Levou* quando peguei uma gripe no segundo ano, pois esse filme me ensinou tudo o que eu precisava saber sobre saias-balão.

Sobretudo que eu precisava de uma. E muito.

Max pergunta sobre a família Bell. Estremeço. O nome deles é um choque elétrico.

— Você não falou nisso durante toda a semana. Você voltou a ver a... Calliope? — Ele faz uma pausa no nome dela. Está conferindo se não se atrapalhou com o nome, mas, por um momento desvairado, penso que ele sabe sobre Cricket.

O que seria impossível, já que ainda não contei para ele.

— Só pelas janelas. — Traço o contorno do bico gelado de meu refresco Jarritos de tangerina. — Graças a Deus. Estou começando a acreditar que vai ser possível viver na casa ao lado e não ser forçada a conversinhas cara a cara.

— Não pode escapar dos problemas para sempre. — Ele franze o cenho e dá uma puxadinha em um dos brincos que usa. — Ninguém pode.

Caio na risada.

— É engraçado ouvir isso de uma pessoa que tem um álbum com *três* músicas falando sobre "dar no pé".

Max me devolve um sorrisinho divertido.

— Nunca afirmei que não sou hipócrita.

Não sei ao certo por que não lhe contei sobre Cricket. Só não senti que era a hora certa. Não voltei a vê-lo, mas meus sentimentos sobre isso ainda são muito confusos. Nosso encontro não foi tão ruim quanto poderia ter sido, mas foi... inquietante. A incomum tranquilidade de Cricket comparada com meu incomum desassossego, combinados com o fato de saber que vou vê-lo novamente. Em breve.

Ele sequer mencionou a última vez que nos vimos. Como se não tivesse importância. Pelo jeito, não o afetou. Passei tantas noites melancólicas tentando esquecer Cricket. Não parece justo que ele possa ter se esquecido de mim.

É demais para explicar a Max.

E não quero que ele pense que Cricket Bell significa para mim algo que não significa mais. Esse capítulo de minha vida *já era*.

Já era, ao contrário da conversa com Lindsey no dia seguinte, a mesma que temos toda vez que nos falamos.

— Eu gosto do Max — digo. — Ele gosta de mim. Qual é o problema disso?

— A lei — diz ela.

É a última sexta-feira de nossas férias de verão e estamos as duas espremidas na minúscula varanda da frente. Estou pintando com *spray* um par de botas de brechó e ela está sondando a casa vitoriana de cor lavanda. Lindsey apoia meu relacionamento na maior parte do tempo, mas é implacável quando se trata desse ponto de discórdia.

— Ele é um cara legal — digo. — E nosso relacionamento é o que é.

— Não estou dizendo que ele não seja um cara legal, só estou relembrando você de que pode haver consequências por sair com ele. — A voz dela é calma e racional, ao mesmo tempo que seus olhos fazem um rápido mapeamento do bairro antes de retornarem à casa dos Bell.

Lindsey nunca para de inspecionar os arredores. É o que ela faz.

Minha melhor amiga é bonitinha, beirando o sem graça. Ela usa roupas práticas e está sempre de cara limpa. É baixa, tem aparelho nos dentes e desde o dia em que nos conhecemos usa o mesmo corte de cabelo. Preto, na altura do ombro, de franja certinha. A única coisa que talvez pareça fora de lugar é o par de surrados Chuck Taylors vermelhos que ela tanto ama. Lindsey usava esses tênis no dia em que derrubou um suspeito que estava sendo perseguido pela polícia na Market Street, e a partir de então se tornaram um acessório permanente em seu vestuário.

Caio na risada. Às vezes, não há outra opção com ela senão rir.

— Consequências? Como a felicidade? Ou o amor? Tem razão, quem ia querer uma coisa dess...

— Lá está ele.

— O Max? — Viro com o *spray* na mão, quase acertando os tênis dela em minha animação.

— Cuidado, Ned. — Ela desliza para o lado. — Nem todo mundo quer ter sapatos da cor de um ônibus de escola.

Mas ela não está falando de meu namorado. Meu coração desacelera quando descubro que é Cricket Bell esperando para atravessar a rua.

— Putz. Olhe o que você fez na varanda.

— O quê? — Volto a atenção para o que eu estava fazendo. Realmente há uma mancha feia e amarela do lado do jornal que eu tinha espalhado para proteger a madeira. Pego o pano molhado que trouxe lá de dentro, em caso de um acidente como esse, e esfrego. Eu rosno:

— O Nathan vai me matar.

— Ele ainda não perdoou você por tingir de preto o rejunte do banheiro dele?

A mancha ficava pior e se alastrava.

— O que você acha?

Ela está novamente olhando para Cricket.

— Por que é que não me contou que ele estava tão...

— Alto? — Esfrego com mais força. — Indesejável?

— ... colorido.

Levanto os olhos. Cricket está atravessando a rua, os braços compridos balançando a cada passo. Ele está usando calça *skinny* estilo carteiro com uma listra vermelha descendo a costura lateral. É um pouco curta — posso dizer que de propósito —, deixando à mostra um conjunto de meias vermelhas e sapatos de bico fino. Seus movimentos subitamente se tornam exagerados e ele cantarola uma melodia irreconhecível. Cricket Bell sabe que tem plateia.

Sinto um familiar aperto no estômago.

— Ele está vindo — diz Lindsey. — O que quer que eu faça? Chute as bolas dele? Ando louca para dar um chute ali.

— Nada — sussurro de volta. — Eu cuido disso.

— Como?

Solto uma tosse para ela se calar enquanto ele sobe as escadas saltitando, com a calma de uma gazela.

— Lola! — O sorriso dele é de orelha a orelha. — Engraçado encontrar você aqui.

— Engraçado é você na varanda dela e tal — diz Lindsey.

— A casa é *sua*? — Cricket recua alguns degraus, cambaleante, e arregala os olhos de uma maneira teatral. — Todas parecem tão iguais.

Ficamos olhando para ele.

— É bom ver você de novo, Lindsey — acrescenta ele depois de um tempo. Agora, há uma pitada de autêntico constrangimento. — Acabei de passar no restaurante de seus pais e estava lotado. Isso é ótimo.

— Ah-hã — diz ela.

— O que está fazendo aqui? — deixo escapar.

— Moro aqui. Não aqui-aqui, mas aqui-lá. — Ele aponta para a casa ao lado. — Ocasionalmente. Nos fins de semana. Bom, meus pais disseram que montaram minha cama, então acho que posso dizer isso.

— Eles montaram. Eu os vi levando a cama para dentro ontem — digo a contragosto. — Ainda não tem cortinas na sua janela — acrescento, sem querer que ele pense que fico vigiando o quarto dele *de propósito*.

Uma mão brinca com as pulseiras que ele tem na outra.

— Isso, sim, é uma vergonha. Prometa que não vai rir quando me vir de cueca.

Lindsey arqueia as sobrancelhas.

— Fico patético sem roupa — continua ele. — Vestido também, se quer saber. Ou só metade vestido. Com um pé de meia e o outro sem. Só de chapéu. Sem chapéu. Sabe, pode me interromper a qualquer momento. Sinta-se livre para me mandar calar a boca.

— Cale a boca, Cricket — digo.

— Obrigado. Você tingiu o cabelo? Porque você não estava loira semana passada. Ah, é uma peruca, né?

— Si...

— Ei, sapatos da hora. Nunca tinha visto botas dessa cor. Fora botas de chuva, claro, mas essas não são botas de chuva.

— Nã...

A porta da frente se abre e Andy aparece com um avental branco. Ele segura uma colher de pau suja de farinha como se fosse extensão de seu braço.

— Será que consigo convencer as damas a provarem...

Cricket se atira de volta à varanda e estende o torso comprido entre Lindsey e mim para dar a mão a meu pai.

— É bom ver você de novo, senhor Nolan. Como vai?

Lindsey murmura sem voz:

— *O que ele anda fumando?*

Estou tão perplexa quanto ela. Ele é como Cricket multiplicado por dez.

— Estou bem. — Andy olha de relance para mim, tentando concluir se o garoto deve ser atirado para fora de nossa propriedade. Faço um gesto negativo com a cabeça e ele volta a atenção para Cricket. O que, francamente, seria impossível não fazer, considerando a energia pura que irradia dele. — E você? Ainda inventando objetos misteriosos e incríveis?

— Ah... — Cricket hesita. — Não existe um mercado para esse tipo de coisa hoje em dia. Mas ouvi dizer que você está se dando bem tocando um negócio de tortas, né?

Meu pai parece lisonjeado por saber que a notícia se espalhou.

— Estava mesmo prestes a perguntar às garotas se elas não se importariam de experimentar uma torta nova. Gostaria de um pedaço?

— Eu *adoraria*. — E ele se lança à frente de Andy, que o segue para dentro.

A varanda está em silêncio. Viro-me para Lindsey.

— O que acabou de acontecer?

— Seu pai convidou o antigo amor de sua vida para comer uma torta lá dentro.

— Sim. Foi o que pensei.

Ficamos caladas por um momento.

— Ainda podemos dar uma desculpa qualquer — diz ela. — Não temos que entrar lá.

Eu suspiro.

— Não, nós realmente temos que entrar.

— Ótimo. Porque aquele cara requer observação. — E ela marcha para dentro.

Dou mais um olhada na mancha de tinta e percebo que já secou. Droga. Pinto o último lado dos sapatos, movo o projeto para onde não possam tropeçar nele e entro em casa ao encontro de seja lá que tortura me espera. Estão em pé ao redor de uma das ilhas da cozinha. Temos uma cozinha excepcionalmente grande para os padrões da cidade, pois meus pais acabaram com a sala de jantar para ampliar o espaço para o negócio de Andy. Cada um já está com um prato de torta e um copo de leite.

— Incrível! — Cricket limpa as migalhas da boca com os dedos compridos. — Eu nunca pensaria em colocar kiwi em uma torta.

Andy me vê parada à soleira da porta.

— Melhor se apressar, senão este aqui come tudo. — Ele move a cabeça na direção do convidado. Por fora, meu pai está controlado, mas posso dizer que por dentro ele não se aguenta de satisfação. Como muda rapidamente a lealdade de uma pessoa sob a influência de um elogio. Sorrio como se nada disso fosse grande coisa. Mas eu estou *surtando*. Cricket Bell. Em minha cozinha. Comendo torta de kiwi. Ocupo então o lugar vazio ao lado dele e fico surpresa novamente com sua altura extraordinária. Ele me ultrapassa e muito.

Andy aponta a faca para a outra metade da torta verde.

— Pegue o que sobrou, Cricket.

— Ah, não. Não posso.

Porém os olhos dele brilham, sugerindo o contrário.

— Eu insisto. — Meu pai empurra o prato até ele. — O Nathan sempre fica reclamando que eu tento deixá-lo gordo, então vai ser melhor acabar de vez com a torta antes que ele chegue em casa.

Cricket vira o corpo inteiro para mim — cabeça, ombros, peito, braços, pernas. Quando se trata de Cricket Bell, não existem meios gestos.

— Mais um pedaço?

Faço um sinal para o pedaço à minha frente, que eu sequer comecei a comer.

— Lindsey? — pergunta ele.

Ela balança a cabeça em sinal negativo.

— Torta é o que não me falta, sendo visita tão frequente nesta casa.

Por que ele está aqui? Ele não deveria estar em uma festinha qualquer do *campus*? Quanto mais penso nisso, mais irritada fico. Como ele se atreve a dar as caras e esperar que eu seja simpática? As pessoas *não podem* agir assim sem mais nem menos.

— Como vai sua família? — pergunta Andy.

Cricket engole.

— Estão bem. Meus pais estão a mesma coisa. Meu pai, um pouco esgotado demais, minha mãe, um pouco empolgada além da conta. Mas estão bem. E a Cal está ocupada treinando, claro. É um ano puxado, ainda mais com as Olimpíadas rolando em breve. E o Aleck agora está casado.

— Ele ainda está compondo? — pergunta Andy.

Alexander, ou Aleck, como a família o apelidara, é o irmão mais velho dos gêmeos. Ele já estava no colégio quando Calliope começou a treinar, de modo que escapou da maior parte do drama da família. Eu nunca o conheci muito bem, mas me recordo nitidamente dos complicados concertos para piano que costumavam transpassar suavemente nossas paredes. Todos os três Bell podem ser considerados prodígios em suas áreas.

— E dando aulas — confirma Cricket. — E ele teve o primeiro bebê ano passado.

— Menino ou menina? — pergunta Lindsey.

— Uma menina. Abigail.

— Tio... Cricket — solto.

Tanto Lindsey quanto Andy deixam escapar um riso descontrolado, mas não demora até Andy se mostrar horrorizado com o próprio gesto. Ele me olha com cara de bravo:

— *Lola!*

— Não, está tudo bem — diz Cricket. — É tudo muito louco mesmo.

— Desculpe — digo.

— Não, por favor. Não precisa.

No entanto, há um embaraço em sua voz, e isso é dito tão depressa que eu olho para ele com surpresa. Pelo mais breve momento, nossos olhos se cruzam. Há um lampejo de dor e ele desvia o olhar. Ele não se esqueceu.

Cricket Bell se lembra de tudo.

Sinto meu rosto queimar. Sem pensar, afasto meu prato.

— Preciso... me aprontar para o trabalho.

— Vamos lá. — Lindsey agarra minha mão. — Você vai se atrasar.

Andy olha para o calendário de parede da Frida Kahlo, onde coloco meus horários. Ele franze o cenho para a monocelha de Frida.

— Você não deixou anotado.

Lindsey já vai me puxando escadas acima.

— Estou cobrindo uma pessoa! — digo.

— Pego você no serviço? — grita ele.

Eu me inclino sobre o corrimão e olho para a cozinha. Cricket está me encarando, com a boca entreaberta e a testa franzida. Sua cara de equação difícil. Como se o problema fosse *eu*, não ele. Desvio logo o olhar.

— Sim, no horário de sempre. Valeu, pai.

Lindsey e eu corremos até meu quarto. Ela tranca a porta.

— O que vai fazer? — O tom da voz dela é baixo e sereno.

— Quanto ao Cricket?

Ela estende a mão para debaixo de minha cama e tira o colete de poliéster.

— Não. Com o trabalho.

Procuro as peças que faltam de meu uniforme, tentando não chorar.

— Vou para o apartamento do Max. Ele pode me levar de carro para o trabalho antes que o Andy apareça por lá.

— *Okay*. — Ela anui com a cabeça. — É um bom plano.

É a noite antes do início das aulas e estou trabalhando de verdade dessa vez. Anna e eu — e seu namorado, claro — estamos dentro da bilheteria. O saguão principal do cinema é enorme. Oito caixas registradoras sob um teto de quase 8 metros com cruzes e estrelas geométricas esculpidas. Gigantes pilares brancos e acabamento de madeira escura colaboram para a opulência histórica do local e assinalam que o edifício não era, originalmente, parte de uma cadeia de cinema. Na primeira encarnação, foi um hotel de luxo e, na segunda, uma elegante concessionária de automóveis.

É mais uma noite de pouco movimento. Anna escreve em um notebook surrado, enquanto St. Clair e eu discutimos de uma ponta à outra da bilheteria. Anna acabou de arrumar outro trabalho de meio período, não remunerado, escrevendo críticas de cinema para o jornal da universidade. Já que é caloura, só lhe passam os filmes ruins. Mas Anna não se importa.

— É divertido escrever uma crítica quando você odeia o filme — ela me disse mais cedo. — É fácil falar sobre coisas que a gente odeia, porém às vezes é difícil explicar por que exatamente a gente gosta de algo.

— Sei que você gosta dele — diz St. Clair para mim, recostando-se na cadeira. — Mas ele ainda é velho demais para você.

E lá vamos nós outra vez.

— O Max não é *velho* — digo. — Ele só tem uns anos a mais que você.

— Como eu disse. Velho demais.

— Idade não importa.

Ele dá um risinho.

— Sim, talvez quando você estiver na meia-idade e estiver...

— Jogando golfe — Anna me faz um favor interrompendo, sem tirar os olhos do notebook.

— Pagando a hipoteca — diz ele.

— Comprando minivans.

— Com air bags laterais.

— E porta-copos extra!

Ignoro a risada dos dois.

— Você sequer o conhece.

— Porque ele nunca vem aqui. Ele deixa você na calçada e se manda — diz St. Clair.

Levanto as mãos e revelo o desenho imitando uma tatuagem de hena que eu estava fazendo com uma caneta Bic.

— Faz ideia de como é difícil estacionar nesta cidade?

— Só estou dizendo que, se isso fosse com a Anna, eu gostaria de querer conhecer os colegas de trabalho dela. Ver onde ela está passando seu tempo.

Fico olhando para ele, firme.

— *Sem dúvida.*

— Sem dúvida. — Ele abre um sorriso.

Retribuo com uma cara feia.

— Arrume um emprego.

— Talvez eu arrume.

Anna finalmente ergue os olhos.

— Só acredito vendo. — Mas ela está sorrindo para ele. Ela gira a banana de vidro do colar. — Ah, ei. Sua mãe ligou. Ela queria saber se a gente ainda está a fim de jantar lá amanhã...

E eles voltam para o mundinho deles. Como se não se vissem já o bastante. Ele fica no dormitório dela nos dias de semana e ela no dele nos fins de semana. Contudo, admito que o revezamento que fazem é interessante. Espero que um dia eu divida algo do tipo com Max. Na verdade, espero que um dia eu divida com Max apenas *um* lugar...

— Viu! — St. Clair está falando comigo de novo. — Conheci um amigo seu hoje.

— A Lindsey? — Eu me endireito mais no assento.

— Não, seu antigo vizinho. Cricket.

O teto decorativo pende e verga sobre minha cabeça.

— E como sabe que o Cricket Bell era meu vizinho? — Minha pergunta é abafada.

St. Clair encolhe os ombros.

— Ele me contou.

Fico olhando para ele.

— *E?*

— Ele mora no mesmo andar que eu no dormitório do *campus*. A gente estava conversando no corredor e eu disse que ia encontrar a Anna e onde ela trabalha...

A namorada dele irradia alegria e eu fico impressionada com uma peculiar pontada de inveja que sinto. Será que Max fala de mim para as pessoas?

— ... E ele disse que também conhecia uma pessoa que trabalhava aqui. Você.

Uma semana e já não consigo escapar dele. É muita sorte minha que Cricket more bem ao lado do único conhecido que tenho em Berkeley. E como será que ele sabe onde eu trabalho? Será que cheguei a mencionar o cinema? Não. Tenho certeza de que não. Ele deve ter perguntado para Andy depois que saí.

— Ele perguntou de você — continua St. Clair. — Gente boa.

— Ah-hã — consigo finalmente dizer.

— Tem uma história por trás desse "ah-hã" — diz Anna.

— Não tem história nenhuma — digo. — Definitivamente NÃO tem.

Anna faz uma pausa para considerar o que eu disse, depois se volta para St. Clair.

— Você se importa de ir tomar um café?

Ele arqueia uma sobrancelha. Depois de um momento, responde:

— Ah. Claro!

Ele se curva sobre ela para um beijo de despedida e, depois de observá-lo partir, ela se volta para mim com um sorriso maroto. Eu me irrito.

— Você vai contar tudo para ele depois, quando estiverem sozinhos.

O sorriso dela se alarga.

— Sim.

— Então, sem chance.

— Cara... — Anna se acomoda no assento a meu lado. — Você está morrendo de vontade de botar isso para fora.

Ela está certa. E eu boto para fora.

Capítulo 6

Quando eu tinha 5 anos, Cricket Bell construiu um elevador. Era uma invenção maravilhosa feita com barbante branco, rodas de caminhão Tonka e uma caixa de sapato infantil; graças a ela, minhas Barbies viajavam do primeiro ao segundo andar da casa de bonecas sem ter que andar com aqueles pezinhos inclinados fora do normal.

A casa foi construída em minha estante de livros e, desde que me entendia por gente, eu já vinha querendo um elevador. A Casa dos Sonhos da Barbie, a oficial, tinha um elevador feito de plástico, mas, sempre que implorava a meus pais que me comprassem uma, eles nem se mexiam. Nada de Casa dos Sonhos. Cara demais.

Então, Cricket tomou para si a responsabilidade de fazer uma para mim. E, enquanto Calliope e eu decorávamos minha estante com abajures feitos com tampas de pasta de dente e tapetes persas com amostras de carpete, Cricket criava um elevador que funcionava de verdade. Lidar com polias, alavancas e engrenagens era tão natural para ele como respirar.

O elevador tinha completado sua primeira viagem. Barbie Veterinária curtia o segundo andar e Calliope descia o elevador para buscar Skipper, quando me coloquei na ponta dos pés, franzi os lábios e dei um beijo no irmão dela, que ficou bastante surpreso.

Cricket Bell me beijou de volta.

Os lábios dele, salpicados de açúcar cristal azul, tinham o gosto dos biscoitos quentinhos que Andy tinha levado para nós. E, quando nos separamos, ele cambaleou.

Mas nosso romance durou tão pouco quanto nosso beijo. Calliope disse que éramos "nojentos" e voltou irritada para casa, arrastando Cricket atrás dela. E eu resolvi que ela estava certa. Pois Calliope era o tipo de menina que as pessoas queriam impressionar, o que significava que ela estava *sempre* certa. Então, resolvi que meninos eram asquerosos e que eu nunca sairia com um deles.

Seguramente, não com o irmão dela.

Não muito tempo depois do incidente do elevador, Calliope decidiu que eu era repulsiva de vez e minha amizade com os gêmeos terminou. Imagino que Cricket tenha acatado com facilidade a nova disposição da irmã, assim como qualquer pessoa sob a influência de outra com personalidade mais forte.

Por vários anos, a gente não se falou. O contato se limitava a ouvi-los batendo as portas do carro e a vê-los de relance pelas janelas. Calliope fora sempre uma ginasta talentosa, mas, no dia em que mudou para a patinação artística, ela estourou em uma categoria completamente diferente. Os pais dela se gabavam para os meus do potencial da filha e a vida dela se transformou em uma longa sessão de treinamento. E Cricket, jovem demais para ficar em casa sem um pai, foi com ela.

Nas raras ocasiões em que ficava em casa, ele arrumava o que fazer dentro do quarto, construindo estranhas engenhocas que voavam, emitiam sons de sino e zuniam. Às vezes, testava um desses no pequeno espaço entre nossas casas. Eu escutava uma explosão que me fazia correr até a janela. E nesses momentos, somente nesses, nós trocávamos sorrisos secretos e cordiais.

Quando eu tinha 12 anos, a família Bell ficou fora por dois anos. Por causa dos treinos de Calliope. E, quando voltaram, os gêmeos estavam diferentes. Mais velhos.

A beleza de Calliope desabrochara conforme a vizinhança tinha imaginado. Confiança irradiava por todos os poros, por toda a quadratura de seus ombros. Fiquei impressionada. Eu me sentia intimidada demais para falar com ela, mas conversava vez ou outra com Cricket. Ele não era tão bonito como a irmã. A mesma magreza que conferia a Calliope um porte de bailarina fazia Cricket parecer desajeitado. E ele tinha espinhas e os hábitos estranhos de quem não tem o costume de se socializar. Falava muito e rápido demais. Porém eu gostava da companhia dele e ele parecia gostar da minha. Estávamos à beira de uma amizade de verdade quando os Bell se mudaram de novo.

Eles voltaram só uns meses depois, no primeiro dia de verão antes de eu completar 15 anos naquele mês de agosto e os gêmeos, 16 em setembro do mesmo ano. Calliope parecia exatamente a mesma de quando foram embora.

No entanto, mais uma vez, Cricket tinha mudado.

Lindsey e eu estávamos na varanda de minha casa, tomando sorvete em cones de *waffle* quando um carro parou na casa ao lado e dele saiu Cricket Bell como eu jamais vira: uma perna após a outra, ambas maravilhosamente longas dentro de uma calça listrada.

Senti algo se *agitar* bem lá no fundo de mim.

A agitação foi tão assustadora e desagradável quanto excitante e revolucionária. Eu já sabia que essa imagem — as pernas, a calça — ficaria impressa em minha mente pelo restante da vida. Foi essa a profundidade do momento. Lindsey gritou um "olá" todo alegre. Cricket ergueu o olhar, desconcertado, e os olhos dele se cruzaram com os meus.

E foi isso. Eu estava perdida.

Mantivemos nosso olhar assim por mais tempo que o normal e aceitável, até que ele enfim olhou para Lindsey e levantou a mão em um aceno tranquilo. A família dele se materializou de dentro do carro, todos falando ao mesmo tempo, e sua atenção se voltou rapidamente para eles. Mas não sem mais um olhar em minha direção. E depois outro, ainda mais ligeiro, antes de desaparecer dentro da casa vitoriana de cor lavanda.

Peguei na mão de Lindsey e a apertei com força. Nossos dedos estavam pegajosos de sorvete. Ela sabia. Tudo o que precisava ser dito foi falado no modo como a segurei.

Ela sorriu.

— Xiiiii...

O contato verbal se deu na mesma noite. O estranho é que nem me lembro mais do que eu vestia, mas sei que escolhi com cuidado a roupa, antecipando um encontro. Quando finalmente puxei as cortinas, não fiquei surpresa ao descobri-lo parado na sua janela, olhando fixo para a minha. É claro que ele estava. Mas foi pego de surpresa por minha aparência. Até o cabelo dele parecia mais arrepiado que de costume.

— Vim... tomar um pouco de ar fresco — eu disse.

— Eu também. — Cricket acenou com a cabeça e finalizou puxando exageradamente o ar pelo nariz.

Até hoje não sei se foi uma piada, só sei que eu ri. Ele devolveu um sorrisinho nervoso, que rapidamente rompeu em um sorrisão. Ele nunca tinha controle disso. De perto, vi que as espinhas haviam desaparecido e o rosto, ficado mais velho. Ficamos ali, sorrindo feito bobos. O que dizer para uma pessoa que não é mais a mesma e, ainda assim, é a mesmíssima pessoa? Será que eu também tinha mudado ou tinha sido só ele?

Cricket se mandou primeiro. Alguma desculpa sobre ter que ajudar a mãe a desencaixotar os pratos. Prometi a mim mesma tomar a iniciativa para uma conversa de verdade no dia seguinte, mas... a proximidade dele incapacitou meu cérebro, amarrou minha língua. Ele não se saiu melhor que isso.

Então, acenamos.

Nunca antes tínhamos acenado pela janela, e estava mais do que claro que estávamos ligados na presença um do outro. Então, éramos obrigados, dia e noite, a dar um sinal de vida, ainda que não tendo nada a dizer, mas querendo ao mesmo tempo dizer *tudo*.

Demorou semanas até que esta situação torturante mudasse. Betsy e eu estávamos saindo quando ele voltava para casa, com aquela calça listrada e o cabelo que parecia tentar tocar o céu.

Paramos, tímidos.

— É bom ver você — ele disse. — Aqui fora. Ao invés de lá dentro. Você entendeu.

Sorri para que ele visse que eu tinha entendido.

— Estou levando a Betsy para passear. Gostaria de vir...

— Sim.

— ... Com a gente? — Meu coração estremeceu.

Cricket desviou o olhar.

— Sim, a gente pode colocar o papo em dia. Temos mesmo.

Eu também desviei o olhar, tentando não ruborizar.

— Você precisa deixar isso em casa?

Ele carregava uma sacola de papel de uma loja de ferramentas.

— Opa. Sim. Espera aí.

Cricket se atirou escada acima, mas depois parou no meio do caminho.

— Fique bem aí — acrescentou.

Ele entrou em um pulo e saiu no outro, poucos segundos depois. Ele me estendeu a mão com dois pirulitos.

— Isso é tão ridículo — disse ele. — Foi mal aí.

— Não, eu amo esse pirulito! — E então eu ruborizei por usar a palavra "amo".

Nossa língua ficou verde-maçã, mas conversamos por tanto tempo que, ao voltarmos para casa, ela estava rosada de novo. O sentimento dentro de mim crescia. Começamos a trombar um com o outro todas as tardes, na mesma hora. Ele fingia estar tratando de uns afazeres e eu fingia ficar surpresa, então ele se juntava a mim e a Betsy em nosso passeio.

Um dia, ele não apareceu. Parei diante da casa dele, desapontada, e olhei para um lado e para o outro da rua. Betsy avançou. A porta dos Bell abriu de repente e Cricket desceu tão depressa que quase me derrubou.

— Está atrasado. — Eu sorri.

— Você esperou. — Ele entrelaçou as mãos.

Paramos de fingir.

Cricket definia as horas do meu dia. A hora em que abria as cortinas — a mesma em que ele abria as dele —, para que a gente pudesse trocar um "olá" de manhã. A hora em que eu almoçava, para que pudesse observá-lo comer. A hora em que eu saía de casa para nosso passeio. A hora em que eu ligava para Lindsey para que ela analisasse o passeio nos mínimos detalhes. E a hora depois do jantar, quando Cricket e eu trocávamos ideias antes de fechar novamente as cortinas.

À noite, eu me deitava na cama e o imaginava deitado na dele. Será que ele também pensava em mim? Será que ele se imaginava entrando furtivamente em meu quarto como eu me imaginava entrando no dele? Se estivéssemos sozinhos no escuro, e não à luz do dia, ele encontraria coragem para me beijar? Eu queria que ele me beijasse. Ele era o garoto. Era ele quem *deveria* dar o primeiro passo.

Por que ele não dava o primeiro passo? Quanto tempo eu teria que esperar?

Esses pensamentos febris não me deixaram pregar os olhos direito durante todo o verão. Eu me levantava de manhã, coberta de suor, sem lembrança de quando finalmente adormecera e sem lembrança de meus sonhos, com exceção de três palavras que me ecoavam na mente, na voz dele. *Preciso de você.*

Preciso.

Que palavra poderosa e assustadora. Eram meus sentimentos em relação a Cricket que ela representava, mas, toda noite, meus sonhos a colocavam na sua boca.

Precisava que ele me tocasse. Estava obcecada com o modo como as mãos dele nunca paravam de se mexer. O modo como ele esfregava uma na outra quando estava agitado, o modo como às vezes ele não conseguia evitar, senão bater palmas. O modo como ele tinha mensagens secretas escritas no dorso da mão esquerda. E os dedos. Longos, entusiásticos, frenéticos, mas eu sabia, por vê-lo construindo suas máquinas, que eles também eram delicados, cuidadosos, precisos. Eu fantasiava sobre aqueles dedos.

E estava consumida pelo modo como seus olhos brilhavam toda vez que ele falava, como se fosse o melhor dia de sua vida. E o modo como seu corpo inteiro se inclinava em direção ao meu quando era minha vez de falar, um gesto que mostrava que ele estava interessado, que estava escutando. Ninguém nunca tinha movido o corpo para me encarar daquele jeito.

O verão avançava, cada dia mais agonizante e maravilhoso que o anterior. Ele começou a passar um tempo com Lindsey e meus pais, e até com Norah, quando ela resolvia aparecer. Ele estava entrando em meu mundo. No entanto, toda vez que eu tentava entrar no dele, Calliope se mostrava hostil. Fria. Às vezes, ela fingia que eu não estava na sala; às vezes, até saía enquanto eu falava. Esta era a primeira vez que ele tinha escolhido uma pessoa em detrimento dela, e ela se ressentia por causa disso. Eu estava roubando seu melhor amigo. Eu era uma ameaça.

Em vez de confrontá-la, nós nos refugiamos em minha casa.

Mas... ele ainda não dava passo nenhum. Lindsey supunha que ele estivesse esperando o momento certo, algo significante. Talvez meu aniversário. O dele é exatamente um mês depois do meu, também no dia 20, de modo que ele sempre se lembrava. Naquela manhã, fiquei animada ao ver uma placa colada na vidraça dele: FELIZ DIA DA LOLA! TEMOS OUTRA VEZ A MESMA IDADE!

Inclinei-me para fora de minha janela.

— Só por um mês!

Ele surgiu com um sorriso, esfregando as mãos uma na outra.

— Um mês ótimo.

— Vai se esquecer de mim quando completar dezesseis — provoquei.

— Impossível! — A voz dele falhou ao pronunciar a palavra. Isso balançou meu coração.

Andy assumiu o passeio da Betsy à tarde para que a gente pudesse ficar livre de tudo. Cricket me encontrou no horário de sempre, erguendo duas caixas de pizza sobre a cabeça. Eu estava prestes a dizer que ainda estava empanzinada com o almoço quando...

— Estão vazias ou cheias? — Minha pergunta foi marota. Eu tinha um pressentimento de que não se tratava de pizza.

Ele abriu uma caixa e sorriu.

— Vazia.

— Faz anos que não vou lá.

— Eu também. Acho que você estava com a gente da última vez que Calliope e eu fomos.

Saímos correndo morro abaixo, na direção do parque na outra extremidade da rua (e mal contava como parque, já que era minúsculo e espremido entre duas casas), subimos outra colina, passando pela placa onde está pintado com *spray* o aviso ADULTOS NÃO SÃO PERMITIDOS, A NÃO SER ACOMPANHADOS DE CRIANÇAS, e chegamos ao topo dos escorregadores da Seward Street.

— Ah, céus... — Levei um baita susto. — Sempre foram íngremes assim?

Cricket abriu as caixas e estendeu-as de comprido, com o lado gorduroso virado para baixo, uma caixa em cada escorregador de concreto.

— Quero o da esquerda.

Eu me sentei em minha caixa.

— Coitado de você. O da direita é mais rápido.

— Nem vem! O da esquerda sempre ganha.

— Falou o cara que desde os seis anos não vem aqui. Mantenha os braços colados ao corpo.

Ele deu um sorriso travesso.

— Não tem como esquecer aqueles arranhões e queimaduras.

Contamos até três e largamos. Os escorregadores são curtos e rápidos e nós voamos até a base, segurando o grito para não perturbar a Bruxa da Seward, a velha má que berrava obscenidades para as pessoas que se divertiam em voz alta demais (e só mais uma razão para os escorregadores serem tão divertidos). Os pés de Cricket ultrapassaram primeiro o escorregador, seguidos velozmente pelo traseiro. Ele bateu no chão com uma pancada que fez a gente rolar de rir.

— Acho que está até saindo fumaça da minha bunda — ele disse.

Como se precisasse de mais alguma coisa para chamar a atenção para aquele traseiro.

Ficamos meia hora lá, dividindo os escorregadores com dois caras de 20 e tantos anos que curtiam um barato e um grupo de mães com crianças em idade pré-escolar. A gente esperava atrás das mães, prestes a descer o escorregador pela última vez, quando escutei umas risadinhas. Olhei por cima do ombro e dei de cara com três garotas que vinham da escola. Meu coração se apertou.

— Vestido maneiro — disse Marta Velazquez. — É da sua mãe?

Eu usava um vestido de bolinhas rodado, retrô, que era dois tamanhos maior do que eu (e que precisei apertar com dois alfinetes de segurança), por cima de uma blusa listrada de manga comprida e jeans com a barra dobrada ao estilo *greaser*. Eu queria ficar bonita em meu aniversário.

Eu não me sentia mais bonita.

Cricket se virou, confuso. E daí... ele fez uma coisa que mudou tudo. Ele se colocou de propósito na frente delas e bloqueou minha visão.

— Não dê ouvidos a elas. Eu gosto de como você se veste.

Ele gostava de mim do jeito que eu era.

Eu me sentei em silêncio em minha caixa de pizza.

— É a nossa vez.

Mas o que eu queria dizer era: "preciso de você".

No caminho para casa, ele contou piadas e me fez rir das pessoas que por anos haviam me atormentado. Finalmente eu me dava conta do absurdo que era ter me preocupado tanto com o que meus colegas de classe pensavam de mim. Eu realmente *não* queria me parecer com eles.

— Cricket! — disse Andy ao nos ver chegando. — Você vem para o jantar de aniversário, certo?

Olhei cheia de esperança para Cricket. Ele enfiou as mãos nos bolsos.

— Claro.

Foi simples e perfeito. Meus únicos convidados foram Nathan, Andy, Lindsey e Cricket. Comemos pizza marguerita, seguida de um bolo extravagante em forma de coroa. Comi o primeiro pedaço, Cricket comeu o maior. Depois, acompanhei meus amigos até lá fora. Lindsey me deu um cutucão nas costas e desapareceu.

Cricket arrastou os pés.

— Não sou muito bom com presentes.

Senti meu coração saltar. No entanto, em vez de um beijo, ele retirou do bolso um punhado de peças de relógio e embalagens de doce. Cricket remexeu no amontoado até que encontrou uma tampa de refrigerante rosa metálica. Pegou e me mostrou a tampinha.

— Sua primeira.

Talvez a maioria das garotas ficasse decepcionada, mas eu não sou a maioria das garotas. Havia uns dias, a gente tinha visto um cinto feito de tampinhas de garrafa na vitrine de uma loja e eu tinha dito que queria fazer um.

— Você lembrou!

Cricket sorriu aliviado.

— Achei que era bonita. Colorida. — E, enquanto ele a colocava na palma de minha mão, eu reli, pela centésima vez só naquele dia, a mensagem que ele rabiscou na parte de trás da mão: FUSÍVEL JÁ.

Era *este* o momento.

Segurei a tampinha e me aproximei. A respiração dele acelerou. A minha também.

— Você prometeu que estaria lá!

Nós nos separamos em um pulo. Calliope estava na varanda da casa ao lado, aparentemente à beira das lágrimas.

— Eu precisei de você e você não estava lá!

Um inconfundível lampejo de pânico surgiu nos olhos dele.

— Meu Deus, Cal! Não acredito que esqueci!

Ela vestia um cardigã delicado, mas o modo como ela cruzou os braços não foi nada suave.

— Você anda esquecendo um monte de coisas ultimamente.

— Desculpe. Esqueci completamente, desculpe mesmo.

Ele tentou enfiar de volta as embalagens e as peças de relógio no bolso, porém elas caíram pela varanda.

— Muito bonito, Cricket. — Ela olhou para mim com uma expressão de fúria. — Não sei por que perde seu tempo.

Mas ela ainda falava com *ele*.

— Obrigado pelo jantar — murmurou ele, colocando tudo de volta nos bolsos. — Feliz aniversário.

Ele saiu sem olhar para mim. Da varanda deles, Calliope ainda me fuzilava com os olhos. Eu me senti como se tivesse levado uma bofetada. Não tinha nada de que me envergonhar, só que ela tinha esse poder. Se quisesse fazer você se sentir de um jeito, ela conseguia.

Mais tarde, Cricket me disse que ele deveria ter ido a uma reunião. Foi vago sobre isso. Depois do acontecido, foi como se a gente tivesse dado um pequeno passo para trás. Começaram as aulas. Ele passava um tempo com Lindsey e eu enquanto Calliope fazia novos amigos. Havia uma tensão silenciosa entre os gêmeos. Cricket não tocava no assunto, mas eu sabia que ele estava triste.

Em uma sexta-feira depois das aulas, ele me mostrou um vídeo do Fliperama Suíço — uma maravilha mecânica que ele tinha visto enquanto visitava um museu em Chicago. Desde o gelo que Calliope me dera no começo do verão que eu não entrava mais na casa deles. Eu esperava que isso fosse uma desculpa para entrarmos no quarto de Cricket, no entanto seu laptop estava na sala de estar. Ele se sentou em um dos lados de uma namoradeira, deixando espaço para que eu me sentasse a seu lado. Será que era um convite? Ou simples gentileza, oferecendo-me o maior sofá da sala?

Por que era tão difícil saber?

Resolvi arriscar e me sentei ao lado dele. Ele pôs o vídeo para rodar e eu cheguei mais perto, sob o pretexto de ver melhor. Eu não conseguia me concentrar, mas, enquanto a bola prateada da máquina atravessava túneis, acionava apitos e zunia ao longo dos trajetos, eu me divertia rindo do mesmo jeito. Fui me aproximando devagar até ficar no vão entre as almofadas. Senti um levíssimo cheiro de suor vindo dele, mas não era ruim. Estava bem longe de ser ruim. E daí o lado de minha mão roçou na dele e meu coração entrou em colapso.

Ele permaneceu imóvel.

Limpei a garganta.

— Não vai fazer nada de especial para o seu aniversário amanhã?

— Não. — Ele colocou a mão no colo, perturbado.

— Então tá... — Fiquei olhando para a mão dele.

— Na verdade, a Calliope tem uma parada lá de patinação. Então, vai ser mais uma tarde com a comida ruim lá do rinque, vendedores de equipamentos e garotas estridentes.

Será que era uma desculpa para me evitar? Será que eu tinha estado errada durante todo aquele tempo? Segui triste para casa e telefonei para Lindsey.

— Nada a ver — disse ela. — Ele curte você.

— Você não viu como ele está. Tem agido de um jeito tão estranho, tão calado.

Na manhã seguinte, porém, eu me encontrei com Lindsey para achar um presente para ele. Eu não estava pronta para desistir. Não *podia* desistir. Eu sabia que ele precisava, para um projeto, de um tamanho obscuro de chave inglesa, e também sabia que ele estava tendo dificuldades para encontrá-lo na internet. Passamos o dia inteiro caçando nas lojas especializadas da cidade e, enquanto eu voltava para casa naquela noite, orgulhosa por ter achado a peça, senti novamente uma ponta de esperança, ainda que apreensiva. E foi aí que eu vi.

Uma festa rolando solta.

A casa da família Bell era um barulho só e estava apinhada de gente. Havia cordas de luzes *tiki* penduradas nas janelas panorâmicas. Não era uma festa que acontecera de última hora. Era uma festa planejada. Uma festa planejada para a qual eu não tinha sido convidada.

Estaquei ali, devastada, segurando a minúscula chave inglesa e assimilando o espetáculo. Um bando de garotas passou correndo por mim e subiu as escadas. Como é que os gêmeos tinham feito tantos novos amigos assim tão depressa? As garotas bateram à porta. Calliope abriu e as cumprimentou com um riso alegre. Elas passaram pela anfitriã e entraram na casa. E foi aí que ela me viu, olhando para ela da calçada.

Ela se deteve e, em seguida, fez uma careta.

— Que foi? Boa demais para a nossa festa?

— O-o quê?

— Sabe, depois de passar tanto tempo com meu irmão, acho que o mínimo que você podia fazer é meter a cabeça aqui dentro e desejar um feliz aniversário para ele.

Minha cabeça girava.

— Eu não fui convidada.

Calliope fez uma expressão de surpresa.

— Mas o Cricket disse que você não poderia vir.

Explosão.

— Eu... ele não me convidou. Não.

— Hum... — Ela me olhou nervosa. — Bom. Tchau.

A porta de cor lavanda se fechou num estrondo. Fiquei olhando para ela, queimando de mágoa e humilhação. Por que ele não me quis em sua festa? Entrei cambaleante em casa, fechei as cortinas e explodi em soluços dolorosos. O que teria acontecido? O que havia de errado comigo? Por que ele não gostava mais de mim?

A luz do quarto dele se acendeu à meia-noite. Ele me chamou.

Tentei me concentrar no golpe catastrófico que me foi desferido no peito. Ele me chamou mais uma vez. Eu queria ignorá-lo, mas como poderia? Abri a janela.

Cricket olhava para os próprios pés.

— Então, hum, o que você fez esta noite?

— Nada. — Minha voz era rude, ao passo que lhe devolvia as palavras que me dissera antes. — Eu não fiz nada.

Ele parecia triste. Isso só fez com que eu o desprezasse mais, por tentar fazer que *eu* me sentisse culpada.

— Boa noite. — Comecei a fechar a janela.

— Espere! — Ele puxou o cabelo, deixando-o mais alto. — Eu... eu acabei de saber que vou me mudar.

Era como se eu tivesse sido golpeada no crânio. Pestanejei, surpresa por descobrir lágrimas que me surgiam naquele instante.

— Você está indo embora? De novo?

— Segunda-feira.

— Daqui a DOIS dias?

Por que eu não conseguia parar de chorar? Eu era uma completa idiota!

— A Calliope vai voltar para o antigo treinador. — Ele parecia impotente. — Não está dando certo aqui.

— *Nada* está dando certo aqui? — eu disse, desabafando. — Não há *nada* que queira me dizer antes de ir embora?

A boca de Cricket se entreabriu, mas manteve o silêncio. Sua cara de equação difícil. Um minuto inteiro se passou, talvez dois.

— Pelo menos temos isso em comum — eu disse por fim. — Também não há nada que eu queira dizer a você.

E eu fecho a janela com força.

Capítulo 7

— Ele estava olhando ali na cara dura! — digo. — Estou falando sério, o Charlie estava admirando seu traseiro na aula de química.

Lindsey nem dá bola.

— Ainda que ele estivesse, e eu sinceramente duvido muito disso, você conhece minha política. Nada de garotos...

— Até a formatura. Só pensei que, já que era o Charlie... e já que ele não tirava os olhos de você na sala...

— Não. — E ela dá uma mordida feroz em seu sanduíche de amêndoas, manteiga e geleia para pôr fim à conversa. Coloco as mãos para o alto em gesto de paz. Sei muito bem que não adianta continuar discutindo, ainda que ela tenha uma quedinha secreta por Charlie Harrison-Ming desde que ele fez o dobro de pontos que ela no Quiz Bowl do ano passado.

Nossa primeira semana como alunas do terceiro ano no Colégio Harvey Milk Memorial foi como eu esperava. As mesmas aulas chatas, as mesmas garotas maldosas e detestáveis, os mesmos babacas pervertidos. Pelo menos, Lindsey e eu almoçamos juntas. Isso ajuda.

— Ei, Cleópatra. Quer dar um passeio no meu Nilo?

Falando em babacas. Gregory Figson cumprimenta um amigo musculoso. Estou usando uma peruca preta comprida com franja reta, um vestido branco feito de um lençol, joias de ouro robustas e — como não poderia faltar — olhos de Egito Antigo pintados com *kohl*.

— Não — respondo secamente.

Gregory agarra o próprio peito com as duas mãos.

— Belas pirâmides — ele diz, e os dois saem se achando, aos risos.

— Quando eu achava que ele não podia ser mais asqueroso... — Já sem apetite, largo meu hambúrguer vegetariano.

— E como se eu precisasse de mais uma razão para esperar — diz Lindsey. — Garotos de colégio são retardados.

— É por isso que não saio com garotos de colégio. Saio com homens.

Lindsey revira os olhos. A principal razão da espera de minha amiga é o fato de acreditar que namorar agora só vai complicar sua agenda. "Agenda" é termo dela, não meu. Ela acha que os meninos são uma distração para os objetivos de sua educação, por isso, só quer namorar depois que estiver firmemente estabelecida na vida pós-colégio. Respeito a decisão dela, ainda que eu preferisse usar calça de moletom em público a desistir de meu namorado.

Ou desistir de minha primeira chance de participar do baile de inverno. É um baile só para veteranos e ainda faltam alguns meses até lá, mas já estou entusiasmada com meu vestido de Maria Antonieta, para o qual já comecei a juntar os tecidos. Seda dupioni cintilante e tafetá enrugado. Fita de cetim macio. Delicadas penas de avestruz e ricas joias de cristal. Eu nunca empreendi um projeto dessa complexidade, dessa magnitude, e a criação vai me tomar todo o outono.

Decido começar quando chegar em casa. É sexta-feira e, pelo menos uma vez, eu não tenho que trabalhar. Além disso, o Anfetamina vai tocar esta noite em um clube que não aceita menores de 21 anos. E não vai permitir que Max dê um jeitinho de me pôr lá dentro.

De tudo que já li na internet, preciso começar pelas roupas de baixo.

Já comprei uma tonelada de pano para o vestido, mas o figurino tem que ser feito de dentro para fora, de modo que, quando for tirar as medidas para o vestido de verdade, eu já o faça sobre o volumoso espartilho (uma palavra do século XVIII para "corpete") e as anquinhas gigantes (as saias rodadas em forma oval usadas por Maria e suas damas de companhia).

Fico horas procurando instruções de como fazer anquinhas com precisão histórica, mas não encontro nada. A menos que eu queira fazê-las com bambolês — e eu *não* quero — terei que ir até a biblioteca para pesquisar mais. Tenho mais sucesso na pesquisa dos espartilhos. Há um monte de diagramas e instruções. Imprimo várias páginas e começo a tirar as medidas e a criar um molde.

Faz três anos que eu costuro e até que dou para o gasto. Comecei pelas coisas pequenas, como todo mundo faz — bainha, saias com corte em trapézio, fronhas —, mas rapidamente passei para os itens maiores, cada um mais complexo que o outro. Não estou interessada em fazer o que é fácil.

Estou interessada em fazer o que é belo.

Eu me perco no processo: traçando moldes no papel de seda, encaixando-os, voltando a traçar e encaixando-os outra vez. Leigos não se dão conta de quanta resolução de problemas requer a composição de um traje, e iniciantes geralmente desistem por se sentirem frustrados. Porém eu curto o quebra-cabeça. Se eu olhasse para este vestido imenso como uma coisa só, estaria puxando os cabelos. Ninguém daria conta de criar um vestido assim. Mas, ao dividir o processo em pequenas etapas e ir executando uma a uma, torna-se algo que sou capaz de fazer.

Quando finalmente escurece em meu quarto, sou obrigada a me levantar do chão e acender as luzes cintilantes na tomada. Alongo os músculos doloridos e olho para minha janela.

Será que ele vem para casa neste fim de semana?

A ideia me deixa inquieta. Não compreendo por que ele fica fazendo perguntas sobre mim para Andy e St. Clair. Existem três explicações possíveis, cada uma mais improvável que a outra. Ele talvez não esteja fazendo amigos na faculdade e, por alguma razão irônica, decidiu que eu, mais uma vez, quebraria um galho como amiga. Tipo, ele voltou para casa nos dois últimos fins de semana. É óbvio que ninguém é interessante o bastante para mantê-lo em Berkeley. Ou talvez ele se sinta mal com o jeito como as coisas terminaram entre a gente e esteja tentando compensar. Limpar a consciência.

Ou... talvez... ele goste de mim. Daquele outro jeito.

Eu estava bem até ele voltar. Estava perfeitamente feliz sem essa complicação toda. Teria sido melhor se ele tivesse me ignorado. Calliope e eu ainda não nos falamos; também não há razão para Cricket e eu nos falarmos. Eu me sinto impelida para a janela e fico surpresa ao dar com cortinas listradas penduradas no quarto dele.

Então, a luz se acende.

Fecho rapidamente as cortinas. Meu coração palpita enquanto me encosto na parede. Pela brecha das cortinas, observo uma silhueta, que é inegavelmente Cricket Bell, atirar duas sacolas ao chão (uma bolsa a tiracolo e um sacola de roupa suja). Ele toma a direção de nossas janelas e o pavor se agita dentro de mim. E se ele chamar meu nome?

Há uma claridade súbita quando ele abre as cortinas. Seu corpo, uma sombra escura, assume a forma humana completa. Eu me esgueiro mais. Ele se detém ali e, em seguida, se sobressalta quando outro vulto entra no quarto. Mal consigo ouvir o som de uma garota falando. Calliope.

Não posso me esconder para sempre. Minhas cortinas são grossas e eu preciso confiar nelas. Respiro fundo e dou um passo para trás, mas acabo tropeçando em meu projeto e rasgo um molde. Droga! Escuto risadas vindas da casa ao lado e, por um segundo de pânico, acho que eles viram minha manobra desastrada. No entanto é a paranoia falando. Seja lá do que estão rindo, não tem nada que ver comigo. Odeio que eles ainda consigam mexer comigo desse jeito.

Eu sei do que preciso. Ligo para ele, que atende pouco antes de cair na caixa postal.

— Alô — diz Max.

— Oi! Como vão as coisas aí? Quando o show começa? — Tem muito barulho no clube e eu não consigo ouvir a resposta dele. — Quê?

— [Puts puts] depois das onze [puts].

— Ah... Beleza. — Não tenho mais nada a dizer. — Estou com saudade...

— [Puts puts puts. Puts.]

— Quê? Desculpa, não consigo ouvir!

— [Puts puts] hora ruim [puts].

Suponho que ele esteja dizendo que tem que ir.

— Ok! Vejo você amanhã! Tchau!

Um clique do outro lado da linha e ele se foi. Eu deveria ter mandado uma mensagem de texto. Mas não quero mandar agora, porque não quero incomodar. Ele não gosta de conversar antes dos shows.

A ligação faz eu me sentir mais fria que confortada. As risadas continuam na casa ao lado e eu resisto à tentação de arremessar minhas tesouras de costura na janela de Cricket para fazê-los calar a boca. Meu telefone toca e eu atendo avidamente.

— Max!

— Preciso que você diga ao Nathan para vir me buscar.

Não é Max.

— Onde você está? — Já estou correndo escadas abaixo. Nathan está quase apagado na frente da TV, os olhos semicerrados, assistindo a *Antiques Roadshow* com Heavens to Betsy. — Por que você mesma não diz a ele?

— Porque ele vai ficar furioso e eu não posso lidar com ninguém que esteja furioso no momento. — Sinto irritação e esgotamento em sua voz.

Eu estaco de repente.

— De novo, não.

— O locador trocou as fechaduras, então fui obrigada a arrombar meu apartamento. Meu *próprio* apartamento. Estão chamando isso de "ocorrência".

— Ocorrência? — pergunto, e os olhos de meu pai se abrem bruscamente. Indignada, estendo meu telefone para ele sem esperar por uma resposta. — Norah precisa que você a tire do xadrez.

Nathan pragueja e agarra o celular.

— Onde você está? O que houve? — Ele arranca respostas dela ao mesmo tempo em que pega as chaves do carro e coloca os sapatos. — Estou levando seu telefone, OK? — diz para mim. — Diga ao Andy para onde estou indo. — E ele sai pela porta.

Essa não é a primeira vez que minha mãe biológica liga para nós de uma delegacia. Norah tem uma longa ficha suja, e sempre por causa de coisas estúpidas como furtar *enchiladas* orgânicas congeladas ou se recusar a pagar multas de trânsito. Quando eu era mais nova, as acusações eram geralmente de embriaguez ou conduta inadequada. E, acredite em mim, uma pessoa tem que estar muitíssimo embriagada ou ser muito desordeira para ir em cana nesta cidade.

Andy recebe a notícia em silêncio. O relacionamento com Norah é difícil para todo mundo, mas talvez seja muito mais para ele. Ela não é sua irmã nem sua mãe. Sei que uma parte dele deseja que nos livremos dela de uma vez por todas. Uma parte de mim também deseja isso.

Quando eu era pequena, os gêmeos Bell me perguntaram por que eu não tinha uma mãe. Eu disse a eles que ela era a princesa do Paquistão (eu tinha ouvido o nome por acaso no noticiário e achei bonito) e que eu tinha sido entregue a meus pais por ser um bebê que ela tivera em segredo com o jardineiro do palácio, e seu marido, o príncipe malvado, nos mataria se soubesse de minha existência.

— Quer dizer então que você é uma princesa? — perguntou Calliope.

— Não. Minha mãe é uma princesa.

— Isso quer dizer que você também é uma — disse Cricket, admirado.

— Ela não é princesa. — Calliope estreitou os olhos. — Não existe coisa nenhuma de príncipe malvado nem Paquistão.

— Existe, sim! E eu sou uma princesa! — Mas ainda me lembro do fluxo de sangue quente que senti quando eles voltaram mais tarde no mesmo dia e eu percebi que tinha sido pega.

Calliope cruzou os braços.

— Sabemos a verdade. Nossos pais nos contaram.

— É verdade que sua mãe não tem casa? — perguntou Cricket. — É por isso que não pode morar com ela?

Esse foi um dos momentos mais vergonhosos de minha infância. Portanto, quando meus colegas de classe começaram a perguntar, dei a versão mais simples:

— Não sei quem ela é. Nunca a conheci.

Eu me tornei uma história corriqueira de adoção, uma história desinteressante. Ter dois pais não é novidade por aqui. No entanto, há poucos anos, Cricket e eu estávamos vendo TV quando ele se virou para mim e inesperadamente perguntou:

— Por que você faz de conta que não tem mãe?

Eu me fiz de desentendida.

— Hein?

Cricket estava mexendo com um clipe de papel, dobrando-o até adquirir uma forma complicada.

— Quero dizer, ela está bem agora. Certo? — Ele quis dizer sóbria. Fazia um ano que ela se mantinha assim. Porém ainda era Norah.

Eu só *olhei* para ele.

Era como se pudesse vê-lo relembrando o passado. Por anos, os Bell ouviram a gritaria que minha mãe biológica aprontava sempre que aparecia de surpresa e totalmente bêbada.

Ele baixou os olhos e deixou o assunto de lado.

Sou grata por minha genética não incomodar Max. O pai dele é um bêbado miserável que mora em um bairro perigoso de Oakland e ele sequer sabe onde a mãe mora. Na verdade, Norah fortalece meu relacionamento com Max. Entendemos um ao outro.

Deixo Andy e subo de novo as escadas. Pela janela, reparo que Calliope saiu do quarto de Cricket. Ele anda de um lado para o outro. O molde rasgado no chão zomba de mim. Os suntuosos tecidos azul-claros amontoados sobre minha mesa de costura perderam o esplendor. Eu os toco com delicadeza. Ainda são macios. Ainda guardam a promessa de algo melhor.

Estou determinada a compensar a última noite.

— Hoje, só quero saber de brilhar.

Heavens to Betsy ergue a cabeça, escutando sem entender. Coloco uma presilha de *strass* em minha peruca rosa-clara. Também estou usando um vestido de baile de formatura enfeitado de lantejoulas que virou um vestido curtinho, uma jaqueta jeans coberta de broches de David Bowie e cílios postiços reluzentes. Coço atrás das orelhas de Betsy e ela sai do quarto trotando atrás de mim. Nas escadas, a gente topa com Andy, que segura um cesto de roupa limpa.

— Meus olhos! — brinca ele. — Que clarão!

— Muito engraçado!...

— Você parece um globo espelhado de discoteca.

Eu sorrio e afasto Andy para abrir passagem.

— Vou aceitar isso como um elogio.

— Quando o Max vai trazer você para casa?

— Mais tarde!

Nathan está esperando ao pé das escadas.

— Quando, Dolores? Especificar a hora seria de grande utilidade.

— Seu cabelo está bagunçado de novo.

Coloco a bolsa no chão para dar um jeito no cabelo dele. Nathan e eu temos o mesmo cabelo: grosso, castanho-médio e com uma onda estranha na frente que nunca para quieta. Ninguém duvida de que Nathan e eu sejamos parentes. Também temos os mesmos olhos grandes e castanhos e o sorriso infantil. Quando nos permitimos sorrir. Andy é mais magro que Nathan e usa curtinho o cabelo prematuramente grisalho. Ainda assim, apesar do cabelo e dos nove anos a mais neste planeta, todo mundo acha que Andy é mais novo porque ele é quem sempre está sorrindo. E porque usa camisetas engraçadas.

— Que horas? — repete Nathan.

— Hum, às quatro?

— Isso são cinco e meia. Quero você em casa até essa hora.

Solto um suspiro.

— Sim, pai.

— E três ligações para dar sinal de vida.

— *Sim*, pai.

Não sei o que fiz para merecer os pais mais rígidos da face da Terra. Devo ter sido mesmo muito carne de pescoço em uma vida passada. Não é como se eu fosse uma Norah. Nathan voltou para casa só depois da meia-noite. Ao que tudo indica, trocaram a fechadura porque ela não estava pagando o aluguel e, para poder entrar, ela fez uma cena arrebentando a janela da frente com a espreguiçadeira de um vizinho. Nathan vai visitar hoje o locador para discutir sobre os aluguéis atrasados. E sobre toda essa situação da janela quebrada.

— Tudo bem, então. — Ele balança a cabeça. — Divirta-se. Não faça nada que eu não faria.

Escuto Andy enquanto já vou saindo pela porta da frente.

— Querido, esse aviso não funciona quando se é gay.

Desço as escadas rindo rumo à calçada. As botas pesadas, tatuadas com formas sinuosas de *glitter* rosa (para combinar com a peruca), deixam um rastro de purpurina por onde eu passo.

— Você parece uma estrela cadente — diz uma voz vinda da varanda da casa ao lado. — Brilhante.

No mesmo instante, minha alegria cessa. Cricket desce pulando as escadas e se junta a mim na calçada.

— Indo a algum lugar especial? — pergunta ele. — Você está linda. Brilhante. Eu já disse isso, não disse?

— Disse, obrigada. E eu só vou sair por umas horas.

Não que ele merecesse minha sinceridade ou tanta explicação. É claro que agora me sinto envergonhada por pensar assim, de modo que, encolhendo os ombros, acrescento: — Devo dar uma passadinha na Amoeba Records mais tarde.

Por que ele faz com que eu me sinta culpada? Não estou fazendo nada de errado. Balanço a cabeça — mais para mim mesma do que para ele — e tomo o rumo da parada de ônibus.

— Até mais — digo.

Vou me encontrar com Max na Upper Haight. Ele não pode me buscar porque vai pegar uma surpresa antes. *Uma surpresa.* Não faço ideia do que seja;

poderia ser uma goma de mascar, não me importo. O fato de ter um namorado que me faz surpresas é suficiente.

Sinto o olhar de Cricket. Uma pressão contra minha nuca. Para ser sincera, eu me pergunto por que ele não está me seguindo. Eu me viro.

— O que vai fazer hoje?

Ele diminui em três passos a distância entre nós.

— Não vou fazer nada.

— Ah... — Fico me sentindo mal outra vez.

Ele coça a bochecha e o que tem escrito na mão o instrui a Carpe Diem. Aproveitar o dia.

— Tipo, tenho umas lições de casa. Mas não vai demorar muito. Só uma hora. Duas, no máximo.

— Certo. Lição de casa. — Estou prestes a dizer algo igualmente estranho quando escuto o ronco do ônibus que se aproxima. — É o meu!

Dou uma corrida até o ônibus. Cricket grita alguma coisa, mas não consigo escutar por causa do barulho do escapamento quando o ônibus encosta no meio-fio. Pego um assento do lado de uma mulher bem magra que veste uma bata com estampas paisley e que está lendo *O Livro Tibetano dos Mortos*.

Olho pela janela. Ele ainda está me observando. Nossos olhares se cruzam e, dessa vez, o sorriso dele é tímido. Por alguma razão... isso me faz sorrir de volta.

— Ôoo — diz a mulher ao meu lado. — Você está brilhante.

Capítulo 8

Eu deveria ter desejado a goma de mascar.

— Vai ser ótima para os shows — diz Max, mais animado que de costume. — Você sabe como era ruim carregar toda nossa tralha em três carros separados. Estacionar nesta cidade, então. Impossível.

— Excelente! Boa! Joinha mesmo!

É uma van. Max comprou uma van. Ela é grande, é branca e é uma van. Tipo, não é nenhum Chevrolet Impala 1964. Tipo, meu namorado trocou o carro para comprar uma van.

Ele anda em volta dela, admirando seu... o quê? Amplo espaço?

— Você sabe que a gente queria sair em turnê pelo litoral. O Craig conhece uns caras em Portland, o Johnny conhece uns em Los Angeles. É disso que a gente precisava. Agora, é só cair na estrada.

— Turnê! Uau! Demais!

TURNÊ. Longos períodos sem Max. Mulheres ardentes e provocantes de outras cidades flertando com meu namorado, fazendo-o lembrar-se de minha inexperiência. TURNÊ.

Max para.

— Lola.

— Hum?

— Está fazendo aquilo que mulher faz. Dizendo que está feliz quando não está.

Ele cruza os braços. As teias de aranha tatuadas nos cotovelos apontam para mim como a me acusar.

— Estou feliz.

— Está irritada porque acha que, quando eu for viajar, vou conhecer alguém. Uma pessoa mais velha.

— Não estou brava. — Estou *preocupada*. E detesto mais ainda o fato de já termos tido essa conversa antes, de modo que ele sabe exatamente o que estou pensando! — Estou... surpresa. Eu realmente gostava do seu carro antigo, só isso. Mas esse é bom também.

Ele arqueia uma sobrancelha.

— Você gostava do meu carro?

— Amava seu carro.

— Sabe como é. — Max me encosta na lateral do veículo. Sinto o metal frio contra a espinha. — Vans são boas para outras coisas.

— Outras coisas?

— Outras coisas.

OK. Talvez toda essa situação da van não seja uma perda completa. Minhas mãos estão em seus cabelos descoloridos e nossos lábios, esmagados uns contra os outros, quando escuto alguém gritar de modo rude:

— Tem algum trocado aí, cara?

A gente se separa e dá com um cara usando um traje de veludo todo sujo e remendado, que nos olha atravessado.

— Não, desculpa — digo.

— Não precisa se desculpar. — Ele me olha mal-encarado por baixo do cabelo desgrenhado e sujo. — Só tô com uma fome da porra.

— Imbecil — grita Max enquanto o cara vai saindo com um andar desengonçado.

São Francisco é mesmo abarrotada de sem-teto. Não consigo ir de casa para a escola sem topar com uma dúzia. Eles me deixam inquieta, pois são um lembrete constante de minhas origens, mas geralmente consigo ignorá-los. Faço de conta que não os vejo. Caso contrário... é cansativo demais.

Todavia, no Haight, os sem-teto são sacanas passivo-agressivos.

Não gosto de vir aqui, mas Max tem amigos que trabalham nas butiques de roupas *vintage* que custam os olhos da cara, *head shops*[12], livrarias e "burriterias". Apesar

[12] Lojas especializadas em produtos ligados à cultura da maconha, bem como outros produtos da contracultura. (N. T.)

do grafite psicodélico e das vitrines boêmias, Haight Street (que já foi a meca do amor livre dos anos 1960) é sem dúvida mais barra-pesada e suja que o restante da cidade.

— Ei! Esqueça aquele cara — diz Max.

Ele vê que eu preciso me animar. Então, me leva para comer *falafel* no lugar onde tivemos nosso primeiro encontro. Depois, zanzamos em uma loja de *drags* para provar perucas. Ele ri quando faço pose com uma peruca do tamanho de uma colmeia, de um roxo absurdo. Amo a risada dele. É rara; por isso, sempre que a ouço, sei que fiz por merecer. Ele até me deixa colocar em sua cabeça uma peruca loira de Marilyn.

— Espere só até o Johnny e o Craig verem você — digo, mencionando seus colegas de banda.

— Digo que resolvi deixar crescer.

— Rogaine[13] funciona — digo, imitando a voz de Max o melhor que consigo.

— Mais uma piada de velho? — Max ri de novo enquanto roda para trás minha peruca rosa-clara. — É melhor a gente ir. Eu disse ao Johnny que o encontraria às três e meia.

Enfio meu cabelo de verdade por baixo da peruca que ele tirou do lugar.

— Porque você já não o vê o bastante em casa.

— *Você* mal o vê — diz Max.

Johnny Ocampo (baterista do Anfetamina e colega de apartamento de Max) trabalha na Amoeba Records, que é a única coisa que amo neste bairro. A Amoeba é um vasto santuário de discos de vinil raros, cartazes de bandas e intermináveis fileiras de CDs com abas de gêneros musicais identificadas por cores. Ainda há vantagens em se poder segurar a música nas mãos.

— Só estava provocando. Além disso — acrescento —, você nunca passa um tempo com a Lindsey.

— Qual é, Lo. Ela é abelhuda e imatura. As coisas são estranhas entre a gente.

Não deixa de ser verdade, mas... poxa! Às vezes, mentir é a coisa mais educada a fazer. Franzo o cenho.

— Ela é a minha melhor amiga.

— Prefiro passar meu tempo com você. — Max pega minha mão. — A sós.

Estamos em silêncio ao entrarmos na Amoeba. Johnny, um filipino atarracado, mas musculoso, está no lugar de sempre, atrás do balcão de informações

---

[13] Medicamento usado para calvície e queda de cabelo. (N. T.)

erguido ali como se os caras atrás guardassem a verdade definitiva sobre Bom Gosto e Conhecimento Musicais. Johnny e Max trocam um aceno de cabeça enquanto Johnny termina de atender um cliente. Faço um olá para Johnny e desapareço em meio às mercadorias.

Escuto principalmente rock, mas dou uma passada em tudo, pois nunca sei quando vou descobrir algo de que eu não sabia que gostava. Hip-hop, música clássica, reggae, punk, ópera, música eletrônica. Hoje, porém, nada prende minha atenção, por isso vou até a parte de rock. Estou passando pelas letras P e Q quando sinto os pequenos e invisíveis pelos da nuca se eriçarem. Levanto os olhos.

E ali está ele.

Cricket Bell está parado à vista de tudo e todos, procurando alguma coisa. Alguém. Então, seu olhar cruza com o meu e seu rosto se ilumina como as estrelas. Ele sorri (um sorriso pleno que lhe chega aos olhos) e é doce, puro e cheio de esperança.

E eu sei o que está prestes a acontecer.

Minhas mãos começam a suar de repente. *Não diga. Ai, pelo amor de Deus, não diga*. Mas a essa súplica segue-se outra que me trai: *Diga. Diga*.

Cricket se contorce com facilidade entre os outros clientes como se fôssemos as únicas duas pessoas na loja. A música nas caixas de som passa de um pop batido para uma sinfonia de rock crescente. Meu coração bate cada vez mais e mais rápido. Como desejei este momento antes. Como desejo agora que ele acabe.

Como desejo que ele continue.

Ele para diante de mim, puxando as pulseiras.

— Eu... eu esperava encontrar você aqui.

O sangue irriga minhas bochechas. NÃO. Este sentimento não é de verdade. É uma emoção velha, despertada para me atormentar e me confundir. Odeio isso. Odeio ele!

Mas é como se eu só odiasse Cricket porque eu *não* odeio Cricket. Desvio rapidamente os olhos, que caem sobre o álbum do Phoenix que tenho nas mãos.

— Eu disse para você que eu vinha.

— Eu sei. E não consegui esperar mais, tenho que dizer a você...

O pânico aumenta e eu agarro com mais força o CD da banda francesa.

— Cricket, por favor...

Mas as palavras dele vertem em uma torrente.

— Não consigo parar de pensar em você. E não sou o cara que costumava ser. Eu mudei...

— Cricket... — Volto a erguer os olhos, sentindo-me zonza.

Seus olhos azuis são brilhantes. Sinceros. Desesperados.

— Saia comigo esta noite. Amanhã à noite, todas as noi... — A palavra para na garganta quando ele vê alguma coisa atrás de mim.

Cigarros e hortelã. Eu quero morrer.

— Este é o Max. Meu namorado. Max, este é o Cricket Bell.

Max faz um pequeno gesto com a cabeça. Ele ouviu tudo, não há chance de não ter ouvido.

— O Cricket é meu vizinho. — Viro-me para Max. — Era meu vizinho. É mais ou menos meu vizinho de novo.

Meu namorado aperta os olhos de forma quase imperceptível enquanto sua mente ordena essa informação. Ele é o exato oposto de Cricket, que é um completo fracasso para esconder as emoções. Seu rosto está arrasado e ele está recuando. Duvido que ele mesmo perceba que está fazendo isso.

Max altera de novo a expressão, apenas ligeiramente. Ele descobriu quem é Cricket. Ele sabe que Cricket Bell deve ser parente de Calliope Bell.

E ele sabe que foi de propósito que eu o bani de nossas conversas.

Max coloca um braço em volta de meus ombros. É provável que o gesto pareça casual a Cricket, mas os músculos de Max estão tensos. Ele está com ciúmes. O pensamento deveria me deixar feliz, mas só tenho olhos para o constrangimento de Cricket. Gostaria de não estar nem aí para o que ele pensa.

Isso quer dizer que estamos quites? Essa é a sensação de estar quite?

O ar entre nós está tão denso quanto o nevoeiro da baía. Eu tenho que agir, por isso dirijo a Cricket um sorriso caloroso.

— Foi bom encontrar você. A gente se vê mais tarde, beleza?

Então, levo Max embora dali. Percebo que meu namorado quer dizer alguma coisa, mas, como sempre, ele está guardando os pensamentos para si até que estejam moldados da exata maneira que ele os quer. Caminhamos a passos duros, de mãos dadas, passando por seu amigo no balcão de informações.

Eu não quero olhar para trás, mas não consigo evitar.

Ele está me olhando. Olhando *através* de mim. Pela primeira vez na vida, Cricket Bell parece pequeno. Ele está desaparecendo bem diante de meus olhos.

Capítulo 9

É constrangedor admitir, mas, sempre que Max e eu saímos juntos, eu quero prolongar mais o passeio, estender mais a caminhada, falar mais alto, só para que mais pessoas nos vejam juntos. Quero topar com todos os colegas de classe que sempre implicaram comigo por usar sapatos de elfo e bico fino ou mocassins de contas, porque sei que eles darão uma olhada em Max e suas sobrancelhas escuras, braços tatuados e jeitão de mau e saberão de cara que eu estou fazendo alguma coisa certa.

Em geral, quase não me aguento de tanto orgulho. No entanto, agora, à medida que voltamos, a passos penosos, para a nova van, eu não reparo no rosto de ninguém por quem passamos. Pois Cricket Bell me convidou para sair. *Cricket Bell me convidou para sair.* O que eu deveria fazer com essa informação?

Max abre a porta do passageiro e a segura aberta para mim. Desde que saímos da Amoeba, nenhum de nós falou uma palavra sequer. Murmuro um "obrigada" e entro. Ele sobe do lado do motorista, gira a chave na ignição e, então, diz:

— Não fui com a cara dele.

A frouxidão em seu tom de voz faz meu estômago revirar.

— Do Cricket? Por quê?

— Só não fui com a cara.

Não consigo contestar. Não sei o que eu diria. Ele não quebra novamente o silêncio até passarmos pelo letreiro em neon que faz a fama do Castro Theatre, só a alguns quarteirões de casa.

— Por que não me contou sobre ele?

Olho para minhas mãos.

— Ele não é importante.

Max espera, mandíbula tensa.

— Ele me machucou, só isso. Foi há muito tempo. Não gosto de falar dele.

Ele se vira para mim, esforçando-se para ficar calmo.

— Ele machucou você?

Afundo no assento, querendo qualquer coisa, *menos* essa conversa.

— Não. Não desse jeito. Éramos amigos e tivemos um desentendimento, e agora ele está volta, e eu topo com ele por toda parte...

— Você topou com ele antes. — Ele está olhando de novo para a pista. Aperta os dedos no volante.

— Só... pelo bairro. Ele não é importante, tá, Max?

— Para mim, foi uma omissão gritante.

Balanço a cabeça.

— O Cricket não significa nada para mim, juro.

— Ele quer sair com você todas as noites e você espera que eu acredite que não tem nada rolando?

— Não tem!

A van para bruscamente na frente de casa e Max dá um murro no volante.

— Conte a verdade, Lola! Por que não consegue me dizer a verdade só desta vez?

— Eu *estou* dizendo a verdade. — Meus olhos ardem em lágrimas.

Ele olha para mim.

— Eu amo você. — Estou ficando desesperada. Ele tem que acreditar em mim. — Eu não amo o Cricket, nem mesmo gosto dele! Amo *você*.

Max fecha os olhos pelo que me parece a eternidade. Os músculos do pescoço estão tensos e rígidos. Por fim, relaxam. Ele reabre os olhos.

— Desculpe. Eu também amo você.

— E acredita em mim? — Minha voz está pequena.

Ele suspende meu queixo na direção do dele e me responde com um beijo. Pressiona os lábios contra os meus. Pressiono ainda com mais força os meus contra os dele. Quando nos separamos, ele me olha no fundo dos olhos.

— Eu acredito em você.

Max arranca com sua van, deixando para trás uma nuvem de poeira ao som metaleiro dos Misfits. Deixo meus ombros caírem. Já era o meu dia de folga...

— Quem era aquele?

Eu me assusto ao som da voz aguda atrás de mim. Então, viro-me para encará--la pela primeira vez em dois anos. Os cabelos negros estão puxados para trás em um rabo de cavalo apertado e ela veste um agasalho. Ainda assim, ela consegue parecer mais bonita do que eu jamais serei.

— Oi, Calliope.

Ela fica me olhando como se dissesse: *Por que ainda não respondeu à minha pergunta?*

— Era o meu namorado.

Calliope parece surpresa.

— Interessante — diz ela, depois de um momento. E eu posso dizer que ela está, de fato, interessada. — Meu irmão te encontrou? Ele saiu para te procurar.

— Encontrou. — Digo as palavras com cuidado. Ela espera mais, mas não vou dar isso a ela. Não sei nem o que seria esse *mais*. — Bom te ver de novo. — Tomo o rumo das escadas.

Estou no meio do caminho até a porta da frente quando ela diz:

— Você está diferente.

— E você, igualzinha.

Bato a porta quando a fecho e Nathan está à espera do outro lado.

— Você não ligou.

Ah, não! Ele está furioso.

— Você deveria ter ligado há mais de uma hora. Eu liguei cinco vezes e caiu direto na caixa postal. Por onde andou?

— Eu esqueci. Foi mal, pai, esqueci.

— Aquela era a van do Max? Ele comprou um carro novo?

— Você estava me VIGIANDO?

— Eu estava preocupado, Lola.

— POR ISSO DECIDIU ME ESPIONAR?

— Sabe por que caras compram vans? Sabe?

— PARA LEVAR SUAS GUITARRAS E BATERIAS? Para sair em TURNÊ? — Passo furiosa por ele, subo as escadas e me enfio no quarto.

Meu pai sobe pesadamente as escadas, logo atrás de mim.

— Esta conversa não acabou. Temos um acordo quando você sai com Max. Você liga para avisar que está bem.

— O que você acha que vai acontecer? Por que não confia em mim?

Arranco a peruca rosa e a jogo para o outro lado do quarto.

— Não vou ficar bêbada, nem usar drogas, nem quebrar janelas. Eu não sou *ela*. Eu não sou a Norah.

Peguei pesado demais. À menção da irmã, o rosto de Nathan se mostra tão ferido e atordoado que eu sei ter botado o dedo na ferida. Eu me preparo para o chumbo grosso. Em vez disso, ele se vira sem pronunciar uma palavra. O que, de certo modo, é ainda pior. Mas é culpa dele por me punir por coisas que não fiz, por coisas que *ela* fez.

Como foi que este dia se tornou tão terrível? Quando foi que isso aconteceu?

Cricket.

Seu nome explode dentro de mim como um tiro de canhão. Vou até a janela. As cortinas dele estão abertas. As duas sacolas que ele trouxe para casa ainda estão no chão, mas não há nenhum sinal dele. O que eu devo dizer na próxima vez que nos virmos? Por que ele não para de arruinar minha vida?

Por que ele tem que me convidar para sair justamente *agora*?

E Max sabe sobre ele. Não deveria ter importância, mas tem. Max não é o tipo que fica trazendo o assunto à tona, só que é do tipo que não esquece. Guarda para quando precisar. Será que ele acreditou em mim quando lhe disse que o amava? Que eu nem mesmo gostava de Cricket?

Sim, ele acreditou.

E estou, sim, apaixonada por Max. Então, por que não sei se a outra metade foi uma mentira?

Não sou a única com problemas com garotos. Lindsey tem estado muitíssimo distraída esta semana. Ela não reparou quando nosso professor de Matemática usou incorretamente a fórmula quadrática na segunda-feira. Ou quando Marta Velazquez, a garota mais popular da escola, se esqueceu de tirar a etiqueta de tamanho de seu jeans na terça-feira. A perna dela dizia: 38 38 38 38 38. Como é que Lindsey pode ficar sentada de cara para isso, durante *uma hora inteira* na aula de História Americana, e não reparar?

É somente na quinta-feira, no almoço, quando Charlie Harrison-Ming passa por nós e diz "oi, Lindsey", e ela gagueja um "ei, Charlie" de volta, que eu me ligo no problema. E depois percebo que estão usando exatamente os mesmos Chucks vermelhos. Lindsey é excelente para resolver os problemas dos outros. Mas os dela? Sem chance.

— Você poderia dizer algo sobre os tênis — sugiro.

— Você que é a garota das roupas — diz ela com um ar infeliz. — Pareço uma idiota falando sobre essas coisas.

Hoje, estou usando óculos tipo gatinho e um vestido com estampa de guepardo que fiz na primavera passada. Alfinetei na frente do vestido broches vermelhos enormes para simbolizar feridas de bala e amarrei fitas vermelho-sangue de cima a baixo nos braços e por todo o meu cabelo, que hoje uso natural. Estou protestando contra a caça de grandes animais na África.

— Você nunca é idiota — digo. — E não sou eu quem está usando os mesmos tênis que ele.

— Já te disse que não quero saber de namorar.

Porém ela já não soa tão convincente.

— Vou apoiar você independentemente da sua escolha. Sabe disso, né?

Lindsey enfia o nariz dentro de um romance policial eletrizante e nossa conversa acaba. Mas ela não está lendo. Os olhos atravessam as páginas. O aspecto me traz subitamente à memória a expressão no rosto de Cricket na última vez que o vi. Ele não voltou para casa na semana passada. As cortinas continuam abertas e as sacolas ainda estão no chão. Ando curiosamente fascinada pela bolsa a tiracolo. Trata-se de uma bolsa antiga, de couro marrom, do tipo que deveria ser usada por um professor universitário ou um explorador de selva. Queria saber o que há dentro dela. É provável que só uma escova de dente e uma troca de cueca.

Imóvel. Aparentemente abandonada. Até a sacola de roupa suja, feita de malha, está triste, cheia apenas pela metade.

Meu celular vibra uma vez na minha perna, na mochila a meus pés, avisando que chegou uma mensagem de texto. Opa! A gente deveria mantê-los desligados na escola. Mas, também, quem me mandaria uma mensagem de texto agora? Eu me curvo para tentar pegá-lo e meus óculos (que são *vintage* e não se ajustam legal) caem no chão de cimento. Eles devem estar bem debaixo de mim, entretanto não consigo vê-los. Não consigo ver nada. Escuto o falatório alto de um grupinho de garotas vindo em nossa direção.

— Droga, droga, droga...

Lindsey apanha meus óculos do chão um pouco antes de elas pisarem neles. Elas passam cochichando, uma nuvem de perfume e risos.

— Sua visão piorou de novo?

Eu os coloco de volta e o mundo retoma seu foco. Franzo o cenho.

— Fala sério. Piora todo ano. Neste ritmo, vou estar cega aos vinte.

Ela aponta com a cabeça para os óculos.

— E quantos pares você tem agora?

— Apenas três.

Queria que não fossem tão caros. Fiz o pedido pela internet para aproveitar um desconto, mas ainda assim consomem todo o meu salário. Meus pais pagam minhas lentes de contato, mas eu curto variedade. Gostaria de *mais* variedade. Dou uma espiada no celular e fico animada ao ver que é uma mensagem de Max:

vi 2 galhos caídos formando um S2. pensei em vc.

Sorrio como uma idiota.

— Quem era? — pergunta Lindsey.

— O Max! — Mas daí entendo a cara que ela faz. Encolho os ombros e desligo o telefone. — Não era nada. Uma... coisa que ele viu.

— Ah... — Ela reabre subitamente o livro.

Então, chego a isto: a solução perfeita para o problema dela. Charlie está caidinho por Lindsey e ela só precisa de uma mãozinha que a guie durante esses primeiros e difíceis passos. Ela precisa de *mim* nesse momento. Um encontro de casais! SOU UM GÊNIO! Eu estou... saindo com Max. Quem não concordaria com uma coisa dessas? Olho de soslaio para minha melhor amiga, que está novamente olhando através de seu romance de mistério. Tentando solucionar o próprio. Seguro com carinho o celular nas mãos e mantenho o bico fechado.

E eu me sinto uma amiga *muito* desleal.

Tenho que trabalhar cedinho no sábado. Mesmo tendo fechado o cinema no dia anterior à noite. É como nunca ir embora, como se eu simplesmente encerrasse o expediente e botasse meu velho saco de dormir de Princesa Disney debaixo do balcão de vendas do sétimo andar. Ao chegar ao cinema, eu me surpreendo ao ver St. Clair atrás da bilheteria. Não escalaram Anna para trabalhar. Fico ainda mais surpresa ao reparar o que ele está vestindo.

— O que faz de uniforme?

Ele encolhe os ombros. É um gesto lento, vigoroso, que o faz parecer mais... europeu.

— Um dos gerentes disse que passo tanto tempo aqui que eu deveria estar trabalhando. Então, aqui estou.

— Espera... Você arrumou um trabalho aqui?

— Sim, mas não conte para ninguém. É segredo. — Ele arregala os olhos de zoeira.

— Você? Trabalhando?

St. Clair nunca fala disso, mas todo mundo sabe que a família dele nada em dinheiro. Ele não precisa trabalhar. Nem me parecia ser alguém que *quisesse* trabalhar.

— Acha que não dou conta de rasgar bilhetes?

— Meus pés exaustos dizem que é um pouco mais que isso.

St. Clair abre um sorrisão e meu coração palpita. Ele realmente é atraente. Qual é meu problema? Devo estar mais cansada do que pensei. E não estou interessada no namorado de Anna (é baixinho demais, metidinho demais), mas só o fato de estar reparando nele já me incomoda. Mergulho no trabalho em outro andar para me distrair desses pensamentos cada vez mais desagradáveis. Mas St. Clair me aborda poucas horas depois, já que o movimento estava calmo.

— Meus pés estão ótimos — diz ele. — Na verdade, estou considerando seriamente formar um grupo de dança. Está a fim?

— Ah, me erra. — Ainda estou irritada. As seis pessoas que vieram reclamar comigo sobre nosso estacionamento não ajudaram em nada a situação. — Sério, por que pegou o trabalho?

— Porque pensei que edificaria meu caráter. — Ele pula sobre a bancada. — Porque todos os meus dentes caíram e eu não posso arcar com as dentaduras. Porque...

— Ótimo. Que seja. Banque o cretino.

— Eu deveria estar fazendo algo produtivo, não? — St. Clair pula de volta ao chão e apanha uma vassoura do almoxarifado. — Tudo bem, tudo bem. Estou fazendo uma poupança para nosso futuro.

— Nosso futuro? — Faço um sorrisinho tímido. — Estou lisonjeada, sério, mas não é necessário.

Ele cutuca minhas costas com a ponta da vassoura.

— E Anna sabe que você está poupando para o futuro a dois?

— Claro. — St. Clair varre a pipoca caída em volta dos meus tornozelos enquanto uma pessoa me pede uma Coca Diet e um *pretzel* macio. Quando termino de atender, ele continua: — Acha que eu arrumaria um trabalho e não falaria com ela primeiro?

— Não. Mas, ainda assim, eu pensei... você sabe... — Ele parece não entender. Sou obrigada a verbalizar o pensamento: — Eu pensei que você tivesse grana.

St. Clair desata a rir como se eu tivesse dito algo absurdo.

— Meu pai tem dinheiro. E eu não quero incluí-lo no meu futuro.

— Isso soa... sinistro.

Novamente, o gesto europeu com os ombros. Dessa vez, para mudar de assunto.

— E seria maneiro ter uma graninha para levar a Anna para sair. Nos últimos tempos, praticamente só temos jantado no refeitório da facul. — Ele franze o cenho. — Pensando bem, desde *sempre* só jantamos em refeitórios de escola.

— Em Paris?

— Em Paris — confirma ele.

Eu suspiro.

— Não faz ideia de como é sortudo.

— Na verdade, eu faço, sim. — St. Clair apoia a vassoura na parede. — E por que *você* trabalha? Para sustentar esse seu vício doentio por roupas malucas? E o que é esse seu cabelo hoje, hein?

— Queria ver como ele ficaria de coquinhos. E daí acrescentei as penas, já que os coques pareciam ninhos.

Ele está certo. É por isso que eu trabalho. E também porque meus pais diziam que, quando eu completasse 16, eu teria que arrumar um trabalho de meio período para aprender sobre responsabilidade. E aqui estou.

St. Clair examina mais de perto meu cabelo.

— Espetacular.

Eu me afasto.

— Até onde vai exatamente o futuro que você planeja?

— Longe.

A palavra paira entre nós, carregada de força e significado. Max e eu falamos sobre fugir para Los Angeles e começar uma vida nova juntos (eu desenhando elaborados figurinos durante o dia, ele botando para quebrar em clubes de rock durante a noite), mas tenho a sensação de que as conversas de St. Clair com Anna são mais sérias que as que tenho com Max. A reflexão me deixa inquieta. Olho para St. Clair. Ele não é muito mais velho que eu.

Como será que ele consegue ser tão confiante?

— Quando você sente que é a coisa certa, é moleza — ele responde, como se tivesse ouvido a pergunta. — Diferente do que você faz com o cabelo.

Capítulo 10

A Lua está cheia, mas falta metade dela. Uma linha divide como régua o lado sombrio do lado luminoso. Ela paira baixo sobre a agitada Castro, visivelmente mais cedo que na noite anterior. O outono está chegando. Até onde consigo lembrar, eu costumava conversar com a Lua. Pedia orientação. Existe algo profundamente espiritual em seu brilho pálido, sua superfície povoada de crateras, sua fase crescente e sua fase minguante. Ela usa um vestido novo a cada noite, ainda que seja sempre ela mesma.

E ela sempre está lá.

Já que meu expediente foi mais cedo, peguei o ônibus e o trem para casa. Não sei bem por que estou tão aliviada por estar de volta a meu bairro. Não que o trabalho estivesse duro. Mas a familiaridade da rua Castro me conforta — o *glitter* nas calçadas, o calor emanando das gotas de chocolate do Hot Cookie, os grupinhos de homens tagarelando, a decoração antecipada de Halloween na vitrine da Cliff's Variety.

Tenho sorte de morar em um lugar que não esconde o que é. Negócios como o Sausage Factory (restaurante), o Spunk (cabeleireiro) e o Hand Job (manicure) dizem muito sobre os moradores[14], porém aqui existe um genuíno senso de amor e comunidade. É uma família. E, como toda família, todo mundo sabe da vida de todo mundo. Mas não acho que isso seja ruim. Curto

---

[14] O nome desses estabelecimentos remete a gírias de conotação sexual, por exemplo, "Sausage Factory" pode se referir a um pênis enorme, "Spunk" é gíria para esperma e "Hand job", para masturbação. (N. T.)

que os caras do Spike's Coffee acenem quando eu passo. Curto que os caras no Jeffery's saibam que Betsy precisa da embalagem grande de Lamb, Yams & Veggies frescos. Curto...

— Lola!

Um frio na espinha. Apavorada, eu me viro e vejo Cricket Bell contornando um casal de velhinhos que está entrando no mercado Delano no mesmo instante em que ele sai. Ele carrega uma caixa de ovos caipiras em cada uma das mãos.

— Você tá indo pra casa? Tem um minutinho?

Não consigo olhar em seus olhos.

— Sim. Sim, claro.

Enquanto ele dá uma corridinha para me alcançar, eu continuo seguindo em frente. Ele está com uma camisa social branca, um colete preto e uma gravata preta. Pareceria um garçom, não fossem os braceletes coloridos e as pulseiras de borracha.

— Lola, quero me desculpar.

Eu congelo.

— Eu me sinto um babaca, um completo idiota... por ter metido você naquela situação semana passada. Sinto muito. Deveria ter perguntado se você tinha namorado, não sei por que não perguntei. — A voz dele é de dar pena. — Claro que você tem namorado. Sempre foi essa garota linda e descolada, e ver você de novo fez todos esses sentimentos imersos virem à tona e... não sei o que dizer, mas eu estraguei tudo e sinto muito. Isso não vai acontecer outra vez.

Estou chocada.

Não sei o que eu esperava que ele dissesse, mas com certeza não era isso. Cricket Bell acha que sou linda e descolada. Cricket Bell acha que *sempre* fui linda e descolada.

— E eu espero que isso não torne as coisas ainda mais estranhas — continua. — Só quero pôr tudo em pratos limpos. Acho você incrível e aquele verão em que fomos amigos foi o verão mais feliz da minha vida e... só quero fazer parte da sua vida. De novo.

Mal consigo pensar direito.

— Entendo.

— Mas eu vou entender se você não quiser me ver...

— Não — digo prontamente.

— Não? — Ele está nervoso. Não entende o que eu quis dizer.

— Digo... ainda podemos nos ver. — Continuo cuidadosamente. — Eu gostaria disso.

Cricket respira aliviado.

— Mesmo?

— Sim.

Fico de cara no chão ao perceber como isso é evidente. É claro que eu o quero de volta a minha vida. Ele sempre foi parte de minha vida. Mesmo quando se foi, algum fragmento de seu espírito ficou para trás. Eu sentia isso no espaço entre nossas janelas.

— Queria que você soubesse que eu mudei — diz ele. — Não sou mais aquele cara.

Com todo o vigor, ele vira o corpo para se colocar diante de mim e o movimento me assusta. Dou um passo em falso e bato contra o peito dele. Uma das caixas de ovos cai de sua mão. Cricket é ligeiro para agarrá-la antes que chegue ao chão.

— Sinto muito! Muito mesmo! — digo.

O ponto onde seu peito tocou o meu *queima*. Cada ponto onde seu corpo tocou o meu parece vivo. Que tipo de cara ele achava que era? E quem ele é agora?

— Não foi nada. — Ele dá uma espiada dentro da caixa. — Nenhum dano. Todos os ovos são e salvos.

— Aqui, deixe que eu levo essa. — Estendo a mão para pegar a caixa, mas ele a segura sobre a cabeça. *Bem* fora de meu alcance.

— Tudo bem. — Ele sorri de um jeito brando. — Agora, está tudo sob controle.

Eu me volto para a outra caixa.

— O mínimo que posso fazer é levar uma.

Cricket já vai levantando a outra, mas algo solene o faz mudar de ideia. Ele abaixa as caixas e dá uma para mim. Leio no dorso da mão dele: ovos.

— Obrigado — diz ele.

Olho para baixo. Alguém pintou de giz rosa um jogo de amarelinha na calçada.

— De nada.

— Mas vou precisar deles de volta. Minha mãe estava louca por ovos recheados e me pediu para comprar. Missão muito importante.

Silêncio.

Este é o momento. No qual ou eu prolongo o "climão" indefinidamente ou dou a brecha para nossa amizade. Ergo um pouco os olhos, depois mais um pouco, até encontrar seu rosto, e pergunto:

— Como vai a faculdade?

Cricket fecha os olhos. É só por um momento, um instante, no entanto, o suficiente para me mostrar como ele é grato pela pergunta. *Ele quer estar em minha vida.*

— Ótimo — diz ele. — Está... ótimo.

— Senti um "mas".

Ele sorri.

— Mas já fazia um tempinho que não vivia essa coisa toda de outros estudantes à nossa volta. Acho que leva tempo para a gente se acostumar.

— Você disse que estudava em casa. Foi depois que se mudou?

— Bom, a gente se mudava tanto que estudar em casa era mais fácil que viver fazendo matrícula e frequentando sempre as mesmas aulas. Ser sempre o "novato". Tínhamos feito isso antes e não queríamos fazer de novo. Além do mais, dava para encaixar tudo com os horários da Cal.

A última frase me incomoda de modo particular.

— E quanto aos seus horários?

— Ah, não é tão ruim quanto parece. A carreira dela é curta. Ela tem que correr atrás enquanto pode. — Não devo estar fazendo cara de quem engoliu essa, pois ele acrescenta: — Mais cinco anos e será minha vez no centro das atenções da família.

— Mas por que não pode também ser sua vez agora? Talvez eu esteja sendo egoísta, porque sou filha única...

— Não. Você está certa. — E eu surpreendo o primeiro lampejo de cansaço entre a testa e os olhos de Cricket. — Só que as circunstâncias são diferentes. Ela tem um dom. Não seria justo da minha parte não fazer tudo o que posso para apoiá-la.

— E o que ela faz para apoiar você? — pergunto antes, sem conseguir me deter.

A expressão de Cricket se faz travessa.

— Ela lava a louça. Leva o lixo pra fora. Deixa a caixa de cereais só para mim nos fins de semana.

— Sinto muito. — Desvio o olhar. — Estou sendo intrometida.

— Tudo bem. Não ligo. — Mas ele não responde à minha pergunta.

Caminhamos em silêncio por um minuto, quando algo me ocorre de repente.

— Hoje. Hoje é seu aniversário!

Ele vira o rosto para o lado tão velozmente quanto um reflexo.

— Por que você não disse nada? — Mas eu sei a resposta antes de terminar a pergunta. Sinto as lembranças da última vez em que eu o vi em seu aniversário me encherem de instantânea humilhação.

Cricket manuseia com nervosismo os braceletes.

— Sim. Dezoito anos.

Aproveito a deixa para não deixar a peteca cair.

— Um adulto. Oficialmente.

— Verdade, é incrível como me sinto maduro. Se bem que maturidade sempre foi minha maior força.

Desta vez, a autodepreciação típica dele me faz hesitar. Ele sempre *foi* mais maduro. Exceto, talvez, perto de mim.

— Então... você está aqui pra visitar a Calliope? — Balanço a cabeça e o constrangimento continua. — É claro que está. É aniversário dela também. Só fico surpresa de vê-lo aqui em um sábado à noite. Achei que estaria em alguma festa do outro lado da baía, fazendo "vira, vira, vira" com cerveja de ponta-cabeça.

Ele coça a lateral do pescoço.

— A Cal nunca admitiria isso, mas a adaptação está sendo difícil para ela. Eu fora enquanto ela ainda continua em casa. Não que eu não tivesse voltado para casa esta noite se não fosse nosso aniversário, claro que eu voltaria. E, se quer saber, eu até dei uma passadinha em uma dessas festas, em consideração a uma pessoa aí, mas... talvez você não tenha notado. — Cricket ajusta a gravata. — Não sou do tipo que curte encher a cara.

— Eu também não. — Nem preciso explicar que é por causa de Norah. Ele sabe.

— E o seu namorado? — A voz dele deixa transparecer uma indiferença forçada.

Temo que ele venha a achar isso, mas não posso negar que Max parece ser do tipo.

— Ele também não é festeiro. Não exatamente. Quero dizer, ele bebe e fuma, mas respeita meus sentimentos. Nunca força a barra para eu beber também ou coisa do tipo.

Cricket abaixa a cabeça para passar sob um ramo de flores rosadas em nosso trajeto. Floresce o ano inteiro em nosso bairro. Passo por baixo sem ter que me curvar.

— O que seus pais acham de você estar saindo com uma pessoa da idade dele? — pergunta Cricket.

Faço uma expressão de desagrado.

— Você deveria saber que estou de saco cheio de ter essa conversa.

— Foi mal. — Em seguida, porém, como se não pudesse evitar: — Então, hum... quantos anos ele tem?

— Vinte e dois. — Por alguma razão, é desconfortável revelar isso a ele.

Uma longa pausa.

— Uau! — A palavra é lenta e pesada.

Meu coração aperta. Quero ser amiga dele, mas em que planeta isso funcionaria? Existe muita história entre nós dois para uma amizade dar certo. Subimos em silêncio a colina de nossa rua até chegarmos a minha casa.

— Tchau, Cricket. — Mais uma vez, não consigo olhar em seus olhos. — Feliz aniversário!

— Lola?

— Sim?

— Os ovos. — Ele aponta. — Está com meu ovos.

Ah.

Envergonhada, estendo a caixa para ele. Ele aproxima os dedos longos e eu percebo que estou me preparando para o contato físico. No entanto isso não acontece. Ele pega a caixa pela beirada. É um movimento cauteloso e premeditado. Isso faz com que me lembre de que eu não deveria estar ali com ele.

E isso faz com que me lembre de que não posso contar nada disso para Max.

Capítulo 11

Quanto mais penso em nossa conversa, mais frustrada fico. Cricket diz que mudou, mas mudou em quê? Será que é porque agora ele está disposto a dizer tudo o que pensa? Dizer finalmente que gosta de mim? Ou existe algo mais? Perto do fim de nossa amizade, ele ficou tão estranho e distante, até que rompeu de vez comigo ao não me convidar para aquela festa estúpida. Assunto sobre o qual ele ainda não quer conversar. E agora quer que sejamos amigos novamente, mas daí sai mais cedo na manhã seguinte e fica DUAS SEMANAS sem voltar para casa?

Tanto faz.

— Lola não pode brincar hoje. — Andy está para lá e para cá na maior bateção de tachos e panelas, razão pela qual não tínhamos ouvido Cricket bater à porta. Nós a deixamos aberta para o calor escapar, pois a cozinha fica quente quando todos os fornos estão acesos. — Ela está ocupada com as tortas. Fizeram uma alteração enorme de última hora em um pedido hoje de manhã.

— *Pai*. Ele não veio para *brincar*.

Cricket ergue uma caixa.

— Foi entregue em nossa casa. É de vocês.

Andy levanta os olhos.

— Da Lola — esclarece Cricket. Ele coloca a caixa no chão, do lado de fora da cozinha, enquanto Betsy corre em círculos em volta dele. Ela sempre amou Cricket.

— Obrigada. — Pronuncio cuidadosamente a palavra, como forma de garantir que ele a escute. Pouso um saco de farinha e vou examinar o pacote. — Legal! É a armação do meu espartilho.

— Espartilho?

— Corpete — diz Andy de modo distraído. — Lola, traga seu traseiro de volta pra cá.

— Ah... — Cricket ruboriza.

É o segundo fora que Andy dá só hoje. Cricket se inclina para acariciar Betsy, que se joga de barriga para cima, e finjo não reparar no rubor de seu rosto. Embora eu não tenha certeza de que ele mereça essa gentileza. Ou a barriga de minha cachorra.

— É para um vestido — explico.

Cricket anui com a cabeça sem olhar para mim.

— Estão na correria? — Uma última coçadinha em Betsy e ele entra na cozinha, arregaça as mangas e tira os braceletes. — Querem uma mãozinha?

— Ah, não. — Fico alarmada. — Obrigada, mas a gente dá conta.

— Pegue um avental, está ali na primeira gaveta. — Andy aponta para o outro lado da cozinha.

— Não pode pedir que ele ajude — digo. — Não é trabalho dele.

— Ele não pediu. — Cricket amarra um avental branco e comprido em volta da cintura. — Eu que me ofereci.

— Viu? — diz Andy. — O garoto tem noção das coisas. Ao contrário de uns adolescentes aí que eu poderia mencionar.

Eu estreito os olhos para ele. Não é minha culpa que eu prefira passar meu único fim de semana de folga com a Lindsey. Tive que cancelar nossos planos de comer sushi e fazer compras em Japantown. Quando perguntei se ela queria vir e dar uma ajuda, ela disse:

— Não, obrigada, Ned. Farei novos planos.

E eu até entendo. Mas sei que, quando não sai comigo, ela simplesmente fica em casa assistindo a uma maratona de *CSI* ou *Veronica Mars*.

O que a deixa feliz. Mas, mesmo assim...

— Precisamos tirar as sementes dessas abóboras antes de levá-las ao forno. Coloque as sementes e os fiapos naquela pilha ali para fazer de adubo — diz Andy.

— Abóboras. Entendi. — Cricket lava as mãos e apanha a maior abóbora.

Retorno à pesagem de farinha para duas dúzias de massa para torta. Quando se assa em grandes quantidades, é necessário adotar escalas, não copos de medição.

— Sério, estamos de boa. Sei que você tem dever de casa.

— Não tem erro. — Cricket encolhe os ombros. — Onde está o outro senhor Nolan?

Andy fecha os olhos. Cricket fica tenso ao perceber que disse algo que não devia.

— Hoje o Nathan está com a Norah — explico.

— Está... tudo bem? — pergunta ele.

— *Formidável* — diz Andy.

— Só um assunto envolvendo grana. — Passo a Cricket nossa maior faca para abrir as abóboras, dando a entender com um olhar acanhado que Andy não está em um bom dia. Cricket me retribui com um sorriso discreto. Ele sabe que meu pai normalmente não é assim.

A voz de Andy é a única que ouvimos durante a hora seguinte, à medida que ele nos orienta ao longo da produção. O pedido original era de seis tortas ao todo, mas agora estamos fazendo seis de cada sabor: de abóbora clássica, crocante de maçã *vegan*, de pera com gengibre e de batata-doce com noz-pecã. Há anos que o ajudo a fazer tortas, por isso sou muito boa na cozinha. Mas fico surpresa ao ver como Cricket se adapta rápido. Andy explica que fazer tortas é na verdade uma ciência — fermentos e ácidos, proteínas e amidos — e Cricket entende. Fica claro que ele nasceu para a coisa. Bons químicos dão bons padeiros.

No entanto, por que ele está passando o sábado fazendo tortas quando não precisa fazer isso? Será que só está fazendo a linha bom-moço? Ou será que ele acha que, passando um tempo comigo, eu poderia me apaixonar por ele? Mas ele nem mesmo tenta flertar. Ele fica longe de mim, concentrado no trabalho. É enlouquecedor que alguém tão fácil de ler seja tão impossível de compreender.

Quando o cronômetro apita meio-dia, Andy faz um barulho engraçado em sinal de surpresa.

— Estamos fazendo um bom tempo. Podemos dar conta. — E ele sorri pela primeira vez no dia.

Cricket e eu trocamos sorrisos aliviados de uma ponta à outra da bancada. Andy liga o rádio em uma estação que toca clássicos dos anos 1950 e a cozinha se descontrai. Cricket corta maçãs ao ritmo e precisão da batida de *Peggy Sue* enquanto Andy e eu abrimos a massa em perfeita sincronia.

— Bem que a gente podia fazer este número sobre o gelo e levá-lo para as Nacionais — diz Cricket.

À menção de "gelo", Andy estaca. Meu pai ama patinação artística. É a coisa mais gay nele (e olha que não uso essa expressão de modo leviano). Quando eu era pequena, ele me levava para ver *Stars on Ice.* Torcíamos pelos patinadores com as piruetas mais bonitas enquanto lambíamos algodão-doce azul dos dedos e ele comprava para mim um programa repleto de fotos de pessoas belíssimas em figurinos deslumbrantes. É uma das minhas lembranças mais felizes. Quando Calliope começou na patinação artística, eu também quis praticar. Não éramos amigas, mas ainda pensava nela como alguém digna de admiração. O que significava "imitação".

— Até aqui, beleza — eu disse depois da primeira aula. — Mas quando ganho um figurino?

Andy apontou para meu modesto *collant* rosa.

— Esse *é* o seu figurino, até que esteja mais experiente.

Perdi o interesse.

Meus pais ficaram irritados. As aulas eram caras, por isso eles me fizeram concluir a temporada. Portanto, posso afirmar que patinação artística é mesmo difícil. Andy tentou me persuadir com mais um *Stars on Ice* quando eu tinha 13 anos, mas meus devaneios de fazer o salto *axel* triplo trajando saias de lantejoulas tinham ficado para trás. Ainda me sinto mal por nem mesmo ter tentado me divertir um pouco. Ele nunca mais falou sobre isso.

Andy deve ter perguntado sobre Calliope, pois Cricket está falando sobre os horários da irmã.

— É um ano puxado por causa das Olimpíadas. É mais de tudo: mais práticas, mais divulgação, mais estresse.

— Quando ela vai saber se foi selecionada para a equipe olímpica? — pergunta Andy.

— Se ela pegar o pódio nas Nacionais, garante o lugar. É em janeiro. Agora mesmo ela está trabalhando em cima dos programas novos, que vai levar para algumas das primeiras competições do Grand Prix. Este ano ela faz o Skate America e o Skate Canada. Depois, são as Nacionais, as Olimpíadas, os Mundiais. — Ele contabiliza usando os dedos.

— Você vai a todos eles? — pergunto.

— A maior parte. Mas duvido que eu vá para o Canadá. É durante uma semana puxada na faculdade.

— Você já viu patinação à beça.

Cricket retira do forno a polpa amolecida da abóbora.

— Ah, eu vi? Isso é raro? — Ele mantém o rosto sério, mas os olhos reluzem.

Resisto à vontade de jogar um pano de prato nele.

— E qual é o problema dela com o segundo lugar? Você disse na primeira noite da sua volta que...

— A Cal vem sendo por anos a patinadora mais talentosa, mas em uma grande competição ela nunca patinou por dois programas consecutivos sem nenhuma falha. Ela se convenceu de que tem uma maldição. É por isso que está sempre trocando de treinador e é por isso que prefere pegar terceiro a segundo lugar. Quando pega terceiro, pelo menos fica feliz por ter subido ao pódio. Mas segundo lugar... é perto demais do primeiro.

Parei novamente de trabalhar.

— O segundo lugar dói. — Ele olha para mim por um momento, antes de voltar a baixar a cabeça para as abóboras.

Andy enrola lentamente as massas de torta, acompanhando nossa conversa com interesse. Ele pousa o rolo e espana a farinha de sua camiseta PRAISE CHEESES!

— O que você tem feito de bom, Cricket? O que estuda lá em Berkeley?

— Engenharia mecânica. Nada muito legal, né?

— Mas é perfeito para você — digo.

Ele ri para si mesmo.

— Claro que é.

— Eu quis dizer que é perfeito porque você sempre construiu, sabe, coisas mecânicas. Engenhocas e robôs e...

— Autômatos — corrige ele. — É como um robô, mas completamente inútil.

O tom negativo que permeia sua voz é desconcertante. É uma coisa rara vinda de Cricket Bell. Porém, antes que eu possa dizer qualquer coisa, ele me desarma com um sorriso.

— Mas você tem razão. Combina comigo.

— Nunca vi ninguém fazer o que você faz — diz Andy. — E desde tão novinho. Nunca vou esquecer de quando você consertou nossa torradeira com aquele cabide quando tinha, o que, cinco anos? Seus pais devem ter muito orgulho de você.

Cricket encolhe os ombros, desconcertado.

— Acho que sim.

Andy inclina a cabeça. Ele estuda Cricket por um longo momento.

Cricket voltou ao trabalho e isso me faz lembrar de voltar ao meu. Começo amassando as batatas-doces. A repetição, na verdade, é um alívio. Apesar de odiar perder um dia de folga, eu amo o negócio do meu pai. Ele caiu nisso por acidente, quando fez, para um jantar de comemoração, uma torta clássica de cereja com um topo de treliças e todo mundo foi à loucura. Nunca haviam provado uma massa caseira antes.

Alguém lá pediu que ele fizesse uma torta para outra festa, e depois alguém *dessa* festa pediu que ele fizesse várias para outra. O negócio aconteceu em um piscar de olhos. Nathan brincava dizendo que ele era o Cara da Torta — e o nome pegou. O logotipo é um homem com visual à moda antiga, de bigode e um avental de algodão xadrez, piscando e oferecendo uma torta fumegante.

À medida que o horário da entrega se aproxima, nós falamos cada vez menos. Quando as últimas tortas saem do forno e são colocadas em caixas, Andy está novamente uma pilha de nervos. Estamos todos suando. Meu pai sai correndo para abrir as portas do carro. Eu apanho duas caixas e saio correndo logo atrás dele. Tínhamos acabado de acomodar as tortas dentro do carro quando a porta da frente de casa se abre.

Andy se sobressalta.

Levanto os olhos para dar com Cricket segurando seis caixas... em cada mão. E voando escadas abaixo.

— Aimeudeus, aimeudeus, aimeudeus — sussurra Andy. Agarro no braço dele em desespero, mas Cricket, aos pulinhos, chega facilmente até o carro.

— Tem lugar para estas aqui? — pergunta ele.

As tortas ainda estão perfeitamente empilhadas.

Andy fica parado por um momento. E então desata a rir.

— Dentro do carro.

— Perdi alguma coisa? — pergunta-me Cricket enquanto meu pai se retira.

— Quem sabe carregar menos caixas da próxima vez que descer correndo as escadas?

— Ah... — Ele abre um sorrisão.

— Você daria um excelente malabarista de circo.

Ele aponta para suas pernas.

— Não precisaria nem alugar as pernas de pau.

É a deixa para uma pergunta que eu tinha, mas hesito.

— Espero que não leve a mal a pergunta...

— Xiii, lá vem...

Mas ele só está me provocando, por isso continuo:

— Quanto exatamente você mede?

— Ah, a questão da altura. — Cricket esfrega as mãos uma na outra. Hoje, é uma equação matemática que está escrita ali. — Tenho um metro e noventa e cinco. — Ele abre outro sorrisão. — Sem contar o cabelo.

Começo a rir.

— E ser magro me faz parecer ainda mais alto.

— E as calças apertadas também — acrescento.

Cricket emite um ruído estrangulado de quem levou um susto.

Santo Deus. Por que fui dizer isso?

Andy reaparece, dá um tapinha nas costas de Cricket e nós nos entregamos, muito gratos, à distração de embarcar o restante das tortas. Subo no banco traseiro para segurar as caixas. Cricket também entra no carro e, ainda que não precise estar aqui, parece natural que ele nos acompanhe na entrega. O trânsito em nosso bairro é, como esperado, vagaroso, mas Andy acelera no restante do trajeto até Russian Hill, passando por vistas de Alcatraz e dos bondes elétricos e adentrando a área de alguns dos imóveis mais caros da cidade.

Conseguimos estacionar ao pé da parte famosa da rua Lombard, a ladeira íngreme com curvas em zigue-zague apelidada de "a rua mais sinuosa da América". A via estreita e ziguezagueante é pavimentada de tijolos vermelhos e está repleta de flores vibrantes. Pegamos as tortas (fico surpresa quando Andy empilha a maior parte delas sobre os braços de Cricket, confiando nele) e corremos para fazer a entrega a duas quadras dali.

— Está dez minutos atrasado, Cara da Torta. — Uma mulher ríspida com cabelo liso puxado para trás abre a porta para nós. — Coloquem tudo ali dentro. Limpem os pés — acrescenta para Cricket enquanto este atravessa a soleira, escondido pelas tortas.

Ele recua, limpa os pés e avança novamente.

— Sujos — diz ela. — Outra vez.

Olho para o tapete dela. Cricket não está deixando rastro de sujeira. Ele repete mais uma vez o processo e depois colocamos as caixas na sala de jantar, ao lado de um arranjo de garrafas de cristal. Ela fica olhando para mim e Cricket como se não gostasse do que vê. Como se os adolescentes parados diante dela nada tivessem a ver com sua festa. Permanecemos em silêncio enquanto ela faz um cheque para Andy. Ele dobra uma vez o cheque e o enfia no bolso de trás.

— Obrigado. — Ele nos olha de relance antes de continuar. — E nunca mais me ligue. Suas encomendas não são bem-vindas.

E ele se retira.

A mulher fica atordoada de indignação. As sobrancelhas de Cricket se arqueiam no mesmo momento e eu mal consigo segurar o riso enquanto passamos por ela, um seguido do outro, e saímos.

— *Bruxa* — acrescenta Andy quando o reencontramos. — Vocês ralaram um monte por ela.

Cricket se examina.

— Eu deveria ter coberto as tatuagens de gangue.

— Se fizesse isso, eu não deixava você pôr os pés na minha casa — diz Andy.

Abraço a barriga de tanto rir.

— Por falar em aparências. — Cricket se vira para mim. — Tinha até me esquecido de como você era.

Paro de rir. Não houve nem tempo para brincadeiras quando Andy me acordou esta manhã, por isso botei um par de jeans e uma camiseta preta lisa. Uma de Max. Não estou de maquiagem e meu cabelo está solto. Achei que hoje não fosse ver ninguém além de meus pais.

— Ah. — Cruzo os braços. — Hum, é. Esta sou eu.

— Fato raro ver a Lola ao natural — diz Andy.

— Eu sei — diz Cricket. — Não vejo a Lola de verdade desde a noite em que cheguei.

— Gosto de ser diferente.

— E eu gosto disso em você — diz Cricket. — Mas prefiro a de verdade.

Fico constrangida demais para responder. O trajeto de carro para casa é insuportável. Só Andy e Cricket conversam enquanto eu fico olhando pela janela, tentando não pensar no carinha a meu lado. O corpo dele ocupa muito espaço. Os braços compridos, as pernas longas. Ele tem que se curvar para a cabeça não bater no teto, mas, mesmo assim, o cabelo ainda bate.

Eu me aproximo mais da janela.

Ao chegarmos em casa, somos recebidos por uma Heavens to Betsy abanando o rabo e pelo calor açucarado dos assados. Eu a abraço e sinto seu cheirinho de totó. É mais seguro me concentrar em Betsy. Cricket se oferece para ajudar com a louça, mas Andy recusa, ao passo que tenta pegar a carteira.

— Você já fez muito por hoje.

Cricket fica surpreso.

— Não foi por isso que ajudei.

Andy lhe estende algumas notas de 20.

— Por favor, aceite alguma coisa.

Porém Cricket enfia as mãos nos bolsos.

— Tenho que voltar para casa. Só vim entregar o pacote. — Ele acena com a cabeça para a caixa endereçada a mim, que ainda está no chão do lado de fora da cozinha.

Andy fica alarmado.

— Você ligou para seus pais? Eles sabem que você está aqui?

— Ah, está tudo bem. Planejaram um dia cheio com a Cal. Duvido que tenham se ligado no meu sumiço.

Mas Andy não parece tranquilizado. Alguma coisa o incomoda.

— Vejo vocês por aí. — Cricket estende a mão para a maçaneta.

Andy se aproxima dele.

— Gostaria de ir ao Muir Woods com a gente no próximo domingo? Vamos fazer um programinha em família. Vou gostar muito se você aceitar o convite, é o mínimo que posso oferecer.

Muir Woods? Programinha em família? *Do que ele está falando?*

— Hum... — Cricket me dirige um olhar nervoso. — Beleza.

— Ótimo! — diz Andy. Ele já está falando sobre cestas de piquenique e sanduíches de abacate e eu estou quase tendo um piripaque. Não só por esta primeira menção a um passeio em família, mas por... Max.

— E como fica o café da manhã de domingo? — interrompo. Betsy se contorce toda enquanto eu a seguro com mais força.

Andy se vira para mim.

— Está de pé amanhã.

— Não. No próximo domingo.

— Ah — diz Andy, como se o pensamento tivesse acabado de lhe ocorrer. — Vamos ter que pular o da semana que vem.

Estou simplesmente passada quando eles se despedem e Cricket vai embora. Meus pais JAMAIS convidariam Max para um passeio. E Max é meu

NAMORADO. E Cricket é... eu nem sei o que Cricket é! Como é que vou explicar esse cancelamento para Max? Não posso chegar sem mais nem menos e dizer que *vou dar uma volta com Cricket Bell.* Abro a boca em sinal de indignação, mas estou furiosa demais para dizer qualquer coisa.

Andy tranca a porta e suspira.

— Olhe, bem que você podia namorar um rapaz assim, né?

Capítulo 12

— O Andy disse isso? — pergunta Lindsey. — É o cúmulo do absurdo.

— Eu sei. Como se eu fosse ficar a fim dele agora que *meu pai* quer que eu o namore.

— Como se você fosse ficar a fim dele de novo, ponto final.

— Certo... certo.

Do outro lado da linha, Lindsey faz uma pausa para pensar.

— Lola Nolan, por favor, diga que não está pensando no Cricket Bell desse jeito.

— Mas é claro que não estou! — E não estou mesmo. Definitivamente não estou.

— Porque ele partiu seu coração. Passamos dois bons anos odiando esse cara. Lembra daquela carta de 16 páginas que você enterrou no meu quintal? E da cerimônia de arremesso da tampinha rosa nas ondas de Ocean Beach?

Sim. Eu me lembro.

— E seu namorado? Você se lembra do seu namorado? O Max?

Franzo o cenho para a foto ao lado de minha cama. A foto dele franze de volta.

— Que está me deixando para sair em turnê.

— Ele não está deixando você. Pare de fazer a dramática, Ned.

Só que ele está, sim. Max anunciou no café da manhã deste domingo que Johnny já tinha conseguido um show no sul da Califórnia. O milagre é que o show é para o próximo sábado à noite, por isso ele não poderia comparecer ao café da manhã no dia seguinte. De modo que não foi preciso inventar uma desculpa para cancelar o compromisso.

— Não quero mais falar de garotos — digo. — Em vez disso, a gente não pode fazer um revival de *Alias*?

Só há um tipo de programa de TV sobre o qual Lindsey e eu chegamos a um acordo: programas que envolvem resolução de crimes com personagens que usem disfarces descolados. *Alias*, *Um toque de vida*, *Dollhouse*, *As panteras* e *Os vingadores*[15] são nossos favoritos. Minha melhor amiga concorda, feliz com a ideia, de modo que não falamos sobre NENHUM garoto pelo restante da semana. No entanto eles ainda estão em minha mente.

Meu namorado. Cricket. Meu namorado. Cricket.

Como Andy pôde me meter nessa situação? Como ele pôde inventar um programinha idiota em família em um lugar como aquele? E eu me sinto frustrada porque, desde que os Bell voltaram, todos os acontecimentos importantes parecem acontecer nos fins de semana. Sempre tive a impressão de que as aulas não passam, mas antes não era *nada* comparado a agora. São intermináveis.

E o trabalho? Nem se fala. Perco a conta de quantos bilhetes errados acabo imprimindo, quantos refrigerantes errados acabo servindo, quantas salas de cinema erradas acabo varrendo. Até Anna (minha supervisora mais gente boa, a quem começo a considerar como uma de minhas poucas amigas) finalmente perde a cabeça no sábado, quando volto vinte minutos atrasada da pausa que fiz para o jantar.

— Por onde é que você andou? Estou me afogando neste mundaréu de gente. — Ela aponta com a cabeça para o saguão lotado da bilheteria enquanto dá o troco para uma pessoa e pega o ingresso da que vem atrás.

— Foi mal. Perdi a noção da hora. Tem essa coisa amanhã...

— Você veio com essa ontem também. Você me deixou na mão. Tinha, tipo, sessenta pessoas no saguão com aquelas crianças berrando, aquela gente descabelada, e teve ainda uma senhora que espirrou feito um jato bem em cima do vidro do meu guichê, *super* de propósito, e...

— Eu sinto muito, Anna.

Ela ergue a mão em sinal de frustração e pânico, como se não quisesse ouvir mais nada, e eu me sinto péssima. Fui até uma cafeteria turca no quarteirão de baixo para tomar algo estimulante e acabei perdida em meus pensamentos. Não me senti nada estimulada.

[15] Refere-se à série de TV britânica realizada nos anos 1960, transmitida pela rede Tupi, e não a "Os vingadores" da Marvel. (N. T.)

Quando termina meu expediente e Andy me traz para casa, vejo que a casa dos Bell está com as luzes apagadas. Será que Cricket voltou para casa? Suas cortinas nem saíram do lugar. Se ele não der as caras amanhã, vou ficar aliviada? Ou desapontada?

Planejo o que vou vestir. Se isso vai mesmo rolar, preciso estar mais apresentável do que da última vez que ele me viu, mas não assim *tão* atraente. Não quero encorajá-lo. Escolho uma blusinha xadrez vermelha e branca (uma graça) com jeans (um tédio). Mas de manhã chego à conclusão de que o conjunto não presta de jeito nenhum. Troco duas vezes de blusa e três vezes de calça.

Decido usar um vestido frente única, também de estampa xadrez vermelha e branca, que fiz com uma toalha de piquenique de verdade para o último 4 de Julho. Complemento com um batom vermelho brilhante e brinquinhos em forma de formiga, para realçar o tema, e meus enormes coturnos plataforma pretos, porque andar ali vai ser meio complicado. São os calçados mais esportivos que tenho. Aliso o vestido, arrumo a postura e desço as escadas desfilando.

Não tem ninguém aqui.

— Oi?

Ninguém responde.

Afrouxo os ombros.

— Para que serve uma escadaria se ninguém está aqui para ver minha entrada?

Atrás de mim, ouço um "olá" levemente sem fôlego.

Dou um giro e vejo Cricket Bell sentado na cozinha. Por alguma razão, vê-lo ali também me deixa levemente sem fôlego.

— Eu... eu não sabia que estava aí.

Cricket se põe de pé, quase derrubando a cadeira, em raro momento de falta de jeito.

— Estava tomando um pouco de chá. Seus pais estão levando as coisas para o carro. Deram mais três minutos para você. — Ele olha para o relógio. — Ainda tinha trinta segundos.

— Ah...

— Foi uma entrada excelente — diz ele.

Nathan entra de repente na sala.

— Aí estão vocês! Com vinte segundos de crédito. — Ele me abraça, mas rapidamente se afasta e me olha de cima a baixo. — Pensei que tinha entendido que hoje íamos curtir a *natureza*.

— Ha-ha.

— Um vestido? Essas botas? Não acha que devia se trocar e pôr algo menos...

— Não vale a pena discutir. — Andy põe a cabeça dentro da sala. — Andem logo. Vamos nessa.

Eu saio logo atrás dele para evitar mais censuras de Nathan. Cricket caminha vários passos atrás de mim. É uma distância cuidadosa.

Será que ele está olhando para meu traseiro?

Por que acabei de pensar nisso? Agora, meu traseiro parece gigantesco. Talvez ele esteja olhando para minhas pernas. Isso é melhor? Ou pior? Eu quero que ele olhe para mim? Seguro o vestido para não levantar enquanto entro pela porta traseira e engatinho até o lado oposto do banco. Tenho certeza de que ele está olhando para meu traseiro. Ele tem que estar. Meu traseiro é grande. E está logo ali na frente dele. E é grande.

Não. Estou agindo feito uma doida.

Dou uma olhadinha rápida e ele sorri para mim enquanto afivela o cinto. Sinto meu rosto pegar fogo.

Qual é meu problema?

Como sempre, ele conversa sem embaraços com meus pais. Quanto mais todo mundo se descontrai, mais agitada eu fico. Já estamos nos aproximando da Golden Gate Bridge, então estamos rodando faz... quinze minutos? Como é possível?

— Lola, você está muito quieta — diz Nathan. — Está se sentindo bem?

— É enjoo de viagem? — pergunta Andy. — Faz anos que você não tem isso.

— Nem saímos da cidade ainda. Não é enjoo de viagem.

Todos em silêncio, chocados.

— Talvez seja enjoo — minto. — Desculpem. Estou com... dor de cabeça, também. — Nem acredito que estou gritando sobre enjoo com Cricket Bell a meu lado.

Respire fundo. Respire bem fundo. Arrumo o vestido, mas o tecido adere à perna e acidentalmente deixo a coxa à mostra por um breve instante. Dessa vez, eu o pego olhando. Os dedos dele estão mexendo com os braceletes e as pulseiras de borracha. Nossos olhares se cruzam.

Uma pulseira de borracha arrebenta e voa no para-brisa.

Assustados, Nathan e Andy viram a cabeça para trás, mas riem quando percebem o que aconteceu.

O corpo de Cricket se encolhe no banco.

— Foi mal! Foi mal!

E eu me sinto estranhamente aliviada ao saber que não sou a única surtando ali.

Capítulo 13

Já faz anos desde que estive aqui, mas Muir Woods ainda faz com que eu me sinta como se tivesse adentrado um conto de fadas. É uma floresta encantada, não resta dúvida disso. Entre as árvores, há duendes de madeira diabólicos e cabeças de cogumelo vermelhas com pintas brancas e fadas tentando mortais com frutos dourados. As sequoias têm sobre mim o mesmo efeito apaziguador que a Lua. Elas parecem tão velhas quanto a Lua. Antigas, belas e sábias.

E eu preciso disso neste momento.

O restante da viagem foi inquieto, mas pelo menos passou depressa. O parque fica só a quarenta minutos de casa. Depois de caminhar um pouco pela trilha, nós nos separamos. Nathan e Andy, Cricket e eu. Combinamos que nos encontraríamos no carro em algumas horas e, por não ser Max quem está comigo, meus pais não pedem que eu telefone para eles. Se não os conhecesse tão bem, eu juraria que estão tentando me arranjar um namorado.

Espere aí. Meus pais estão tentando me arranjar um namorado?

Não, eles sabem que já tenho namorado. E Nathan odeia a ideia de me ver namorando qualquer pessoa. Devem ver Cricket como o amigo confiável que ele é. Certo?

— Tudo bem se eu comer isto na sua frente? — Cricket se mostra hesitante.

Estamos sentados ao lado do riacho que passa pelo parque com metade do piquenique arrumado à nossa frente. Ele pega o sanduíche que Andy fez para ele. É de salmão defumando com *cream cheese* e fatias de abacate.

— Claro. Por que não estaria?

Ele aponta para o meu *wrap* de *homus*.

— Você ainda é vegetariana, né?

— Ah. Sim. Mas não me incomodo em ver outra pessoa comer carne, só não consigo tolerar a ideia de eu mesma comer. — Faço uma pausa. — Obrigada por perguntar. A maioria das pessoas nem pergunta.

Cricket se volta para o riacho borbulhante e alonga as pernas. As calças são batidas, com listras desbotadas e bainhas desfiadas. Quanto às roupas, são apropriadas para atividades ao ar livre e, mais uma vez, eu me pego admirando seu senso de estilo.

Céus, que bom gosto ele tem.

— Só não queria ofender você. — Ele pousa o sanduíche, mas fica beliscando as sementes de papoula do pão. — Quero dizer, não mais do que já ofendi.

Forma-se um nó na minha garganta.

— Cricket. Você nunca me ofendeu.

— Mas magoei você. — A voz dele está baixa. — Queria não ter magoado você.

As palavras me saem aos atropelos antes que eu consiga detê-las:

— Nós éramos tão ligados, daí você simplesmente me dispensou. Eu me senti uma idiota. Não entendo o que aconteceu.

Ele para de arrancar as sementes de papoula.

— Tem uma coisa que eu preciso contar pra você.

A aceleração de meus batimentos cardíacos é repentina e dolorosa.

— O que é?

Cricket vira de corpo inteiro para mim.

— Quando nos falamos pela janela naquela última noite — diz ele —, eu sabia que algo estava errado. Percebi que você estava magoada, mas pensei que *eu* fosse o único que tivesse motivo para estar assim. Eu estava tão triste com o lance da mudança que precisei de semanas até botar as peças no lugar.

Eu me afasto dele. Por que *ele* deveria ser o único magoado da história? Foi ele quem *me* excluiu. Há uma pausa torturante enquanto ele tensiona e flexiona os dedos.

— Minha irmã mentiu. Eu não sabia da festa até chegarmos em casa e uma multidão de gente pular lá de dentro gritando "surpresa". A Cal me disse que tinha convidado você e que você tinha recusado. Eu acreditei nela. Já era tarde demais quando me dei conta de que você estava magoada porque ela não tinha feito convite nenhum.

A raiva cresce dentro de mim.

— Por que ela faria isso?

Ele parece envergonhado.

— Ela fugiu da pergunta, mas é óbvio, né? Ela disse que estava tentando fazer algo de bom... dar uma festa para mim, não para ela ou para nós dois. Às vezes... eu fico meio de lado. Mas ela fez isso por medo, pois achava que estava me perdendo.

— Fez isso por despeito, você quer dizer, pois ela é uma vaca. — Minha própria fúria me assusta.

— Sei que parece assim, mas não é. E ao mesmo tempo é. — Cricket meneia a cabeça. — Por muito tempo, fomos só nós dois. Com a carreira, ela não teve muita chance de levar uma vida normal. Tinha medo de ser deixada pra trás. E eu tenho minha culpa também; eu a deixei escapar impune agindo do jeito que agiu, pois ela também era tudo o que eu tinha.

Não. Ela não era.

Ele fica olhando para as próprias mãos. Seja lá qual for a palavra que escreveu ali, ela foi riscada. Só resta o mistério.

— Lola, você era a única pessoa que eu queria ali naquela noite. Eu era louco por você, mas não sabia o que fazer. Era paralisante. Tantas vezes eu quis pegar na sua mão, mas... não conseguia. Esse pequeno movimento parecia impossível.

Agora, sou eu quem fica olhando para as próprias mãos.

— Eu teria deixado você pegar na minha mão.

— Eu sei. — Sua voz é trêmula.

— Tinha um presente para você e tudo.

— Tenho certeza de que eu teria adorado. Não importando o que fosse. — Ele parece inconsolável e isso é de cortar o coração. — Eu também tinha uma coisa para você.

— No *seu* aniversário? — Isso é tão a cara dele. Sinto mais uma pontada no peito.

— Criei um mecanismo que podia ir de uma janela à outra e pensei que a gente poderia usá-lo para mandar cartas ou presentes um para o outro. Ou o que desse na telha. Isso parece besta agora, eu sei. Uma invenção de criança.

Não. Não parece besta.

— Era para ter ficado pronto para o seu aniversário, mas eu queria que estivesse redondinho. Pelo menos, era o que eu dizia para mim mesmo. Mas eu estava protelando. Eu dei mancada. Estraguei tudo.

Eu arranco a ponta de meu *wrap* de *homus*.

— A Calliope é que estragou tudo.

— Não. Ela nunca teria sido um problema se eu tivesse me aberto com você. Só que não me abri, nem quando soube que a gente estava de mudança...

— Você sabia que estava de mudança? — Estou chocada. Por algum motivo, essa notícia é pior do que a traição de Calliope. Como ele pôde esconder isso de mim?

— Não consegui lhe contar. — Seu corpo se retorce de angústia. — Pensei que você desistiria de mim. E na verdade eu ainda tinha esperanças de que a mudança não fosse realmente acontecer, mas naquela noite veio a confirmação.

Cricket fica esperando que eu olhe para ele. Não sei como, mas olho. Eu me sinto devastada por tristeza e perplexidade. Não aguento mais. Quero impedi-lo, No entanto ele não para.

— Só vou dizer isso mais uma vez. Claramente, para não dar chance a mal-entendidos. — Seus olhos se tornam tristes. — Eu gosto de você. Sempre gostei de você. Seria errado da minha parte entrar de novo na sua vida e agir de outra forma.

Estou chorando agora.

— Cricket... eu tenho namorado.

— Eu sei. Isso é um saco.

Fico surpresa por ouvir isso assim, na lata, e dou uma risada abafada. Cricket me passa um guardanapo para eu assoar o nariz.

— Sinto muito — diz ele. — Mandei mal dizendo isso?

— Não.

— Tem certeza?

— Não.

Temos tudo para rir enquanto enxugo do rosto as lágrimas de rímel, mas nosso piquenique prossegue em um silêncio agonizante. A distância entre nós parece tão curta, tão longa, tão curta. Faz mais calor do que devia sob esse dossel verde. Minha cabeça lateja. *Sempre gostei de você.* O que teria sido de minha vida se eu não tivesse tido dúvidas sobre isso?

Ele ainda teria se mudado.

Sempre gostei de você, sempre gostei de você, sempre gostei de você.

Porém talvez tivéssemos mantido contato. Talvez até estivéssemos juntos agora. Ou talvez eu já tivesse perdido o interesse. Será que só tenho essa fixação por Cricket por causa de nossa história traumática? Porque ele foi minha primeira paixão? Ou alguma coisa nele transcende isso?

Ele está polindo com o braço a casca de uma maçã dourada. Fada. Tentação.

— Lembra o dia em que eu fiz o elevador para você? — ele pergunta de repente.

Eu lhe dirijo um sorriso tênue.

— Como poderia esquecer?

— Foi o dia em que dei meu primeiro beijo.

Meu sorriso desvanece.

— Estou melhor agora. — Ele põe a maçã perto de mim. — Nos beijos. Só para você saber.

— Cricket...

Ele retém meu olhar. O sorriso dele é triste.

— Não vou. Pode confiar em mim.

Tento não chorar novamente.

— Eu sei.

Apesar dessa complicação toda (saber que ele gostava de mim naquele tempo, que gosta de mim agora e que nunca teve a intenção de me magoar), à medida que caminhamos pela floresta, a névoa de fumaça entre nós se dissipa. O ar é novo, mas límpido. Será que sou muito egoísta? Será que só precisava me sentir desejada? No entanto, ao examiná-lo durante a volta para casa... não consigo deixar de reparar em seus olhos.

Existe alguma coisa nos olhos azuis.

O tipo de azul que assusta sempre que se erguem na sua direção. O tipo de azul que faz com que você deseje que olhem de novo para você. Não verde ou cinza-azulado, mas o azul que é simplesmente azul.

E sua risada. Eu tinha me esquecido de como ela é fácil. Nós quatro estamos rindo de alguma bobeira daquele jeito idiota quando a gente está exausto. Cricket conta uma piada e vira para ver se estou rindo, se o acho engraçado, e eu quero que ele saiba que eu o acho engraçado, que ele saiba que estou contente por ele ser meu amigo e que saiba que tem o coração mais gigante entre todas as pessoas que já conheci. E quero pressionar a palma de minha mão contra seu peito para senti-lo bater, para ter uma prova de que ele está mesmo aqui.

Mas não podemos nos tocar.

Todos riem de novo, não sei bem por quê. Cricket olha de novo para ver minha reação e eu não consigo deixar de sorrir. Seus olhos se iluminam. Tenho que baixar os meus, tamanha a intensidade do sorriso que lhe devolvo. Surpreendo meus pais no retrovisor. Eles têm um tipo diferente de sorriso, como se soubessem de um segredo que não sabemos.

Porém eles estão enganados. Eu sei o segredo.

Fecho os olhos pesados. Sonho em chegar à outra ponta do banco e tocar sua mão. Apenas uma. Ela se fecha lenta e firmemente ao redor da minha e a sensação de sua pele contra a minha é *espantosa*. Nunca senti nada parecido antes.

Não acordo até escutar sua voz.

— Quem é? — pergunta ele em tom sonolento.

Algumas pessoas afirmam saber quando algo de ruim está prestes a acontecer, um pouco antes de acontecer de verdade. Sinto medo diante da pergunta dele, embora não consiga dizer por quê. O tom de sua voz foi muito inocente. Talvez o silêncio no banco da frente é que seja ensurdecedor. Abro os olhos quando o carro para na frente de nossa casa. E descubro que minha intuição estava certa. Ela está sempre certa.

Pois ali, desmaiada na varanda, está minha mãe biológica.

Capítulo 14

Só pele e osso. Há meses que eu não via Norah. Não sei como é possível, mas ela perdeu mais peso. Até onde consigo lembrar, Norah sempre foi muito magra. Agora (corpo encostado na balaustrada da varanda, agasalho enrolado para fazer de almofada para a cabeça), ela parece uma pilha de galhos envolta em trapos de *hippie*.

Será que ela só está dormindo? Ou será que anda bebendo novamente?

Ruborizo de vergonha. *Essa é minha mãe*. Não quero que Cricket a reconheça, embora seja óbvio que ele já tenha juntado as peças, uma vez que a pergunta dele permanece sem resposta. Nathan está rígido. Ele guarda o carro na garagem e desliga o motor. Ninguém sai. Andy pragueja entre os dentes.

— Não podemos deixá-la ali — diz ele, passado um minuto.

Nathan desce e Andy o segue. Eu me viro no assento e os vejo darem um cutucão nela, o que a faz despertar imediatamente de susto. Solto um suspiro que nem percebia estar segurando. Saio do carro e sinto o mau cheiro que emana de seu corpo. Cricket está a meu lado e está falando, mas suas palavras não me chegam aos ouvidos.

Pois essa é minha mãe.

Fedendo.

Em minha varanda.

Escapo dele e me precipito escadas acima, passando por Norah e meus pais.

— Caí no sono esperando vocês chegarem em casa — ela diz rispidamente. — Não estou bêbada. Só fui despejada.

Mas eu me concentro na chave que tenho na mão, a chave entrando na fechadura, meus pés indo para o quarto. Desmorono na cama, mas uma voz diz algo sobre uma cortina, ela não para de falar sobre uma cortina, então eu me ponho de pé para calar de vez essa voz e desço novamente. Eu os escuto na sala de estar.

— Dezoito meses? — pergunta Nathan. — Você me disse que eram doze desde o último pagamento que fez. Pensei que a gente tinha resolvido isso. O que você espera que eu...

— EU NÃO PRECISO DA SUA AJUDA! SÓ PRECISO DE UM LUGAR PARA PASSAR A NOITE!

A vizinhança inteira consegue ouvir isso. Leva longos nove minutos até eles diminuírem o tom de voz. Olho o relógio em meu celular.

Lindsey liga. Fico olhando para o nome dela, mas não atendo.

Quando eu era pequena, pensava que meus pais eram apenas melhores amigos que resolveram morar juntos. Quando cresci, então, quis morar com Lindsey também. Precisei de um tempo para entender que essa situação era mais complicada do que parecia; no entanto, quando passei a entender, não importava mais. Meus pais eram meus pais. Eles se amavam e me amavam.

Mas sempre houve esse estorvo no canto mais escuro de minha mente.

Eu era perfeita para Nathan e Andy, assim como eles eram para mim. Por que eu não era perfeita para Norah? Sei que ela não tinha nenhuma condição de cuidar de mim, então por que eu não era um motivo suficiente para ela *tentar*? E por que nós não somos (nós três, a família dela) um motivo suficiente para ela tentar agora? Ela pode até não estar mais nas ruas, mas... bem, desta vez, ela *está*. Por que para ela é tão impossível ser uma adulta normal?

Meu celular vibra. Lindsey mandou uma mensagem de texto:

eu ouvi. o q posso fazer? bjs

Sinto um peso no coração. Ela ouviu? Há quanto tempo Norah estava lá fora? Quantas pessoas a viram? Imagino o que meus colegas de classe dirão quando descobrirem que tenho *perdedora* impresso em metade de meu código genético. *Estatísticas. É a única explicação para uma fracassada. Ela deve ter enchido a cara enquanto Lola estava no útero.* Mas isso está longe de ser verdade. Não sou "meia" perdedora. Sou 100%. Fui criada do lixo das ruas.

Andy bate à minha porta.

— Lo? Posso entrar?

Não respondo. Ele pergunta de novo e, vendo que não respondo, diz:

— Estou entrando.

Minha porta se abre.

— Ah, querida. — A voz dele é inconsolável. Andy se senta na ponta da cama e coloca a mão em minhas costas. Eu rompo em prantos. Ele me levanta e me segura e eu me sinto pequena e impotente enquanto choro sobre a manga de sua camisa.

— Tenho tanta vergonha dela. Eu a odeio.

Ele me abraça mais forte.

— Às vezes, eu também.

— O que vai acontecer?

— Ela vai ficar aqui por um tempo.

Eu recuo.

— Por quanto tempo? — Eu deixei uma poça de sombra vermelha no ombro dele. Tento esfregá-la, mas ele delicadamente pega minha mão. A camisa não importa.

— Só uma ou duas semanas. Até acharmos um apartamento novo para ela.

Fico olhando para o vermelho que ficou na ponta de meus dedos e fico furiosa por Norah ter me feito chorar mais uma vez. Fico furiosa por ela estar em *minha* casa.

— Ela não liga pra gente. Só está aqui porque não tem escolha.

Andy suspira.

— Então, não temos escolha senão ajudá-la, temos?

Escurece lá fora. Ligo para Lindsey.

— Graças a Deus! O Cricket me ligou há duas horas e eu estava muito preocupada. Você está bem? Devo ir aí? Quer vir para cá? A coisa está feia por aí?

Uma explosão em minha mente.

— O Cricket contou para você?

— Ele estava preocupado. Eu estou preocupada.

— O *Cricket* contou para você?

— Ele ligou para o restaurante e deu o número dele para os meus pais, daí deixou recado para eu ligar de volta. Ele disse que era uma emergência.

Seguro com mais força o telefone.

— Então, você não a viu? Nem a escutou? Nem escutou alguém mais falando disso?

Cai a ficha dela sobre qual é o problema. Sua voz se abranda.

— Não. Não escutei nada, discretinha do bairro. Acho que ninguém reparou nela.

Fico aliviada o bastante para deixar a tristeza e a frustração recuarem. Depois de quase um minuto de silêncio, Lindsey pergunta novamente se eu gostaria de ficar com ela.

— Não — digo. — Mas amanhã vou aceitar sua oferta.

— Ela não está... está?

É bem fácil preencher a lacuna de sua pergunta.

— Não está bêbada nem drogada. Só Norah.

— Bom — diz ela. — Pelo menos isso.

Mas só o fato de ela ter que perguntar já é humilhante. Escuto um bipe na outra linha.

— Tenho que ir.

Atendo a outra chamada com pavor. Uma visão de meu namorado ali, no café da manhã, acompanhado de Norah, me passa rapidamente pela mente. É o vínculo que faltava para colocar ainda mais pressão no relacionamento dele com minha família. O que ele vai pensar dela? Será que isso vai mudar a opinião dele sobre mim? E se... e se ele encontrar algo de mim mesma em Norah?

— Senti saudades — diz ele. — Você vem para o show desta noite?

Eu tinha me esquecido disso. Andei com uma fixação tão grande pelo show da noite passada que não lembrei que ele voltaria para outro esta noite.

— Hum, acho que não. — As lágrimas já estão se formando. *Não, não, não. Não chore. Estou cansada de chorar hoje.*

Eu praticamente o escuto se sentar.

— O que está pegando?

— A Norah está aqui. Ela vai ficar com a gente.

Silêncio. E então:

— Caramba! — Ele diz isso como se soltasse ar dos pulmões. — Que chato...

— É, é superchato — acrescento.

Ele solta uma risadinha, para mostrar empatia, e então eu fico surpresa ao ver como ele fica zangado ao ouvir toda a história.

— Então, ela espera que vocês a tirem dessa encrenca?

Ainda na cama, viro para o lado.

— Como sempre fazemos.

— É embaçado seus pais a deixarem se aproveitar deles de novo.

Esse pensamento me ocorreu muitas vezes ao longo dos anos, mas ainda não sei se é verdade. Será que eles (especialmente Nathan) não estão avalizando o comportamento de Norah? Ou ela estaria ainda mais perdida sem eles?

— Eu não sei — digo. — Ela não tem mais ninguém a quem recorrer.

— Olhe o que você mesma diz. Você a está defendendo. Se eu fosse você, estaria furioso. Eu não sou você e *ainda assim* estou furioso.

A raiva dele reabastece a minha. Está ficando mais fácil falar sobre isso, falar sobre tudo. Conversamos por mais uma hora, até que ele precisa desligar para carregar a parafernália do show para dentro da van.

— Quer que eu pegue você? — pergunta ele.

Respondo que sim.

Eu me visto com uma fúria que há anos não sentia. Acho no fundo do *closet* um vestido preto transparente, do qual nunca gostei, e rasgo a barra, deixando-o mais curto. Maquiagem laranja e amarela. Peruca vermelha. Botas com cadarço até os joelhos.

Esta noite, sou fogo.

Desço impetuosamente as escadas. Meus pais conversam baixinho na cozinha. Não faço ideia de onde Norah esteja e não me interessa saber. Abro a porta da frente com violência e ouço um sonoro "EI!", mas já estou flamejando escadas abaixo, rumo à calçada. Onde está Max? Onde ele *está*?

— Dolores Nolan, volte já aqui — diz Nathan da soleira da porta.

Andy está atrás dele.

— Aonde pensa que vai, mocinha?

— Vou ao show do Max! — berro de volta.

— Você não vai a lugar nenhum desse modo OU vestida assim — diz Nathan.

Uma van branca e familiar vira a esquina e acelera colina acima. Andy praguejа e meus pais avançam a toda força, mas bloqueiam um ao outro no processo. A van para aos solavancos. Johnny Ocampo abre a porta.

— Não entre nessa van — grita Nathan.

Dou minha mão para Johnny. Ele me puxa para dentro e bate a porta. Quando a van dá uma arrancada, eu me choco contra um suporte de pratos de percussão que estava ali dobrado e grito de dor. Max solta uma série de palavrões quando vê o sangue escorrendo por meu braço. A van para novamente e ele se reclina para ver se estou bem.

— Estou de boa, estou de boa! Vamos!

Olho pela janela e vejo meus pais na calçada, paralisados, sem conseguir acreditar. E, atrás deles, sentados nos degraus da casa vitoriana de cor lavanda (como se estivessem ali havia muito, muito tempo), estão Cricket e Calliope Bell.

A van parte em velocidade, o motor roncando.

Capítulo 15

Eu não deveria ter vindo.

Leva uma eternidade para a banda montar tudo. Eu não trouxe o celular, então não há como ligar para Lindsey. O clube é frio e pouco acolhedor. Limpei no banheiro o sangue do braço, mas era só um arranhão. Estou impaciente. E sinto-me estúpida. Meus pais vão estar umas feras, Norah ainda estará em minha casa e os gêmeos foram testemunhas de mais um ato imbecil. Mal consigo suportar a lembrança da expressão deles: a cara de desprezo de Calliope, o sofrimento de Cricket, o choque de meus pais.

Estou em uma encrenca daquelas.

Como sempre, minha mente retorna vezes sem conta para Cricket Bell. Muir Woods parece ter ficado lá atrás. Eu me lembro *do que* senti, mas não consigo mais lembrar de *como*.

— Lola?

QUE É? QUEM ESTÁ AÍ? Quem meus pais mandaram? Muito me admira que não tenham vindo pessoalmente...

— Achamos que era você. — É Anna.

— Às vezes, é difícil saber. — E St. Clair.

Estão de mãos dadas e sorrindo. Fico tão aliviada que caio para trás, contra a parede de tijolos do clube.

— Graças a Deus são vocês.

— Você *bebeu*? — ela pergunta.

Eu me endireito e levanto o queixo.

— Não. O que vocês estão fazendo aqui?

— Estamos aqui para ver a banda do Max — diz St. Clair lentamente.

— Você nos convidou. Semana passada. Lembra? — Anna me confunde ainda mais.

Eu não me lembro. Estava tão preocupada com a turnê de Max e o passeio com Cricket que poderia ter convidado o editor da *Teen Vogue* e acabaria esquecendo.

— Claro. Obrigada por virem — digo em tom distraído.

Não se convencem. E eu acabo contando a eles mais uma história pessoal: a de meus pais biológicos. Anna segura a banana de vidro do seu colar como se a pecinha fosse um talismã.

— Lamento, Lola. Não fazia ideia.

— Poucas pessoas fazem.

— Então, o Cricket estava com vocês quando encontraram a Norah na varanda? — pergunta St. Clair.

A pergunta dele prende toda minha atenção. Foi proposital ter deixado Cricket fora da história. Semicerro os olhos.

— Como soube disso?

St. Clair encolhe os ombros, mas ele mesmo parece se autoflagelar. Como se tivesse dito algo que não deveria.

— Ele mencionou algo sobre fazer um passeio com você. Só isso.

Ele sabe. St. Clair sabe que Cricket gosta de mim. Fico me perguntando se eles já conversaram esta noite, se St. Clair já soube o que aconteceu com minha mãe.

— Não acredito nisso — digo.

— *Pardon*? — diz ele.

— Cricket contou para você. Ele contou sobre tudo isso, sobre minha mãe. — A raiva volta a crescer dentro de mim. — É por isso que estão aqui? Ele mandou vocês ficarem de olho em mim?

O semblante de St. Clair endurece.

— Faz dois dias que nem falo com ele. Você nos convidou, por isso nós viemos. Não há de quê.

Ele está dizendo a verdade, porém ainda estou com a cabeça fervendo. Anna me pega pelo braço e me faz andar para a frente.

— Ar fresco — diz ela. — Ar fresco é uma boa.

Eu me solto dela com violência e me sinto péssima ao ver sua cara magoada.

— Desculpe. — Não consigo olhar para nenhum dos dois. — Você está certa. Vou sozinha.

— Tem certeza? — Mas ela parece aliviada.

— Sim. Já volto. Desculpe — murmuro novamente.

Passo quinze miseráveis minutos lá fora. Quando retorno, o clube está lotado. Mal tem espaço para ficar em pé. Anna conseguiu um banquinho de madeira no bar, um dos poucos assentos do lugar. St. Clair está logo ali, de frente para ela, alisando a mecha platinada que Anna tem nos cabelos. Ela o traz para ainda mais perto, puxando-o pelo cós do jeans, um dedo enfiado lá dentro. É um gesto íntimo. Fico constrangida por ficar olhando, mas não consigo tirar os olhos.

Ele a beija lenta e intensamente. Eles não ligam que possa ter alguém olhando. Ou talvez tenham se esquecido de que não estão sozinhos. Ao se separarem, Anna diz algo que o faz rir de um jeito bobo e infantil. Por algum motivo, é o momento em que dou as costas à cena. Algo no amor deles é doloroso.

Eu me volto para o bar para comprar uma garrafinha de água, mas Anna grita de novo por mim. Viro a cabeça para trás, sentindo uma irritação irracional pela presença deles aqui.

— Melhor? — pergunta St. Clair, mas não de maneira maldosa. Ele parece preocupado.

— Sim. Obrigada. Sinto muito por tudo isso.

— Sem problema. — E penso que vamos deixar por isso mesmo, quando ele acrescenta: — Entendo o que é sentir vergonha de um pai. O meu não é um homem bom. Também não falo sobre ele. Obrigado por confiar na gente.

O tom sério de sua voz me desconcerta. Fico comovida por esse vislumbre raro de sua vida. Anna aperta a mão dele e muda de assunto.

— Estou ansiosa por isso. — Ela aponta a cabeça na direção da banda no palco. A guitarra de Max lhe pende do ombro, em repouso, ao passo que ele ajusta algo no amplificador. Estão prestes a começar. — Você vai nos apresentar para ele depois, né?

Max estava muito ocupado para ter aparecido e dizer um "oi". Eu me sinto mal por isso. Eu me sinto mal por *tudo* nesta noite.

— Claro. Prometo.

— Você se esqueceu de mencionar que ele é muito mais descolado que a gente. — Preocupação permeia a voz dela.

É claro que St. Clair, de volta a si mesmo, já tem uma resposta ferina na ponta da língua. Fico contente que o momento em que ele abre a boca seja o mesmo em que Anfetamina começa a explodir com seu repertório. As palavras dele (todas as palavras, exceto as de meu namorado) se perdem.

A intensidade que irradia de Max reflete o que sinto estar ardendo dentro de mim. Suas letras são ora doces e sensíveis, ora mordazes e cruéis. Ele canta sobre paixões, separações, fugas, e não é nada que não tenha sido cantado antes, mas o modo como ele canta. Cada palavra está impregnada de uma verdade amarga.

Johnny e Craig impõem um ritmo agressivo e Max detona na guitarra com uma ferocidade arrasadora. As músicas se tornam abertamente maliciosas, como se a desconfiança devesse recair até mesmo sobre o público ali reunido, e, no momento do número acústico, seu habitual exame de consciência se torna cínico e hostil. Seus olhos cor de âmbar cruzam com os meus do outro lado do recinto e eu sou contaminada por sua atitude maldosa. Sei que é errado, mas isso só me faz querê-lo mais. O público vai ao delírio. É a melhor performance que ele já fez.

E é para mim.

Quando acaba, eu me viro para ver a reação de meus amigos. Anna e St. Clair parecem chocados. Impressionados, mas... chocados, sem sombra de dúvidas.

— Ele é bom, Lola. Ele é muito bom — diz Anna, finalmente.

— Ele já considerou fazer terapia? — pergunta St. Clair e Anna lhe dá uma cotovelada na altura das costelas. — Ai! — Eu lanço um olhar fulminante e ele encolhe os ombros. — Foi incrível — ele continua. — Só estou chamando a atenção para a fúria desmedida que há nele.

— Como você pode...

— Preciso ir ao banheiro — diz Anna. — Por favor, não mate meu namorado na minha ausência. E não vá embora até eu ter conhecido o Max!

Ele está agora se contorcendo para fazer o caminho até nós. As pessoas lhe dão tapinhas nas costas e tentam engatar uma conversa com ele, mas Max só tem olhos para mim enquanto passa por todos. Sinto o coração bater mais rápido. As raízes escuras de seu cabelo descolorido e a camiseta preta estão suadas. Isso me faz recordar da noite em que nos conhecemos e sinto dentro de mim uma chama quase animalesca.

Max endurece quando chega para dar um abraço. Notou St. Clair. Meu namorado aperta a mandíbula enquanto o avalia, mas St. Clair se sai com uma fácil apresentação.

— Étienne St. Clair. Minha namorada, Anna. — Ele aponta para a figura que vai se afastando. — Eu trabalho com a Lola no cinema. Você deve ser o Max.

Meu namorado relaxa.

— Certo. — Ele aperta a mão estendida de St. Clair e depois já vai me puxando. — Venha. Vamos dar o fora daqui.

Max. Sim, eu quero ficar com Max.

— Obrigada por virem. Diga tchau para a Anna por mim, tá?

— Sim. — St. Clair parece estar realmente bravo. — Pode deixar.

Max me conduz quarteirão abaixo até a van. Abre a porta e fico surpresa ao ver que ela ainda está vazia. Entramos.

— A próxima banda vai usar a bateria do Johnny. Pedi para os caras esperarem uns minutos antes de trazerem o resto das tralhas.

Eu bato a porta e já estamos um em cima do outro. Quero esquecer tudo. Eu o beijo com força. Ele me beija com mais força ainda. Não leva muito tempo.

Desabamos.

Fecho os olhos. Ainda sinto as têmporas pulsando com o som de sua música. Escuto o estalido do isqueiro de Max, mas o cheiro que vem não é de fumaça de cigarro. É doce e pegajoso. Ele me cutuca em uma oferta silenciosa. Eu recuso. O barato por tabela já é o bastante.

Max me deixa em casa por volta das 2 horas da manhã. Esqueço a peruca dentro da van. Eu me sinto um desastre. Mais uma vez, estou atormentada por culpa, raiva e confusão. Eu me arrasto para dentro de casa e meus pais estão ali, como se estivessem esperando junto da porta desde que saí. É provável que tenham esperado, mesmo. Eu me preparo para a ira deles.

Ela não vem.

— Graças a Deus. — Andy quase tem um ataque no *chaise longue* onde está.

Meus pais estão à beira das lágrimas. Só de ver isso, eu choro pela centésima vez no dia, soluçando de modo constrangedor e compulsivo.

— Sinto muito.

Nathan me dá um abraço de urso.

— *Nunca* mais faça isso.

Estou tremendo.

— Não vou. Sinto muito.

— Falamos sobre isso amanhã, Dolores. — Nathan me conduz escada acima e Andy segue logo atrás. Estou fechando a porta do quarto quando Nathan diz: — Que cheiro de maconha. Falamos sobre isso amanhã, também.

Abro a janela e olho para o céu.

— Preciso da sua ajuda.

A Lua é esguia, uma lasca de Lua minguante. Contudo ela está ouvindo.

São 4 horas da manhã. Não consigo dormir, por isso conto a ela sobre minhas últimas 24 horas.

— E eu não sei o que fazer — digo. — Está tudo acontecendo ao mesmo tempo, mas tudo o que faço parece estar errado. *O que devo fazer?*

A janela de Cricket se abre. Eu me atiro em busca do par de óculos mais próximo, para poder enxergá-lo. Está com o cabelo de quem saiu da cama, todo armado, ainda mais alto que de costume, e seus olhos estão meio fechados.

— Você ainda fala com a Lua?

A pergunta dele não é desdenhosa, é curiosa.

— Bem idiota, né?

— Nem um pouco.

— Acordei você? Você me ouviu?

— Escutei você falando, mas não ouvi o que disse.

Solto um suspiro de alívio. Preciso ser mais cuidadosa. Não me passa despercebido o fato de que é sempre bom saber quando alguém está dizendo a verdade.

— O que faz aqui? — pergunto. — É domingo à noite, deveria estar no dormitório do *campus*.

Cricket fica em silêncio. Decidindo como deve responder. Um carro tocando batidão de boate passa descendo a rua, à procura de vaga para estacionar. Quando o som desaparece, ele diz:

— Queria ter certeza de que você estava bem. Estava esperando sua luz acender para dar o ar da graça. Acabei dormindo. — Ele parece se sentir culpado.

— Ah.

— Vou embora cedinho. — Cricket dá uma olhada em um relógio na outra ponta de seu quarto. Suspira. — Daqui a duas horas, para ser exato.

— Bem, aqui estou. Consegui chegar em casa. Por pouco.

Ele fica olhando fixamente para mim. O olhar é tão intenso que quase chega a ser invasivo. Olho lá para baixo, para a passagem entre nossas casas, e vejo um gato vadio perambulando pela pilha de compostagem de Andy.

— Você não precisava ter feito isso — digo.

— Talvez eu não devesse ter feito. Não sou a pessoa mais indicada para ouvir você.

— Por isso é que ligou para a Lindsey?

Ele encolhe os ombros, constrangido.

— Você conversou com ela? Antes de sair?

— Sim. — O gato pula em cima de nossa lixeira de coleta seletiva. Ele olha para cima e seus olhos assombrados flamejam para mim através da escuridão. Eu estremeço.

— Você está com frio — diz Cricket. — Deveria ir para a cama.

— Não consigo dormir.

— Você se sente melhor? — diz ele abruptamente. — O Max ajudou?

Fico cheia de vergonha.

— Não sei — sussurro.

Ficamos em silêncio por vários minutos. Viro a cabeça e presto atenção à rua, à Lua, à rua. Sinto que ele presta atenção em mim, nas estrelas, em mim. O vento é cortante. Quero entrar, mas tenho medo de perder sua companhia. Nossa amizade está novamente à beira da extinção. Não sei o que quero, mas sei que não quero perdê-lo.

— Cricket?

— Sim?

Desgrudo os olhos do céu para encontrar os dele.

— Você vem para casa no próximo fim de semana?

Ele fecha os olhos. Tenho a estranha sensação de que ele está agradecendo alguém.

— Sim — diz ele. — Claro que venho.

Capítulo 16

Nathan me acorda mais cedo para podermos conversar antes de eu ir para a escola. Imagino que como punição também. Tive apenas três horas de sono. Enquanto vou vestindo a roupa, espio pelas cortinas e vejo que Cricket deixou as dele abertas. A bolsa de couro e a sacola de roupa suja não estão mais lá.

Sinto uma pontada no peito.

Desço as escadas me arrastando. Andy está acordado (ele nunca acorda tão cedo), está fazendo ovos mexidos. Nathan está à mesa verificando os e-mails, veste um de seus melhores ternos. Sem sinal de Norah. É provável que ela esteja no sofá dobrável do escritório de Nathan.

— Tome. — Andy desliza uma caneca de café para mim. Ele não aprova que eu tome café, daí a seriedade da coisa. Nós nos sentamos ao lado de Nathan e ele coloca o celular de lado.

— Lola, entendemos por que saiu ontem à noite — diz ele.

Estou chocada. Mas também aliviada por ter voltado a ser Lola, não Dolores.

— Mas isso não justifica seu comportamento — Nathan continua. — Você quase nos matou de susto.

Agora, sim, é o Nathan que eu conheço.

Tem sequência o sermão pelo qual eu tinha esperado. É doloroso, é extenso e, ao final, recebo um mês de castigo. Eles não acreditam quando digo que não fumei maconha (que sabem que era de Max) e não há jeito de convencê-los do contrário. Escuto de lambuja um longo sermão sobre os perigos do uso de drogas, a respeito do qual eu poderia facilmente apontar para a porta fechada do escritório e dizer: *Dã*.

Porém não aponto.

A caminhada até a escola é longa e o dia na escola, mais longo ainda. Lindsey tenta me entreter com histórias sobre o homem cheio de tiques nervosos que seus pais contrataram para ajudar no restaurante. Ela está convencida de que ele guarda algum segredo obscuro, tipo uma identidade secreta ou o conhecimento de um acobertamento do governo. Mas tudo em que consigo pensar é em hoje à noite. Não tenho trabalho. Não tenho um encontro com Max e não voltarei a ter outro por mais um mês, fora o café da manhã de domingo (isso se ele for mesmo aparecer). E... nada de Cricket.

Pelo menos, no mês que vem, terei tempo de sobra para trabalhar em meu vestido.

Pensar nisso não me anima. Estou progredindo com o espartilho mais rápido que o esperado e até já comecei a peruca, mas as anquinhas estão me dando nos nervos. Ainda não consegui encontrar instruções satisfatórias. Passo a tarde fazendo lição de casa, batendo papo com Lindsey pela internet e fazendo uma coluna de tela de arame que servirá de base para minha peruca branca. Maria Antonieta usava perucas ENORMES. O arame vai dar a ela a altura necessária sem aumentar drasticamente o peso. Daí, cubro a estrutura com cabelo falso da mesma cor.

Norah está conversando com Andy na cozinha. Hoje, eles foram buscar as coisas dela. As caixas tamparam as antiguidades de Nathan e dominaram toda nossa sala de estar. O papelão das caixas cheira a incenso e fuligem. Norah está com a voz cansada. Eu faço uma cara de desagrado e aumento o volume da música. Eu ainda não a vi. Terei que vê-la em breve, mas estou adiando tanto quanto posso. Até a hora do jantar, imagino.

A campainha toca às 6h30.

Paro o que estou fazendo (alicate no arame, ouvidos alertas). Cricket?

Mas aí escuto a voz grave e áspera de Max. Solto o alicate e já vou escorregando escada abaixo. *Não pode ser,* não pode ser, não pode ser. Mas... é. Ele até abandonou a camiseta preta de sempre para botar uma camisa listrada de botão. As tatuagens só se revelam ali pela extremidade das mangas. E ele está de óculos, é claro.

— Max — digo.

Andy parece tão surpreso quanto eu. Ele não faz ideia do que vem pela frente. Abraço Max. Ele me abraça de volta com força, mas se afasta rápido.

— Quis ter certeza de que você está sobrevivendo — sussurra ele.

Aperto sua mão e não solto. Não fazia ideia de como precisava vê-lo de novo e saber que tudo está bem entre a gente. Não sei ao certo por que pensei que as coisas seriam diferentes, a não ser porque a noite anterior *foi* diferente. Ele pede desculpas a meu pai. Sei que para ele deve ser a morte fazer isso. Ele diz as palavras de modo calmo e breve.

— Obrigado por dizer isso, Max. — Andy hesita, fazendo pouco caso do que ele sabe que está por vir. — Não quer ficar para jantar?

— Obrigado. Eu adoraria.

Max sabia que estaria frito nas mãos de meus pais e os desafiou aparecendo aqui esta noite. Ele é tão astuto!

— Então, você é o namorado.

Max, Andy e eu ficamos inertes enquanto Norah se recosta no batente entre a sala de estar e a cozinha. Apesar de Nathan ser vários anos mais velho que a irmã, Norah parece ter pelo menos dez anos a mais. Na infância deles, ela tinha o mesmo rosto redondo que Nathan e eu, entretanto o tempo e o abuso de drogas a deixaram frágil e acabada. A pele é flácida, o cabelo, ralo. Pelo menos, está de banho tomado.

— Max. Essa é a Norah — digo.

Ele acena para ela com a cabeça. Ela fica olhando para ele, a expressão sem vida.

— É *muita* cara de pau sua aparecer aqui.

Todo mundo congela novamente ao som da voz de Nathan. Ainda de mãos dadas, Max e eu nos viramos. Meu pai coloca a pasta ao lado da porta. Os músculos na mão de Max se contraem, mas ele continua o discurso vazio da emoção que eu sei que ele sente.

— Vim me desculpar. Fui irresponsável ao sumir com Lola ontem à noite. Ela estava triste e eu quis ajudá-la. Mas fiz isso da maneira errada.

— E bota errada nisso.

— *Pai...*

— Nathan — diz Andy prontamente. — Vamos dar uma palavrinha no escritório.

A espera é insuportável até Nathan enfim tirar o olhar fulminante de cima de Max e seguir Andy. A porta do escritório se fecha. Estou suando. Solto a mão de Max e percebo que a minha está trêmula.

— O pior já passou — ele diz.

— Estou de castigo por um mês.

Ele faz uma pausa.

— Merda.

Escuto uma risadinha grosseira na entrada da cozinha. Estou a ponto de perder a cabeça.

— Sinto muito. — Agora, Max parece *mesmo* irritado. — Não sabia que esta conversa era da sua conta.

— Você está certo. — Norah esboça um sorriso cruel. — O que eu saberia sobre uma adolescente que foge e se mete em encrenca com o namorado?

— Eu não fugi — protesto enquanto Max diz:

— Você está passando dos limites.

Ela caminha sem pressa para a cozinha e fica fora de nosso campo de visão.

— Estou, é? — grita de lá.

Quero morrer.

— Sinto muito. Por tudo isso.

— Não se desculpe. — Ele é áspero. — Não estou aqui por eles. Estou aqui por você.

A porta do escritório se abre com violência e Nathan sobe direto para o quarto sem olhar para nós. Andy força um sorriso tenso.

— Jantar em dez minutos.

Nathan tirou as roupas de trabalho. Ele está tentando, mas muito pouco. Não sabia que era possível passar um prato de lasanha vegetariana com tamanha hostilidade.

— Então, Max. Como foi o show em Los Angeles? Não imaginávamos que voltaria tão cedo.

Isso poderia ficar pior?

— Foi em Santa Mônica. Correu bem. Temos mais dois shows marcados lá.

Sim. Isso *pode* ficar pior.

— Planejam fazer muita turnê? — pergunta Andy. Não consigo concluir se ele soa esperançoso ou cético.

— A gente gostaria de fazer mais. Não quero ler registros para o resto da vida.

— Então, acha que isso é carreira que preste? — pergunta Nathan. — Acha que é razoável ficar esperando o sucesso?

— Vai começar — eu digo.

Nathan levanta as mãos em sinal de trégua, mas não diz nada. Max se enerva em silêncio a meu lado. Norah olha para fora da janela, sem dúvida desejando estar em qualquer lugar, menos ali. Raspo a lasanha de espinafre no prato sem pegar nenhum pedaço.

— Só mencionei o show — diz Nathan um minuto depois — porque foi uma pena que não tenha podido ir ao nosso passeio. Fomos a Muir Woods com...

— Uma cesta de piquenique! — digo.

Nathan me faz uma cara presunçosa. Era um teste. Ele estava *me* testando, para ver se Max sabia sobre o passeio com Cricket.

— Você não perdeu nada — digo. — Fora a comida. Claro.

Max fareja a mentira, embora não se atreva a abordá-la na frente de meus pais. No entanto eu sinto o muro entre nós.

— Ei, tenho uma ideia — digo. — Vamos falar da Norah.

— Lola... — diz Andy.

Ela levanta bruscamente a cabeça para mim, como saindo de um transe.

— O quê? — E daí ela pestaneja. — O que você está vestindo?

— Perdão?

— O que é isso? O que é que você deveria ser?

Estou usando um vestido com um tule arco-íris saindo por baixo e meu cabelo está em duas tranças compridas que emplastrei de *glitter* em gel. Olho com raiva para ela.

— Eu. Eu sou *eu*.

Norah franze o cenho em tom de desaprovação e Nathan se volta para ela.

— Basta. Deixem disso.

— Claro que ela tem toda a razão de implicar com meu guarda-roupa. — Aponto para o suéter folgado que Norah tem desde que me entendo por gente, com cor de resto de aveia dentro da pia. — Logo se vê que ela está na vanguarda da moda.

Max sorri com desprezo.

— OK! — Andy se levanta num sobressalto. — Quem vai querer torta?

— Espere só até ver meu vestido para o baile de inverno — digo a Norah. — É grande, luxuoso e belíssimo. Você vai simplesmente *amá-lo*.

Norah vira a cabeça de volta para a janela. Como se ela tivesse o direito de se sentir magoada depois de me atacar. Max se endurece de novo e Nathan não consegue resistir à tentação de azucriná-lo:

— O que vai vestir para o baile, Max?

— Ele vai usar um smoking — vocifero. — Eu não o faria usar um figurino para combinar com o meu.

Max se põe de pé.

— Tenho que ir.

Desato a chorar. Nathan parece se envergonhar. Max me pega pela mão e anda comigo até a porta. Saímos. Não importa que eu esteja de castigo.

— Sinto m-muito.

Desta vez ele não diz que não preciso pedir desculpas.

— Foi um desastre, Lola.

— Eu sei.

— Me diga uma coisa, o Nathan aprova a "carreira" de vidente que a Norah escolheu?

Sinto náuseas.

— Não vai ser tão ruim assim no domingo.

— Domingo. — Max arqueia uma sobrancelha. — Café da manhã. Certo. — Ele solta minha mão e enfia as dele nos bolsos. — Então, você fala sério quanto àquele baile lá?

Fico surpresa. Falei sobre meu vestido uma centena de vezes antes. Enxugo as lágrimas das bochechas, querendo ter algo além dos dedos para secá-las.

— Como?

— Lola. Tenho 22 anos. — Max reage rapidamente à minha cara arrasada. Desta vez, ele tenta pegar minhas duas mãos e me puxa contra seu corpo. — Mas, se isso a deixa feliz, farei por você. Se consigo sobreviver a essas refeições estúpidas, consigo sobreviver a um baile estúpido.

Odeio que isso soe como uma punição.

Capítulo 17

— Tcha-ram!

St. Clair irrompe no saguão fazendo um floreio de mágico. Ele está se exibindo para Anna como sempre faz. É quinta-feira e ele não está escalado para trabalhar, mas, claro, está aqui mesmo assim. Esta noite, porém, é diferente.

Ele trouxe uma pessoa.

É disto que se trata Cricket Bell: você não consegue deixar de reparar quando ele entra em um lugar. A primeira coisa que se registra é sua altura, mas rapidamente reconhece sua energia. Ele se move graciosamente como sua irmã, mas com um entusiasmo que tenho a impressão de que ele não consegue bem controlar (o corpo, as mãos, os pés em constante movimento). Ele estava apagado nas últimas vezes que o vi, mas agora está todo aceso de novo.

— Anna — diz St. Clair. — Este é o Cricket.

Cricket faz St. Clair parecer um anão. Parecem Rocky e Bullwinkle e a descontração entre os dois faz parecer que são amigos de longa data. Imagino que seja fácil assim a amizade entre uma pessoa demasiado dócil e outra demasiado sociável.

Anna sorri.

— Ficávamos nos desencontrando no dormitório. É um prazer finalmente conhecê-lo.

— Igualmente — diz Cricket. — Só ouvi coisas boas de você. Na verdade, se seu namorado não estivesse do lado, eu mesmo ficaria tentado a chamar você para sair.

Ela ruboriza e St. Clair pula para dentro da bilheteria e se atraca com Anna.

— É miiiiiinha! — brinca. O casal que está comprando bilhetes comigo olha com reservas para ele.

— Pare com isso. — Anna se solta dele, aos risos. — Você vai ser demitido. E eu que vou ter que sustentar esse seu traseiro gordo pelo resto de nossa vida.

Pelo resto da vida deles.

Por que será que isso sempre me deixa incomodada? Não estou aborrecida porque eles estão felizes, estou? Ele salta para a posição de sempre no guichê e os dois já estão rindo de outra coisa. Cricket espera do outro lado do vidro, sorridente. Entrego o troco para o casal.

— E então... o que faz na cidade em um dia de semana? — pergunto a ele.

— Encontrei o St. Clair por acaso há uma hora e ele me convenceu a vir junto. Disse que a gente ia ver um filme — acrescenta em voz alta.

— Isso AÍ — diz St. Clair. — Cineminha e tal. Vamos, sim. — Mas ele volta a conversar com Anna.

Cricket e eu trocamos sorrisos.

— Entre aqui.

Aponto com a cabeça para a porta da bilheteria. Um homem de suéter amarelo-esverdeado felpudo se aproxima do vidro de meu guichê, contudo nem isso é suficiente para me distrair de Cricket enquanto ele anda em direção à porta. Ah, esses passos largos, fáceis. Meu peito se enche de mágoa e desgosto. Ele entra e eu desvio bruscamente o olhar.

— Bom filme — desejo ao homem do suéter.

Cricket espera atrás de mim enquanto imprimo os bilhetes para mais duas pessoas. É impossível me concentrar com ele parado ali. O saguão fica vazio novamente e ele se senta na cadeira a meu lado. A barra da calça sobe e lhe revela as meias. Listras azuis e roxas. Há uma lista em sua mão esquerda: CAP 12, XAMPU, CAIXA.

— Como você está? — ele pergunta. Não é uma pergunta casual.

Tiro os óculos por um momento para esfregar os olhos cansados.

— Sobrevivendo.

— Mas ela não vai ficar lá por muito tempo. — Ele fica mexendo no relógio. — Vai?

— Ela está zerada no banco e não teve o crédito aprovado para nenhum dos apartamentos em que estava de olho.

Ele faz uma careta.

— Em outras palavras, ela não vai embora amanhã.

— As acusações de invasão de propriedade por ela ter tentado entrar no apartamento dela também não estão ajudando. — Cruzo os braços. — Ela quer que o Nathan entre com uma ação para derrubar as acusações contra ela, só que ele não vai fazer isso. Não quando era ela a errada da história.

Cricket franze ainda mais o cenho e eu saco que ele não sabe sobre a prisão recente de Norah. Eu conto tudo para ele, já que... ele já sabe de todo o restante.

— Sinto muito. — Sua voz se angustia. — Existe algo que eu possa fazer? — Sinto certa contenção em seus músculos, ao passo que ele se esforça para não se aproximar de mim.

— Que caixa é essa? — pergunto de repente.

Ele fica desconcertado.

— Quê?

Aponto para sua mão.

— Ler capítulo 12 e comprar xampu, acertei? E a caixa?

A mão direita cobre a esquerda como quem não quer nada.

— Ah, hã, preciso achar uma.

Espero que ele diga mais alguma coisa. Ele desvia o olhar e seu corpo o segue.

— E eu achei. Uma caixa. Vou levar umas coisas de volta para a casa dos meus pais. Meu quarto na faculdade está atulhado, enquanto o outro está vazio. Tem muito espaço lá. Para coisas.

— Você... passa mesmo muitos fins de semana lá.

— *Eférias escolares eférias de verão.* — As palavras saem aos atropelos e o rosto dele se anuvia como se estivesse envergonhado pela afobação. Não há mais conversa segura. St. Clair nos interrompe em um momento tão perfeito que é bem provável que estivesse escutando.

— Ei, sabia que o Cricket Bell é parente do Alexander Graham Bell?

— Todo mundo que conhece o Cricket sabe disso — respondo.

— Sério? — Anna se mostra genuinamente interessada. — Que legal!

Cricket coça o pescoço.

— Bela droga.

— Está de brincadeira? — diz St. Clair. — Ele foi um dos inventores mais importantes de toda a história mundial. De todos os tempos! E...

— Não é nada — interrompe Cricket.

Fico surpresa, mas então me lembro daquela primeira noite em que ele estava em casa, quando mencionei seu nome do meio e nossa conversa ficou esquisita. Algo mudou. Mas o quê?

— Perdoe o entusiasmo dele. — Anna sorri com ironia para o namorado. — Ele é um nerd em História.

Não resisto à vontade de alardear:

— Não por acaso, o Cricket também é um inventor brilhante.

— Não sou. — Cricket fica sem graça. — Eu engano. Não é grande coisa.

St. Clair parece em êxtase.

— Pensa só. Você é descendente direto do homem que inventou... — ele retira o celular — ... isto!

— Ele não inventou isso — rebate Cricket secamente.

— Bem, não isto — diz St. Clair. — Mas a ideia. O primeiro.

— Não. — Nunca vi Cricket mais frustrado. — Quero dizer que ele não inventou o telefone. Ponto final.

Nós três pestanejamos para ele.

— Anna confusa — diz Anna.

— O Alexander Graham Bell não inventou o telefone. Foi um homem chamado Elisha Gray quem fez isso. O pai do meu tataravô roubou a ideia dele. E o Gray nem foi o primeiro. Houve outros, um antes mesmo do Alexander ser nascido. Eles só não perceberam as implicações do que tinham criado.

St. Clair fica fascinado.

— Quer dizer que ele roubou a ideia?

— Quero dizer que o Alexander roubou a ideia, levou o crédito por ela e fez uma soma inacreditável de dinheiro que não deveria ter sido dele. — Cricket agora está furioso. — O legado inteiro da minha família é baseado em uma mentira.

Bem. Isso explicaria a mudança.

St. Clair se mostra culpado por ter, involuntariamente, incitado Cricket a nos revelar esses acontecidos. Ele abre a boca para falar, mas Cricket abana a cabeça.

— Desculpem, eu deveria ter guardado pra mim.

— Quando é que soube disso? — pergunto calmamente.

— Uns anos atrás. Havia um livro.

Não gosto da expressão em seu rosto. Outras lembranças de sua relutância em falar sobre suas invenções me surgem à mente.

— Cricket... só porque ele roubou a ideia não significa que o que *você* faz seja...

No entanto ele se lança em direção a St. Clair.

— Vamos ver aquele filme?

Preocupadas, Anna e eu ficamos olhando para ele, mas St. Clair facilmente assume de novo o controle.

— Sim, se as moças não precisarem mais de nossos serviços, acredito que estejamos liberados.

Cricket já está na metade do caminho até a porta. Meu coração grita em agonia. Ele se detém. É como se ele tivesse sido detido por algo que não podemos enxergar.

— Vai estar aqui mais tarde? — pergunta para mim. — Quando o filme acabar?

Minha garganta seca.

— Devo estar aqui.

Ele morde o lábio inferior. E daí eles se vão.

— Ele está *tão* a fim de você — diz Anna.

Arrumo uma pilha de moedas de 25 centavos e tento acalmar meu peito arfante. O que acabou de acontecer?

— O Cricket é um cara legal. Sempre foi assim.

— Então, ele sempre foi a fim de você.

Sim. Sempre foi.

Anna pega o limpador de vidro e limpa uma mancha que St. Clair esqueceu na janela do guichê. O sorriso dela desvanece à medida que se aprofunda no pensamento.

— Qual é o problema? — pergunto. Estou desesperada por mudar de assunto.

— Comigo? Nenhum, estou ótima.

— Sem essa — digo. — É sua vez. Desembucha.

— É que... minha família está vindo me visitar. — Ela pousa o limpador, mas aperta a mão no bocal. — Eles conheceram o Étienne na nossa formatura ano passado e gostaram dele, mas minha mãe está bastante apavorada com a rapidez com que as coisas estão avançando. Essa visita pode ser *bem* desconfortável.

Arranco o limpador dela.

— Acha que estão avançando rápido demais?

Anna se alivia e sorri novamente, apaixonada.

— Definitivamente, não.

— Então, vocês vão ficar bem. — Dou um cutucão nela. — Sem falar que todo mundo ama seu namorado. Talvez sua mãe só tenha esquecido o cara charmoso pra caramba que ele é.

Ela ri. Mais um cliente se aproxima do vidro de meu guichê e eu imprimo seu bilhete. Quando ele sai, Anna se volta para mim e pergunta:

— E quanto a você? Como andam as coisas com o Max?

Assalta-me uma lembrança terrível.

— Ai, não. Você queria conhecê-lo. Nós fomos embora!

— Você teve uma noite ruim. — Ela encolhe os ombros. — Não esquente.

— Sim, mas...

— Está tudo bem, sério. Todo mundo comete erros. — Anna se põe de pé e apanha suas chaves de trabalho. — O importante é não cometer o mesmo erro duas vezes.

Sinto-me ainda mais culpada.

— Desculpe pela semana passada. Quando voltei atrasada do jantar.

Ela balança a cabeça.

— Não é disso que estou falando.

— É de que, então?

Anna olha atentamente para mim.

— Às vezes, um erro não é um "quê". É um "quem".

E ela vai rasgar bilhetes lá no fundo do saguão, deixando-me com pensamentos tão confusos como nunca. Ela se refere a Max? Ou a Cricket? Uma hora depois, Franko entra à toa no guichê. Ele tem uns 30 anos e seu cabelo está tosado de maneira desigual. Tipo, ele tem áreas calvas aleatórias na cabeça.

— Eeeeeei, Lola. Viu a parada lá?

— Que parada?

— Você sabe... a parada com... nossos horários e tal?

— Nossos horários?

— Sim. Você viu?

Passo os olhos em volta.

— Não aqui. Desculpe.

Mas Franko já está remexendo uma pilha de papéis sobre o guichê. Ele derruba o telefone do gancho e eu o apanho.

— Cuidado!

— Achou? — Franko se vira rapidamente enquanto me levanto. O cotovelo dele acerta minha cara e derruba meus óculos no chão. — Opa. Tá na mão, Lola.

Fico em choque ao escutar um barulho de plástico se esmigalhando.

— Franko! — Meu mundo se transformou em bolhas de cor e luz.

— Putz. Foi mal, Lola. Eram de verdade?

Anna entra correndo.

— Que foi? O que aconteceu? Ah! — Ela se agacha para pegar o que suponho serem meus óculos. A voz dela não parece animadora.

— Cara!

— O que é? — pergunto.

— Não consegue enxergar? — Ela os aproxima de meu rosto. Pedaços. Muitos, muitos pedaços.

Solto um suspiro de lamento.

— Foi mal — diz Franko novamente.

— Faz o favorzinho de voltar aos guichês do segundo andar? — solicita Anna. Ele sai. — Tem outro par? Lentes de contato? Alguma coisa? — ela pergunta. Solto outro suspiro. — Tá, sem problema. Seu turno está quase acabando. Logo seu pai vai estar aqui para pegar você.

— Era para eu pegar o Muni[16]. — É evidente que esta noite é aquela em que meus pais estão ocupados e me deixam à mercê do transporte público.

— Mas você ainda consegue pegar, certo?

— Anna, você está a pouco mais de meio metro e não consigo nem dizer se está sorrindo ou franzindo a testa.

— Certo... — Ela se senta para pensar, mas logo se põe novamente de pé. — O Étienne e eu vamos levar você para casa! É só um pequeno desvio da minha faculdade.

— Vocês não precisam...

— Não foi uma pergunta — interrompe ela. E fico aliviada de ouvi-la dizer isso. Sou inútil durante o restante de meu turno. Estamos prontas para ir embora quando os rapazes voltam e Anna se aproxima da bolha em forma de St. Clair. — Vamos levar Lola pra casa.

— Por quê? O que houve? — pergunta a bolha em forma de Cricket.

Fico olhando na direção de meus sapatos enquanto explico a situação.

[16] Sistema de transporte público de São Francisco. (N. T.)

— Não consegue me ver? — pergunta St. Clair. — Não faz ideia do que estou fazendo?

— Pare com isso — diz Anna e eles riem. Não sei o que está acontecendo. É humilhante.

— Eu a levo para casa — diz Cricket.

St. Clair se opõe.

— Você não precisa...

— Moro na casa ao lado. Não é fora de mão.

Fico envergonhada por minha própria impotência.

— Obrigada.

— Sem crise.

A sinceridade por detrás desse simples enunciado é tocante. Ele não está me provocando ou fazendo com que me sinta mal com isso. Porém Anna parece preocupada enquanto me entrega a bolsa.

— Tem certeza de que vai ficar bem?

A pergunta implícita é: *Tem certeza de que vai ficar bem com Cricket?*

— Estou bem. — Eu lhe dirijo um sorriso tranquilizador. — Obrigada. — E isso é verdade até sairmos e eu tropeçar na calçada.

Cricket me agarra.

E eu tenho mais um colapso ao sentir seu toque. Ele me levanta e, apesar do casaco que nos separa, meu braço está tinindo feito um alarme de incêndio.

— As calçadas aqui são as piores — diz ele. — Os terremotos fizeram delas verdadeiras minas terrestres. — Cricket retira a mão. Pestanejo para ele, que cuidadosamente me oferece o braço.

Eu hesito.

E daí o tomo.

E então estamos tão próximos que sinto o cheiro dele. Eu *sinto* o cheiro dele.

Seu aroma é puro como um sabonete, mas com um toque doce de óleo mecânico. Não falamos enquanto atravessamos a rua até a parada de ônibus. Eu me pressiono contra ele. Só um pouco. Seu outro braço dá um pulo e ele o abaixa. E então ele o levanta de novo, lentamente, e sua mão vem descansar sobre a minha. Arde. O calor transmite uma mensagem: *Eu me preocupo com você. Quero estar conectado a você. Não se solte.*

Mas então... ele se solta.

Ele me acomoda em um dos assentos dobráveis da parada de ônibus, *me solta* e não olha para mim. Aguardamos em um silêncio agitado. A distância entre nós cresce a cada minuto que passa. Ele vai tomar de novo meu braço ou eu vou ter que tomar o dele? Olho furtivamente, mas, claro, não consigo enxergar sua expressão. Nosso ônibus encosta no meio-fio e a porta se abre com um som sibilante.

Cricket estende a mão para mim.

Olho para o brilho amarelo no céu que só pode ser a Lua. *Obrigada.*

Subimos no ônibus e, antes que eu possa achar minha passagem, ele já pagou meu bilhete. Está vazio. O ônibus arranca ruidosamente, sem esperar que nos sentemos, e ele me agarra com mais força. Não preciso me agarrar a ele, mas mesmo assim me agarro, com as duas mãos. Tomamos um assento. Juntos. Estou grudada à sua camisa e o coração dele está batendo como um tambor.

— Oi — sussurro.

Ele retira minhas mãos e se vira para o corredor.

— Por favor, não torne isto mais difícil do que já é — sussurra de volta.

E eu me sinto a maior idiota do mundo.

— Certo. — Eu me afundo no assento, o mais longe possível dele. — Desculpe.

O fantasma de Max toma um assento entre nós. Ele estira as pernas para marcar território. O ônibus é frio e o percurso até a estação é curto. Dessa vez, tenho que tomar seu braço. Ele me conduz de maneira robótica. Nossa viagem de Van Ness até o Castro é deprimente. O trem chacoalha de um lado para o outro dentro dos túneis escuros e minha humilhação cresce mais e mais a cada encontrão que dou sem querer em seu ombro. Preciso sair. AGORA. As portas se abrem, eu corro pela estação e saio pela catraca. Ele está me seguindo de perto. Não preciso dele.

Não preciso dele, não preciso dele, não preciso dele.

Mas eu tropeço novamente na calçada e o braço dele está em volta de minha cintura. Quando tento me desvencilhar, ele segura com mais força. Há uma luta silenciosa entre nós enquanto tento me livrar dele.

— Para um magrelo que nem você, seus braços são bem fortinhos — provoco entre dentes.

Cricket desata a rir. Seus punhos se afrouxam e eu me desprendo, cambaleando para a frente.

— Ah, qual é, Lola. — Ele ainda está rindo. — Me deixe ajudar você.

— Nunca mais vou para lugar nenhum sem óculos de reserva.

— Espero que não.

— E só vou aceitar sua ajuda porque não quero me chocar com alguma coisa e rasgar acidentalmente este glorioso uniforme de poliéster.

— Entendi.

— E *nada* disso mudou o que quer que haja entre nós. — Minha voz está trêmula.

— Também entendi — ele diz docemente.

Respiro fundo.

— Beleza.

Nenhum dos dois se mexe. Ele está deixando para mim o primeiro passo. Hesitante, tento alcançá-lo novamente. Ele estende o braço e eu o tomo. O gesto de um amigo ajudando outro. Não há nada além disso, pois, enquanto existir Max, não pode haver qualquer coisa a mais. E eu amo Max.

Portanto, não há mais nada a ser dito.

— Então — diz Cricket, depois de andarmos em silêncio uma quadra —, me conte sobre esse famoso vestido.

— Que vestido?

— O vestido para o qual você está fazendo um espartilho. Parece importante.

Lembro-me na hora da conversa que tive com Max e fico sem graça. Bailes são assuntos tão femininos. Não posso suportar ouvir piadinhas de Cricket também.

— É para meu baile de inverno — respondo. — E não é importante.

— Me conte sobre isso.

— É só... um vestido grande.

— Grande como um paraquedas? Grande como uma tenda de circo?

Como sempre, ele me faz sorrir quando estou determinada a não fazê-lo.

— Grande como Maria Antonieta.

Ele assobia.

— Isso é grande. Como é que chamavam aquelas coisas? Saias rodadas?

— Quase. Naquela época, chamavam de anquinhas. Elas se projetavam para os lados, em vez de fazerem um círculo perfeito.

— Parece desafiador.

— E é.

— Parece divertido.

— Talvez fosse, se eu tivesse a mínima ideia de como isso era feito. As anquinhas são aquelas armações gigantes, desajeitadas. Fazê-las não é costurar; é construir. E eu tenho ilustrações, mas não consigo achar instruções satisfatórias.

— Quer me mostrar as ilustrações?

Franzo a testa.

— Por quê?

Ele encolhe os ombros.

— Talvez eu pudesse compreender a coisa.

Estou prestes a dizer que não preciso de sua ajuda, quando me dou conta... de que ele é justamente a pessoa certa para o trabalho.

— Hum. Sim. Seria legal, obrigada.

Chegamos aos degraus de minha casa. Delicadamente, aperto o braço dele e me solto.

— Deixe essa parte comigo.

— Trouxe você até aqui. — A voz dele fica insegura. — Posso levá-la mais um pouco. E ele estende a mão para mim uma última vez.

Preparo-me para o contato.

— Cricket! — Um grito vem dali, entre nossas casas, e o braço dele cai feito uma âncora. Ela deve estar tirando o lixo. Calliope o abraça por trás e eu realmente não consigo enxergá-la, mas ela parece estar a ponto de chorar. — Foi um pesadelo de treino. Nem acredito que você está aqui, você disse que não poderia vir. Céus, como é bom ver você. Vou fazer chocolate quente e lhe contar tudo... Ah. Lola.

Cricket está em silêncio, estranhamente petrificado.

— Seu irmão fez a gentileza de me trazer do trabalho até em casa — explico. — Meus óculos quebraram e estou completamente cega.

Ela faz uma pausa.

— Onde você trabalha mesmo? No cinema?

Fico surpresa que ela saiba.

— Isso.

Calliope se volta de novo para Cricket.

— Você foi ao cinema? E aquele graaande projeto para amanhã? Pensei que era por isso que não pudesse vir para casa. Que *estranho*.

— Cal... — diz ele.

— Vou estar na cozinha. — Ela se retira com nariz empinado.

Espero até ela entrar.

— Você tem um projeto para amanhã?

Ele demora um bom tempo para responder.

— Sim.

— Você não vinha para casa hoje à noite, né?

— Não.

— Veio por minha causa.

— Sim.

Ficamos em silêncio novamente. Tomo seu braço.

— Então, me leve para casa.

Capítulo 18

Eu o estou encorajando. E não consigo parar.

Por que não consigo parar?

Pressiono a palma da mão contra a porta e também encosto nela minha testa. Escuto os passos dele descendo do outro lado. São lentos, sem pressa. Sou eu quem está tornando nossa vida mais dura. Sou eu quem está tornando esta amizade difícil. *Mas é ele quem* não para de retornar. Ele é mais esperto que isso. Ele deveria saber que é o momento de seguir em frente e ficar longe de mim.

Não quero que ele fique longe.

O que eu quero? As respostas são nebulosas e ilegíveis, embora esteja claro que não quero outro coração partido. Nem o dele e, certamente, nem o meu. Ele precisa ficar longe.

Não quero que ele fique longe.

— Aquele garoto da família Bell cresceu que é uma beleza — comenta Norah.

Assusto-me. Ela está na *chaise longue* turquesa que fica encostada na janela da sacada. Há quanto tempo ela está aqui? Ela deve ter nos visto. Será que nos ouviu? Ela o observa, suponho que até a figura dele desaparecer, e depois volta sua atenção para mim.

— Parece cansada, Lola.

— Fale por você.

— Nada mais justo.

Mas ela tem razão. Estou exausta. Ficamos olhando uma para a outra. Norah está embaçada, porém consigo enxergá-la o suficiente. Ela está com uma blusa cinza que lhe cai folgadamente no peito e, para se esquentar, enrolou-se em uma das colchas velhas da avó de Andy. O cabelo comprido e os braços finos são fracos. Tudo nela é flácido. É como se o próprio corpo a rejeitasse.

O que será que ela vê quando olha para mim?

— Sabe do que a gente precisa? — pergunta ela.

Não gosto do uso que ela faz de “a gente”.

— O quê?

— Chá. Precisamos de chá.

— Não preciso de chá. — Suspiro. — Preciso dormir.

Norah se põe de pé em um pulo. Ela geme como se lhe doessem as juntas, como se estas fossem tão velhas quanto o cobertor em volta de seus ombros. Ela toma meu braço e eu recuo. O sentimento caloroso e confortante da mão de Cricket desaparece e é substituído pelo dela, úmido e cortante. Ela me conduz até a cozinha e eu estou esgotada demais para impedi-la.

Norah puxa uma cadeira da mesa. Desabo nela.

— Já volto — diz ela. Escuto-a subir as escadas, seguido do som da porta de meu quarto sendo aberta. Antes que eu pudesse ficar brava, minha porta se fecha novamente. Ela volta e me entrega outro par de óculos.

Estou surpresa.

— Obrigada.

— O que aconteceu com o par que você usava?

— Pisaram em cima dele.

— Alguém pisou em cima de seus óculos? — Agora ela parece irritada.

— Não de propósito. Cruzes! — Faço uma cara feia. — Meus pais ainda estão fora?

— Creio que sim. Como é que eu vou saber? — Ela enche a chaleira de cobre com água da torneira e a pousa com mais força que a necessária. O fogão sacode.

— Vocês brigaram de novo — concluo.

Norah não responde, mas a maneira como ela fuça sua caixinha de chá é ressentida e exasperada.

Sua caixinha de chá.

— Não! — Levanto-me em um salto. — Você não vai ler minhas folhas.

— Tolice. É disso que você pre...

— Você não tem ideia do que eu realmente preciso. — Despejo as palavras amargas antes de conseguir detê-las.

Ela congela. O cabelo lhe cai diante do rosto como um escudo. E daí ela o enfia atrás das orelhas como se eu não tivesse dito nada e retira algo da caixinha.

— *Oolong* do *fenghuang dancong*. Fenghuang significa "fênix". Este é para você.

— Não.

Norah abre nosso armário de copos e retira uma xícara rosa. Não a reconheço; portanto, deve ser dela. Meu sangue esquenta novamente.

— Você colocou suas xícaras em nossos armários?

— Apenas duas. — Ela retira outra, cor de jade. — Esta é minha.

— E então, cadê sua bola de cristal? Ao lado da televisão? Vou achar seu turbante na nossa lavanderia?

As xícaras vazias trepidam contra os pires quando ela as pousa sobre a mesa.

— Você sabe que eu detesto essa merda toda. Esse tipo de traje é algo sem significado, não transmite experiência. É uma mentira.

— E o que você faz *não* é mentir?

— Sente aí — diz ela calmamente.

— Nunca deixei você ler minhas folhas antes. Por que deixaria agora?

Norah pensa por um instante.

— Não está nem um pouquinho curiosa?

— Não. — Mas eu digo isso depressa demais. Ela identifica uma hesitação como se os recantos profundos de minha mente respondessem outra coisa. Quem não é nem um pouquinho curioso? Sei que a previsão da sorte é uma farsa, mas minha vida se tornou uma luta e é mesmo inevitável que eu espere por respostas. Talvez a previsão me diga algo sobre Cricket. Talvez ela saiba algo que não sei ou me faça pensar em algo que, de outro modo, eu não teria percebido.

Há convencimento em seus lábios. Sento-me novamente, no entanto desvio os olhos para mostrar que não gosto nadinha de estar aqui. A chaleira apita e Norah põe uma colher de chá dentro dela. Escuta-se um chiar baixinho pela casa enquanto o chá *oolong* entra em infusão. Quanto mais esperamos, mais irritada fico. Quase me levanto uma dúzia de vezes para ir embora, mas é curioso como há uma força que me segura.

— Beba — diz Norah, terminada a infusão. — Deixe mais ou menos metade de uma colher de chá.

Dou um pequeno gole, pois o chá está quente. O sabor é leve e lembra pêssego, só que com algo mais misterioso escondido ali. Como fumaça. Norah não liga que esteja quente. Engole o dela em um gole só e serve mais uma xícara. Finalmente eu chego ao fundo. Com a xícara rosa perto de mim, franzo o cenho para as folhas verde-amarronzadas, à procura de símbolos. As folhas estão todas agrupadas.

— E agora?

— Pegue a xícara com a mão esquerda.

— Essa é minha mão mágica?

Ela também não dá bola para isso.

— Agora, gire três vezes a xícara, no sentido anti-horário... mais rápido que isso. Isso, está bom. Vire-a de cabeça para baixo no pires.

— As folhas não vão escorrer?

— Shh. Fique com a mão na base da xícara. Feche os olhos e pense por um instante no que você gostaria de saber.

Sinto-me uma idiota. É NISSO que eu penso. E... penso em Cricket.

— Desvire a xícara. Com cuidado — acrescenta.

Com calma, endireito a peça. As folhas, usando as gotículas de chá remanescentes, grudaram-se nas laterais.

— Agora, me passe a xícara.

Ela fica em silêncio por vários minutos. Suas mãos ossudas a inclinam para todos os sentidos, de modo a ganhar diferentes perspectivas ou, talvez, apenas para ver melhor as formas à luz fraca da cozinha.

— Bom — Norah pousa a xícara e faz um gesto para que eu me aproxime. Obedeço. — Vê esta nuvem aqui, perto da alça?

— Mais ou menos. É, vejo.

— Isso significa que você passa por uma fase de confusão ou apuros. Mas, morando juntas, a gente nem precisava que as folhas nos dissessem isso. E este triângulo aqui embaixo significa que você possui um talento natural para a criatividade. Mas também não precisávamos delas para saber isso.

Sua franqueza me surpreende, bem como o raro elogio. Aproximo-me um pouco mais.

— Mas vê estes pontos aqui, percorrendo toda a borda da xícara?

Faço que sim com a cabeça.

— Um caminho de pontos significa uma jornada. Esta vai levar vários meses até ser cumprida. Se contornassem toda a borda, duraria pelo menos um ano —

explica. — Mas a jornada termina aqui, assumindo esta forma. O que ela parece para você?

— Hum... Uma lua, talvez? Com uma... vara saindo dela?

— Que acha de uma cereja?

— Sim! Vejo isso.

— Cerejas representam o primeiro amor. Em outras palavras, este caminho onde você está leva ao primeiro amor.

Sobressalto-me e minhas pernas batem na mesa. Ela não se alarma e isso me faz crer que ela esperava essa reação. Será que ela sabe o que sinto por Cricket? Ou, devo dizer, o que senti por ele no passado? Sem dúvida ela chegou perto, mas o que mais será que ela viu ali?

Norah está brincando comigo.

Ela faz uma pausa.

— Por que não me diz quais formas você vê na xícara?

Fico vários minutos olhando fixamente para o interior da peça. Busco cachorros ou sapatos ou qualquer coisa reconhecível, mas tudo o que vejo são folhas secas. Meus olhos ficam voltando para a cereja. Pouso a xícara.

— Eu não sei. Tem uma pilha de gravetos deste lado. E uma coisa anelada.

— OK. O anel está perto da borda, o que significa que você anda tendo (ou terá em breve) atitudes impulsivas.

— Boas ou más? — pergunto prontamente.

Ela encolhe os ombros.

— Pode ser qualquer uma das duas, mas quando é que coisas feitas por impulso são mesmo uma boa ideia?

— É algo que seu terapeuta disse para você? — pergunto com rispidez.

O tom de Norah se torna obscuro.

— E vê como os gravetos estão cruzados, todos uns sobre os outros? Isso sugere uma leva de discussões. Geralmente conduz a uma despedida. — Sua voz fica baixa.

— Uma despedida. — Fico de pé. — Sim, obrigada. Isso foi bastante educativo.

Discussões, despedidas, impulsos. Nuvens de confusão. Pensei que as previsões devessem fazer as pessoas se sentirem MELHOR em relação à vida. Pensei que era por isso que as pessoas pagavam para ouvi-las. E uma jornada para o primeiro amor? Só porque Max a insultou não lhe dá o direito de me jogar nos braços de outro cara.

Apesar de que aquilo parecia mesmo uma cereja.

Não sei por que estou dando importância para essa porcaria toda. Norah acha que minhas roupas são mentiras, algo sem significado? Ela deveria se olhar no espelho. Todo o modo como ganha a vida (o que restou dela) é sem significado. Fervo de raiva enquanto escovo os dentes e me preparo para dormir. Apago as luzes no exato instante em que uma luz atrás de minhas cortinas se acende.

Então, ele vai dormir em casa esta noite.

Será que ele estava falando com Calliope? Fico me perguntando se ele conseguirá terminar o projeto para a faculdade, seja lá qual for. É provável que não. Enfio-me debaixo das cobertas, sem conseguir dormir pela culpa que sinto por Cricket, pela cafeína no chá, por aquela cereja estúpida e sem noção. Talvez cerejas não signifiquem o primeiro amor. Talvez signifiquem a pessoa com quem a gente perde a virgindade. Faria mais sentido e, nesse caso, o caminho me levaria a Max.

O que significa, então, que estou no caminho certo?

Escuto a janela dele se abrindo.

E depois... mais nada.

Não sei por que, mas acho que ele vai me chamar. Ele não chama. Pego meus óculos e saio engatinhando da cama. Espio na escuridão. Cricket está com a cabeça voltada para cima, olhando fixamente para o céu. Observo-o em silêncio. Ele não se move. Estendo a mão para a cortina, aquele impulso incontrolável, e abro a janela.

— Oi! — digo.

Ele olha imediatamente para mim. Seus olhos são profundos, como se ele ainda olhasse para as estrelas.

— Está tudo bem com a sua irmã?

Cricket faz que sim com a cabeça, lentamente.

— Ela vai sobreviver.

— Lamento pelo seu projeto.

— Não esquenta.

— Vai conseguir terminá-lo?

— Talvez.

— Vai... querer aquelas ilustrações?

Um sorrisinho.

— Claro.

— Tá. Aguenta aí. — Vasculho as pilhas no chão até encontrar o fichário de imagens impressas da internet e fotocópias de livros (toda a inspiração para meu vestido que juntei desde que conheci Max, no começo do verão). Volto à janela e Cricket está sentado na janela dele, assim como da primeira vez que o revi. No fim do verão.

— Posso jogar para você? — Olho de relance para a pilha de compostagem de Andy lá embaixo.

Ele pensa por uma fração de segundo e diz:

— Já volto.

Ele desaparece, deixando-me sozinha, olhando para seu quarto. Ainda está vazio, mas sinais de Cricket começaram a aparecer: uma revista científica ao lado da cama, uma pilha de pulseiras todas emaranhadas sobre a penteadeira, um copo com suco até a metade sobre a escrivaninha, um casaco que nunca o vi usar pendurado nas costas da cadeira. Cricket retorna um minuto depois com uma vassoura e uma cesta de frutas feita de metal. Ele tira as frutas, uma por uma, pousando-as na penteadeira.

E o medo de ele tirar uma cereja?

Ele não tira.

Ele coloca a cesta vazia no cabo da vassoura, levanta a ponta e a cesta desliza até sua mão. Cricket se inclina para fora da janela e estica o cabo. Seus braços são compridos o bastante para o cabo chegar com folga até mim.

— Pronta?

Preparo-me para pegar a cesta.

— Sim, Capitão!

Ele inclina a vassoura e a cesta desce pelo cabo, chegando a meus braços. Eu rio de alegria.

— Sabe, eu poderia ter simplesmente jogado.

— Eu não gostaria de arriscar. E se não pegasse?

— Você sempre pega. — Enfio o fichário na cesta. — Está meio pesadinha.

— Deixa comigo. — Cricket segura com firmeza o cabo e o ergue para formar um ângulo. Estico-me na ponta dos pés para fazer deslizar a alça da cesta sobre o cabo. O peso da cesta faz o cabo baixar, mas Cricket o ergue só por tempo suficiente para a cesta voltar descendo até ele.

— Ah! — A fivela de seu cinto faz um clique na moldura da janela quando ele volta para dentro e eu fico de cara ao reconhecer o acessório. É o mesmo cinto que ele tem há anos, de couro preto, com fissuras. Ele puxa a camisa para baixo, pois ela tinha subido um pouco. Seu tronco é tão longo que as camisas estão sempre um pouco curtas. Outro detalhe de que eu tinha me esquecido.

Sacudo a cabeça, na tentativa de não pensar em seu abdome. No entanto estou sorrindo.

— Foi absolutamente fácil, mas também muito mais complicado do que deveria ter sido.

Ele sorri de volta.

— Essa é a minha especialidade.

Capítulo 19

Caio em uma tocaia ao passar pela casa dos Bell na manhã seguinte, mas não foi o gêmeo preferido que a armou.

— Precisamos conversar. — Calliope está de braços cruzados, vestida com roupas de corrida azul-claras, do mesmo tom do azul de seus olhos. Dos olhos de Cricket. De igual, os gêmeos também têm os cabelos quase negros, embora os dela se assentem elegantes e arrumadinhos. O sorriso deles, porém, é completamente diferente. É como se o sorriso de Cricket saísse espontâneo, como se talvez não pudesse ser evitado, enquanto o de Calliope é resultado de treino. Sem dúvida é. Sei quanto ela é dedicada a treinar.

É evidente que ela estava me esperando sair antes de começar sua corrida diária. Dizer que estou nervosa seria um eufemismo monumental.

— Conversar sobre o quê? — Passo a mochila que uso hoje (uma bolsa de boliche *vintage* feita de vinil reluzente) para a frente do peito.

— O que pensa que está fazendo?

Olho ao redor da rua.

— Hum... Indo para a escola?

— Com *meu irmão*. — A voz dela se torna ainda mais dura. — Isso para por aqui. Estou cansada de ver você se aproveitando dele.

— Co... como é que é?

— Não se faça de tonta. Sabe exatamente do que estou falando. Ele sempre ficou pagando pau para você; ele faz tudo o que você manda. Então, me diga. Você terminou com seu namorado na noite passada antes de chegar em casa pendurada no braço do Cricket?

Ruborizo.

— Ele ofereceu ajuda porque meus óculos quebraram. Eu não conseguia enxergar.

— E todo aquele flerte, aquela esfregação de peito no braço dele? Aquilo também era para ajudar?

Fico estupefata demais para responder.

— Meu irmão não é como você — ela continua. — Ele não tem muita experiência. Só teve uma namorada, e durou tão pouco que nem sei se dá pra dizer que foi um namoro. Duvido muito que ele tenha passado dos beijos.

O rubor se acentua. O subentendido é que eu *passei* disso, o que, aliás, não é da conta dela.

— Em outras palavras, meu irmão é totalmente sem noção quando se trata de garotas e não consegue saber quando está sendo enganado. Mas *eu* consigo! Então estou dizendo para você CAIR FORA.

Minha visão fica embaçada. Ainda não consigo encontrar as palavras para falar.

Calliope se aproxima mais.

— As voltas inesperadas para casa só para ver você, a decepção fulminante sempre que ele descobre que você está com o Max. Pare de enrolar o meu irmão.

CHEGA.

— Você está enganada. — Endireito a coluna, vértebra por vértebra. — O Cricket e eu somos amigos. Já ouviu falar de amizade? — Faço uma pausa e depois meneio a cabeça. — Não, acho que não.

— Eu tenho um *melhor* amigo. E você está dando um nó na cabeça dele.

— Dando um... *dando um nó na cabeça dele*? E ficar mentindo para ele, como você fez dois anos atrás? Dizendo que eu não queria ir à festa dele?

Desta vez, é ela quem ruboriza.

— Você só está encanada por achar que está perdendo o Cricket. Agora que ele foi para a faculdade, sua vida deve ser tão *solitária*. — Empurro-a para passar. — Deve ser duro quando seu principal torcedor vai embora e adquire uma vida.

Ela me agarra pelo casaco para me deter.

— Isto não é sobre mim.

— Sempre é sobre você. — Eu me desvencilho dela, furiosa. — Mas, só para que saiba, seu irmão também tem uma vida. Ele pode não estar se apresentando para multidões, mas é igualmente talentoso. Só que você nunca repararia nisso porque sua família inteira está confinada no mundinho egoísta da Calliope.

— Realmente. — A palavra sai lenta e venenosa. — Eu tenho dois irmãos talentosos. E Cricket sabe que nos preocupamos com ele.

— Ele sabe? Tem certeza disso?

— Ele diria alguma coisa. — De repente, porém, ela parece insegura.

— Ele diz, sim — digo. Minha mandíbula está travada. — Para mim, para *minha* família. Agora, se me der licença, não quero me atrasar para a escola.

As acusações de Calliope pairam sobre minha cabeça como nuvens negras. *Aproveitando-se dele.* Não estou fazendo nada de propósito (nunca magoaria Cricket intencionalmente), mas eu já estava ciente de que não lhe fazia favor nenhum. Ouvi-la ressaltar isso foi péssimo e eu me contraio toda vez que me lembro de sua menção a nosso flerte.

No entanto, mais incômodo é saber que Cricket teve uma namorada. Mesmo que ele seja inexperiente, saber que ele já namorou alguém não deveria me deixar assim. Como se meus intestinos fossem feitos de minhocas. Eu tenho Max e Cricket também tem todo o direito de ter namorado alguém. De estar namorando alguém agora.

Ai, Deus. Pensar em Cricket com uma nova namorada me deixa mal. *Por favor, por favor, por favor, não permita que ele arrume uma nova namorada até que eu me sinta à vontade com todo esse lance de amizade.*

E depois me sinto pior: credo, que desejo mais egoísta.

Max me liga depois da aula para avisar que ficará mais um sábado à noite em Santa Mônica. Eu sabia que a banda tinha programado mais shows por lá, mas o modo como ele negligenciou essa informação no começo desta semana me deixa paranoica de que seja algo adicional, algo agendado de última hora para escapar do café da manhã de domingo. Não o vejo desde aquele jantar horrível. Tudo o que eu quero fazer é sumir em seus braços e saber que tudo ainda está bem entre nós.

Ele propõe me pegar durante minha pausa no trabalho. Nós nos encontramos em um restaurantezinho tailandês xexelento e eu não consigo ficar com as mãos longe dele. Estou ávida por intimidade. O dono do estabelecimento nos lança olhares hostis enquanto ficamos no maior amasso à mesa do canto.

— Vai para o meu apê depois do trabalho? — pergunta ele.

— O Andy vai me pegar. E ainda estou de castigo. Que tal amanhã, antes de você partir? Posso fingir que tenho turno logo cedo.

— Vamos embora bem cedinho. Tem uma loja de discos em Los Angeles que queremos conferir. Não faça essa cara, Lolinha — diz ele quando eu faço um bico. Entrelaça os dedos nos meus. — A gente se vê em poucos dias.

O fim de semana passa lentamente sem ele. Também passa sem Cricket. Tudo o que vejo dele é um aviso, e não um aviso como algo em uma xícara de chá, mas um aviso escrito com pincel preto e colado na janela: SKATE AMERICA. VEJO VOCÊ NO PRÓXIMO FIM DE SEMANA. Por que ele não disse antes que estaria fora da cidade? Será que Calliope lhe contou sobre nossa briga?

Quero ligar para ele, mas não tenho seu número. E eu poderia pedir para Lindsey (com certeza o número ainda está salvo no celular dela), no entanto daria a impressão errada se me desse a esse trabalho. É provável que Calliope me comesse viva se descobrisse. Então, prefiro fazer meu dever de casa e ficar olhando para o aviso.

Já é quarta-feira. E ele ainda está lá.

Quanto mais fico olhando para sua letra de mão (bem blocadinha, bem de menino), mais quero provar a mim mesma que podemos ser amigos. Gosto de Cricket. Ele gosta de mim. Não é justo deixar que Calliope nos intimide a ponto de sequer *tentarmos*.

O que é, de certo modo, a razão pela qual estou dentro de um trem para Berkeley. Além do lance da amizade, afligia-me cada vez mais pensar no fichário que deixei com ele. Nem acredito que o dei para ele! A COISA TODA. Não "aqui estão as cinco páginas relevantes". Mas, sim, seis meses de planejamento e devaneios. O que ele pensa quando olha para isso? Evoco cada imagem com seus felpos, babados e exageros todos, e os corações desenhados, e as anotações, e os rabiscos, e quero morrer. Ele deve achar que meu cérebro é feito de bolo.

Tenho que recuperar isso.

Além do mais, também preciso de minhas anotações esta semana. Tenho um monte de trabalho para fazer no vestido. Portanto, realmente, é o aspecto prático que me levou a um trem tão logo a escola permitiu. Os trens que viajam até as cidades vizinhas são mais suaves que os trens barulhentos que circulam por São Francisco. Passam feito foguete pelas estações, uivando ferozes, mas seus passageiros compartilham da mesma expressão cansada e aborrecida. Brinco com meus óculos de sol vermelhos, em formato de coração, e observo o lado sujo e industrial de Oakland passar zunindo.

É uma viagem solitária. São apenas 20 minutos de percurso, mas, incluindo a espera pelo trem na estação e o trem local que tomei para pegar *este*, faz mais de uma hora que estou viajando. Nem acredito que St. Clair faz esse trajeto todo santo dia. Agora eu sei quando é que ele faz o dever de casa. Ele viaja uma hora (duas horas, já que ele tem que voltar!) para ver Anna. E ela faz esse trajeto todo fim de semana para vê-lo.

O que Cricket dirá quando me vir? Ele sabe que não é uma viagem rápida. Talvez eu devesse lhe dizer que estava passeando pelas lojas de roupas *vintage* daquela região, por isso, pensei em dar uma passadinha. Amigos dão uma passadinha, certo? E daí, como quem não quer nada, posso mencionar o fichário e levá-lo para casa. Sim, o lance da amizade e, aí, sim, o lance do fichário. Pois é por isso que estou indo.

Então, por que você não contou a Max?

Contorço-me no assento e dou um chega para lá na pergunta.

Aparentemente, só estou de castigo em decorrência de coisas que envolvem meu namorado. Quando hoje disse a Andy que eu ia à casa de Lindsey para ver uma maratona de *Um toque de vida*, ele nem pestanejou. Ainda me deu dinheiro para pegar uma pizza. Acho que ele se sente culpado por Norah. Faz uma semana e meia e não há nenhum indício de que ela vá embora. Na noite passada, um de seus clientes até apareceu por lá para que ela lesse sua sorte. Eu e meus pais já estávamos na cama quando alguém começou a apertar a campainha como se fosse um botão de emergência. Imagino que, quando Nathan chegar em casa hoje à noite, haverá outra discussão daquelas. Aposto que Andy também preferia estar assistindo a seriados antigos e comendo pizza.

Não sei ao certo por que não contei a ele que estou indo visitar Cricket. Para ser honesta, não acho que Andy se importaria. Talvez eu tenha o receio de que meus pais mencionassem o fato para Max. Quer dizer, eu *vou* contar para Max mais dia, menos dia, quando estiver claríssimo que Cricket e eu somos apenas amigos.

Quando estivermos à vontade um com o outro.

Saio da estação Downtown Berkeley e me dirijo para o *campus*. Graças às conversas com St. Clair, sei qual é o dormitório onde Cricket mora. Imprimi um mapa na internet. Não deve ser tão difícil encontrá-lo, ainda que já faça um tempinho. Às vezes, eu arrastava Lindsey para cá nos fins de semana para fazer comprinhas na Avenida Telegraph, mas desde o verão passado (e desde Max) não saímos juntas da cidade.

As construções desta cidade parecem mais Califórnia e menos São Francisco. São bonitas, porém mais novas e quadrangulares. Em vez de casinhas vitorianas de gengibre com vitrais e pintura descascada, estas são feitas de tijolo firme. E há belas árvores por toda parte, alinhando ruas que são mais amplas, mais limpas e mais sossegadas.

No entanto, são movimentadas o suficiente, e todo mundo à minha volta, andando a pé ou de bicicleta, tem idade para estar na faculdade.

Endireito os ombros para parecer mais confiante.

É estranho pensar em Cricket morando aqui. As lembranças que tenho dele estão tão associadas à casa de cor lavanda no Castro que é difícil imaginá-lo em qualquer outro lugar. Mas essa pode ser a farmácia dele. E essa pode ser a taqueria dele. E esse pode ser o lugar em que ele compra seus suvenires do Cal Golden Bears!

Não. É impossível imaginar Cricket vestindo uma camiseta com o mascote da universidade estampado.

É por isso que somos amigos.

Levo mais 15 minutos para percorrer a longa rua em declive para a Moradia Estudantil de Foothill e minha mente não pode deixar de acrescentar esse tempo à contagem do trajeto que St. Clair e Anna fazem. É indecente quanto tempo eles gastam para se verem todos os dias. E nunca os ouvi reclamar, nem uma vezinha. Nem consigo acreditar na quantidade de vezes que Cricket volta para casa. E ainda por cima carregando as roupas sujas!

Um pensamento inquietante me ocorre.

Sua sacola de roupa suja. Nunca está cheia. Para um garoto, Cricket tem um guarda-roupa considerável; sem chance de ele estar levando para casa *toda* sua roupa suja. O que significa que ele está lavando um pouco da roupa aqui. O que significa... quê? A roupa suja é uma desculpa para ele ir para casa? Mas ele não precisa de uma desculpa para passar um tempo com Calliope. Ela o quer lá. Portanto, a desculpa deve ter sido forjada para reforçar uma razão diferente para voltar para casa.

A voz de Calliope ressoa dentro de minha cabeça: *As voltas inesperadas para casa só para ver você.*

Uma pergunta incômoda se aloja na boca de meu estômago. E o que eu estou fazendo agora? *Fazendo uma viagem inesperada para vê-lo.*

Ai, não...

Surpresa, paro de repente. O alojamento Estudantil de Foothill são DOIS dormitórios, em lados opostos da rua. Esperava por um prédio só de vários andares. E achei que fosse encontrar facilmente algum tipo de... balcão de informações. Porém não vejo nada que se assemelhe a um balcão de informações, e não só existem ali DOIS dormitórios, como cada um é composto por uma série de edifícios labirínticos em forma de chalés suíços. Malditos chalés suíços cercados por altos portões.

O QUE EU DEVO FAZER?

Tudo bem, acalme-se, Dolores. Provavelmente existe uma solução fácil. Você pode descobri-la. Não precisa se preocupar. Você chegou até aqui.

Tento um dos portões. Trancado.

ARRRRGHHHHHH.

Espere. Alguém está vindo! Retiro o celular e começo a conversar feito doida.

— Minha nossa, eu sei. Você viu as esporas que aquele caubói urbano usava em pleno posto de gasolina? — Finjo estender a mão para o portão no mesmo instante em que a garota do outro lado sai. Ela segura o portão aberto para mim e eu aceno para ela em agradecimento, enquanto continuo andando e conversando com ninguém.

Entrei. ENTREI.

Lindsey ficaria tão orgulhosa! Beleza, o que ela faria depois? Ao examinar o pátio, fico desolada por notar que a situação parece ainda pior vista do lado de dentro (edifícios intermináveis, andares e corredores). Fechaduras por *toda parte*. Em *tudo*. É uma grande fortaleza.

Esta foi uma ideia tão estúpida. Foi a ideia mais estúpida de todas as ideias estúpidas que eu já tive em toda a minha vida estúpida. Deveria voltar para casa. Ainda nem sei ao certo o que diria a Cricket quando o visse. Mas odeio já ter chegado até aqui. Desabo em um banco e ligo para Lindsey.

— Preciso de ajuda.

— Que tipo de ajuda? — Ela está desconfiada.

— Como faço para achar o prédio do Cricket e o número do quarto dele?

— E você precisa dessa informação *por quê*?

Respondo baixinho.

— Porque estou em Berkeley...

Uma longa pausa.

— Ai, Lola. — E então um suspiro. — Quer que eu ligue para ele?

— Não!

— Vai simplesmente aparecer? E se ele não estiver aí?

Droga. Eu não tinha pensado nisso.

— Esqueça — diz Lindsey. — Tá, ligue para o..., qual é mesmo o nome dele? St. Clair.

— Constrangedor demais. Você não tem acesso aos registros escolares ou algo do tipo?

— Se eu tivesse acesso a algo assim, não acha que a esta altura já teria lançado mão disso? Não, você tem que usar uma fonte. Sua fonte é o St. Clair.

— Não é você?

— Tchau, Lola.

— Espere! Se meus pais ligarem, diga para eles que estou no banheiro. Estamos comendo pizza e assistindo a *Um toque de vida*.

— Odeio você.

— Amo você.

Ela desliga.

— Certo, então — diz um sotaque francês. — Você não está no banheiro, você não está comendo pizza e quem você disse que ama?

Levanto-me em um pulo e o abraço.

— Não acredito!

St. Clair me retribui o abraço antes de me perguntar:

— O que está fazendo no meu alojamento?

— Entrei no certo? Você mora aqui? Qual prédio? — Olho desvairadamente em volta, como se o lugar estivesse prestes a pegar fogo.

— Eu não sei. Devo acreditar em uma mentirosa com uma capa de chuva amarela em um dia de sol?

Sorrio.

— Por que você está sempre no lugar certo na hora certa?

— É um talento especial que eu tenho. — Encolhe os ombros. — Está procurando o Cricket?

— Vai me mostrar onde ele mora?

— Ele sabe que você veio? — pergunta ele.

Não respondo.

— Ah — diz ele.

— Acha que ele vai achar ruim?

St. Clair sacode a cabeça.

— Você tem razão. Sinceramente, duvido disso. Então, venha comigo.

Atravessamos o pátio até chegarmos a um edifício de telhas marrons lá no fundo. Subimos um lance de escadas e ele abre outra porta, que nos coloca dentro do segundo andar do edifício, em um corredor feio e maltratado. Ele anda com altivez à minha frente, mas suas botas surradas fazem um barulho pesado no carpete. Cricket não faz barulho nenhum quando anda.

Max faz barulho?

— Aqui é meu quarto. — St. Clair aponta a cabeça para uma porta de madeira aparentemente barata e eu rio ao ver o desenho gasto colado nela. É ele usando um chapéu de Napoleão. — E aqui... — Passamos mais quatro portas. — ... é a porta do Monsieur Bell. — Também tem algo colado na porta dele. É um minicartaz ilustrado de uma mulher lançando um machado de guerra para o céu e montando um tigre branco. Nua.

St. Clair sorri com malícia.

— Você... tem certeza de que este é o quarto dele?

— Ah, certeza absoluta.

Fico olhando para a mulher nua sobre o tigre. Ela é magra, loira e não se parece nada comigo. Não que isso importe. Não que eu devesse ligar para a opinião de alguém capaz de pendurar uma coisa dessas na porta. Mas, ainda assim...

— E agora tenho um trem para pegar — diz St. Clair. — Boa sorte.

Ele desaparece no corredor.

Se ele estiver me pregando uma peça, eu o mato.

Respiro fundo. Respiro de novo.

E então bato à porta.

Capítulo 20

— Lola? — Cricket parece atônito. — O que faz aqui?

— Eu... — Agora que estou parada diante da porta dele, minhas justificativas soam ridículas. *Ei, eu estava pelo bairro, então pensei: por que não dar pulinho para jogar conversa fora?! Ah! E eu queria pegar de volta aquele fichário constrangedor, que eu só lhe emprestei porque você foi legal ao se oferecer para fazer algo que me permitisse o prazer de ir a um baile com outro cara.* — Vim para ver se você teve alguma ideia para o espartilho. Estou... com o prazo estourando.

Prazo estourando? Nunca usei essa expressão antes.

Cricket ainda está em choque.

— Quero dizer, vim para ver você, também. Claro.

— Bom. Você me achou. Oi.

— Está tudo bem? — Uma garota aparece com a cabeça atrás dele. Ela é mais alta que eu, e mais esguia. E tem cabelos dourados com ondas naturais e um bronzeado radiante com jeitão de surfista, não de bronzeamento artificial.

E ela parece irritada em me ver aqui.

Ela coloca a mão no braço dele de maneira possessiva. A manga de Cricket está puxada para cima, de modo que a pele dela está tocando a dele. Meu estômago revira.

— D-desculpe. Foi grosseria da minha parte aparecer assim. Vejo você mais tarde, tá?

Então, saio ligeira pelo corredor.

— Lola!

Paro. Viro-me lentamente.

Ele parece desnorteado.

— Aonde você vai?

— Eu não queria interromper. Eu estava pelo bairro, hum, fazendo compras e... é claro que você está ocupado. — *Pare de despirocar. Ele pode namorar ou dar uns amassos ou (ai, meu Deus) dormir com quem ele quiser.*

— Está chovendo? — A garota franze o cenho para minha capa de chuva e as galochas.

— Ah. Não. Combinavam com o vestido. — Abro a capa de chuva para exibir um lindo vestido no mesmo tom de amarelo. Cricket se alarma como se só agora percebesse a mão da garota. Desvencilha-se e sai para o corredor.

— Esta é a minha amiga Jéssica. A gente estava fazendo o dever de física. Jess, esta é Lola. Aquela... aquela de quem lhe falei.

Jéssica não parece satisfeita com essa informação.

ELE FALOU DE MIM PARA ELA.

— Então, você veio para trabalhar no vestido?

— Não é nada importante. — Ando na direção dele. — Podemos fazer isso depois.

— Não! Você está aqui. Você nunca está aqui. — Ele olha de soslaio para Jéssica. — Terminamos amanhã, tá?

— Certo. — Ela me dispara um olhar fulminante antes de se retirar tempestuosamente.

Cricket não repara. Ele abre toda a porta.

— Entre. Como é que me achou?

— St. Cla... AH.

— O quê? O que é?

Duas camas. Ao lado de uma, um mapa de constelações, uma tabela periódica e uma escrivaninha atulhada de papéis, fios e pequenos objetos metálicos. Ao lado da outra, mais mulheres nuas fantasiosas, uma televisão gigante e vários consoles de *video game*.

— Você tem um companheiro de quarto.

— Sim. — Ele parece confuso.

— A... hum... imagem na porta me surpreendeu.

— NÃO. Não. Prefiro minhas mulheres com... menos animais carnívoros e armas. — Ele faz uma pausa e sorri. — Nudez, tudo bem. O que ela precisa é de um *golden retriever* e um telescópio. Talvez daí servisse para mim.

Não seguro o riso.

— Um esquilo e um frasco de laboratório?

— Um coelhinho e um quadro branco — acrescento.

— Só se no quadro branco houver equações matemáticas.

Finjo desmaiar sobre sua cama.

— Já chega, já chega! — Ele está rindo, mas o riso desvanece enquanto ele me observa revirando-me na cama. Ele parece triste. Ergo-me sobre os cotovelos. — Qual é o problema?

— Você está no meu quarto — diz ele tranquilamente. — Você não estava no meu quarto há cinco minutos e agora está.

Sento-me direito na cama, tomando súbita consciência da cama onde estou e do persistente aroma de sabonete e de adocicado óleo mecânico. Olho para um espaço próximo de sua cabeça, mas não realmente para ela.

— Eu não deveria ter interrompido você desse jeito. Desculpe.

— Não. Estou contente por você estar aqui.

Encontro coragem para olhá-lo nos olhos, mas ele não está mais olhando para mim. Ele estende a mão para algo sobre a escrivaninha, que transborda de torres de papel quadriculado e projetos inacabados, mas há uma área que foi poupada de tudo. Tudo, menos meu fichário.

— Fiz alguns esboços neste fim de semana, na Pensilvânia...

— Ah, sim. — Eu pesquisei sobre o Skate America e o deste ano foi sediado em Reading. Faço por educação a pergunta: — Como a Calliope se saiu?

— Bem, muito bem. Primeiro lugar.

— Ela quebrou a sequência de segundos lugares?

Ele levanta os olhos.

— Como? Ah. Ela sempre pega primeiro nessas competições de começo de temporada. Sem querer desmerecê-la — ele acrescenta, distraidamente.

Como Cricket não se incomodou com a menção à irmã, entendo que não sabe que nos falamos. Melhor deixar do jeito que está.

— Então — ele diz. — Eu estava trabalhando nisto aqui. Veja.

Cricket se senta a meu lado na cama. Ele está no modo profissional de inventor cientista, de forma que se esqueceu da regra de distância que impôs a si mesmo. Ele tirou algumas ilustrações enfiadas no fichário e está divagando sobre materiais, circunferências e outras coisas nas quais não estou pensando, pois só tenho olhos para o cuidado que ele tem ao segurar meu fichário no colo.

Como se fosse frágil. Como se fosse importante.

— Então, o que você acha?

— Parece maravilhoso — respondo. — Muito obrigada.

— Vai ser grande. Quero dizer, você queria assim, né? Vai ter tecido suficiente?

Oops! Eu deveria ter prestado mais atenção. Examino as dimensões. Ele me passa uma calculadora para que eu digite meus números e fico surpresa ao ver como é perfeito.

— Sim. Uau! Vou até ter a quantidade exata de tecido reserva, em caso de necessidade.

— Vou juntar os materiais amanhã para poder começar já neste fim de semana lá na casa dos meus pais. Vou precisar... — As bochechas dele ficam rosadas.

Sorrio.

— Das minhas medidas?

— Nem todas elas. — Agora, vermelhas.

Ponho no papel o que ele precisa.

— Não sou dessas garotas. Eu não ligo.

— Nem deveria. Você é perfeita, é linda. — As palavras lhe escapam. Ele vinha sendo tão cuidadoso. — Não deveria ter dito isso. — Cricket coloca meu fichário de lado e se levanta bruscamente. Anda para o mais longe possível de mim, sem pisar no lado que pertence ao companheiro de quarto. — Desculpe. — Ele coça a nuca e olha pela janela.

— Está tudo bem. Obrigada.

Ficamos quietos. Lá fora, está escurecendo.

— Você sabe. — Eu fecho e abro minha capa de chuva. — Passamos muito tempo pedindo desculpas um para o outro. Talvez devêssemos parar com essa mania e nos esforçar mais para sermos amigos. Não é preciso criar todo esse constrangimento, não tem nada de mais dizer essas coisas entre amigos.

Cricket vira-se novamente e olha para mim.

— Ou aparecer sem avisar.

— Mas, se você tivesse me dado seu número, eu não precisaria ter aparecido assim.

Ele sorri, eu pego meu celular e o jogo para ele. Ele joga o dele para mim. Digitamos nossos números no celular um do outro. Parece um ato oficial. Cricket atira o celular de volta e diz:

— Salvei o meu como "Peladona do Tigre".

Caio na risada.

— Está zoando? Pois eu salvei o meu como "Peladinha do Tigre".

— Sério?

Rio mais ainda.

— Não. É Lola mesmo.

— A primeira e única.

Levo o celular até ele e o coloco na palma de sua mão.

— É um grande elogio vindo de você, Cricket Bell.

Suas sobrancelhas se arqueiam lentamente, interrogativas.

E então a luz do quarto se acende.

— Opa! — Um rapaz com metade da altura de Cricket e duas vezes mais largo joga um saco de Doritos Cool Ranch em cima da outra cama. — Foi mal, cara.

Cricket dá um pulo para trás.

— Esse é meu colega de quarto, o Dustin. Dustin, esta é a Lola.

— Hã — diz Dustin. — Pensei que você fosse gay.

— Hum — diz Cricket.

— Você sempre está na cidade e nem dá bola para a Heather quando ela passa perto.

Heather? Tem outra?

— Acho que me enganei. — Dustin balança a cabeça e se joga ao lado do salgadinho. — Ótimo. Agora, não preciso mais encanar com você olhando para o meu bilau.

Fico tensa.

— E por que acha que ele estaria interessado no *seu* bilau? Você por acaso se sente atraído por todas as garotas do mundo? Por que raios então ele se sentiria atraído por todos os garotos?

— Calma. — Dustin olha para Cricket. — O que está pegando?

Cricket veste um casaco às pressas.

— A gente tem que ir, Lola. Acho que você precisa pegar o trem.

— Você não estuda aqui? — pergunta Dustin.

— Estudo na cidade. — Coloco meu fichário dentro da bolsa.

Ele me olha de cima a baixo.

— Uma daquelas estudantes de arte, hã?

— Não. Estudo na Harvey Milk Memorial.

— O que é isso?

— Uma escola de Ensino Médio — respondo.

As sobrancelhas de Dustin se arqueiam de repente. Ele se vira para Cricket.

— Ela é maior de idade? — Há na voz dele um quê de apreciação e respeito.

— Tchau, Dustin. — Cricket segura a porta aberta para mim.

— Ela é maior? — ele diz enquanto Cricket bate a porta atrás de nós.

Ele fecha os olhos.

— Lamento.

— Ei. Não tem por que pedir desculpas. Ainda mais por *ele*. — Saímos do prédio e eu tremo de frio. Não é de admirar que Cricket volte para casa na maioria dos fins de semana. — Além disso — continuo —, estou acostumada com isso. Escuto coisas assim o teeeempo...

Cricket parou de andar.

— ... todo.

Droga.

— Certo. Claro que escuta. — Com um esforço excruciante, ele acaba tendo que engolir o fantasma de Max. Sempre presente. Sempre assombrando a gente. — E aí, o que o namorado está fazendo esta noite?

— Eu não sei. Não falei com ele hoje.

— Você costuma falar com ele todos os dias?

— Sim — respondo um tanto incomodada. Estou perdendo Cricket. Seu corpo está se distanciando do meu, enquanto sua mente reconstrói a barreira que ele construiu para nos proteger. — Quer jantar ou algo do tipo? — pergunto repentinamente. Ele não responde. — Esquece, você certamente tem coisas para fazer. Ou seja lá o que for.

— Não! — E daí, mais controlado: — Algum desejo especial?

— Bom... o Andy me deu dinheiro para uma pizza.

Cricket me leva para um passeio pelo *campus*, apontando para os vários edifícios (todas as grandes e imensas salas com este ou aquele nome) onde ele tem aula. Ele me conta sobre os professores e os outros estudantes e, mais uma vez, fico impressionada por ver como é estranho que ele tenha esta outra vida. Esta vida da qual não faço parte.

Terminamos na avenida Telegraph, a rua mais movimentada do centro de Berkeley. É a que mais tem a cara de São Francisco, com suas lojas de bijuterias, estúdios de tatuagem, livrarias, lojas de discos, *head shops* e artigos importados do Nepal. Mas há também uma invasão de ambulantes que vendem quinquilharias (joias horrorosas, cadarços tingidos, arte de mau gosto e o rosto de Bob Marley em tudo). Temos que passar entre um grupo Hare Krishnas que dançam vestidos com túnicas coloridas e com címbalos de dedo, e eu, na pressa, quase trombo com um homem usando chapéu de pele e capa. Ele reveste com veludo uma mesinha minúscula para leituras de tarô, bem ali na rua. Fico aliviada por Norah sentir aversão aos trajes, pois ao menos ela não se parece com esse cara.

Há sem-teto por toda parte. Um senhor de idade com um rosto endurecido pelo tempo aparece do nada, mancando e cambaleando em nossa frente feito um zumbi. Instintivamente, dou um pulo para trás e me afasto.

— Ei — diz Cricket, gentilmente. Percebo que ele viu minha reação. É confortante saber que ele compreende a razão. Saber que não terei que explicar e que ele não me julgará por isso. Ele sorri. — Chegamos.

Dentro do Blondie's, insisto em pagar com os 20 dólares que Andy me deu. Sentamo-nos numa bancada com vista para a rua e comemos uma fatia de pizza vegetariana de pesto (eu) e três fatias de pepperoni de carne bovina (ele). Cricket bebe uma Coca-Cola Cherry.

— Bacana da parte do Andy nos dar dinheiro para jantar — comenta ele. — Mas por que pizza?

— Ah, a pizzaria estava no caminho — digo. Ele parece confuso. — No caminho para a casa da Lindsey. Eles acham que estou com ela.

Cricket pousa a bebida.

— Diga que você está brincando.

— Não. Era mais fácil que explicar para o Andy... — Minha voz desaparece, insegura do restante da frase.

— Explicar que você queria passar um tempo comigo?

— Não. Bom, sim. Mas não acho que meus pais se importariam — acrescento prontamente.

Ele fica exasperado.

— Então, por que não contou para eles? Meu Deus, Lola! E se algo acontecesse com você? Ninguém saberia onde você estava!

— Contei para a Lindsey que eu estava aqui. — *Bem, contei para ela mais tarde.* Afasto o saleiro — Sabe, você está começando a falar como meus pais.

Cricket abaixa a cabeça e passa as mãos pelo cabelo negro. Quando ele volta a levantar os olhos, o cabelo está ainda mais alto e doido que de costume. Levanta-se.

— Vamos.

— Como?

— Você tem que voltar para casa.

— Estou comendo. *Você* está comendo.

— Você não pode estar aqui, Lola. Tenho que levar você para casa.

— Não acredito nisso. Está falando sério?

— SIM. Não vou querer ter isso na minha... ficha permanente.

— Que diabos isso quer dizer?

— Quer dizer que, se os seus pais descobrirem que você esteve aqui sem a permissão deles, eles não vão gostar muito de mim.

Agora sou eu que me levanto. Ele é uns 30 centímetros mais alto, mas tento fazê-lo se sentir o menor possível.

— E por que fica tão preocupado com que meus pais gostem de você? Preciso lembrar você... MAIS UMA VEZ... que tenho namorado?

As palavras são cruéis e eu fico horrorizada tão logo elas deixam minha boca. Os olhos azuis de Cricket se tornam assustadoramente coléricos.

— Então, por que você está aqui?

Estou entrando em pânico.

— Porque você se ofereceu para me ajudar.

— Eu estava ajudando você, e daí você simplesmente apareceu. No meu quarto! Você sabia que eu voltaria no próximo fim de semana...

— Você não voltou no fim de semana passado!

— E agora eu preciso da sua permissão para ir a algum lugar? Tem prazer em saber que estou lá... *me segurando* por você?

Jogo no lixo a fatia na metade e me retiro. Como sempre, ele está me seguindo de perto. Ele me segura.

— Lola, espere. Não sei o que estou dizendo, esta conversa está indo rápido demais. Vamos tentar de novo.

Puxo com força meu braço e volto a correr rumo à estação de trem. Ele está a meu lado, passo a passo.

— Vou para casa, Cricket. Como você me disse para fazer isso.

— Por favor, não vá. — Ele está desesperado. — Não desse jeito.

— Você não pode ter as duas coisas, não entendeu? — Paro bruscamente e vacilo. *Estou dizendo isso para mim mesma, não para Cricket.*

— Estou tentando — ele diz. — Estou tentando muito.

As palavras me partem o coração.

— Sim — digo. — Bom. Eu também.

Constrangimento.

E daí...

— Você está tentando? Está tentando do mesmo jeito que eu? — Suas palavras saem precipitadamente, tombando umas sobre as outras.

A vida seria muito mais fácil se eu pudesse dizer que não estou a fim, que ele não tem nenhuma chance comigo. Porém algo no jeito como Cricket Bell me olha (como se já nada mais importasse a ele além de minha resposta) me faz querer dizer somente a verdade.

— Eu não sei. Tá? Eu olho para você e eu penso em você e... eu não sei. Ninguém nunca me confundiu tanto como você.

Sua cara de equação difícil.

— Então, o que isso significa?

— Significa que estamos de volta ao ponto de onde começamos. E eu estou de volta à estação de trem. Então, estou indo embora já.

— Vou com você...

— Não. Você não vai.

Cricket quer argumentar. Quer se certificar de que eu chegue segura em casa. Mas ele sabe que, se voltar comigo, vai ultrapassar um limite que não quero que ele ultrapasse. Vai me perder.

Por isso, ele diz adeus. E eu digo adeus.

E, à medida que o trem se afasta, sinto que, de qualquer jeito, eu o perdi novamente.

Capítulo 21

Amo ver Max no palco. Ele está tocando sua cover favorita do momento. A primeira vez que ele cantou "I saw her standing there"[17] (Well, she was just seventeen/You know what I mean)[18] com um olhar malicioso em minha direção, pensei que eu fosse ter um treco. Eu era uma dessas garotas. Garotas que tinham canções dedicadas a elas.

Ainda é de arrepiar.

Eu e Lindsey estamos no Scare Francisco, um festival de rock de Halloween que rola durante o dia todo, com 12 palcos, no Golden Gate Park. É sábado e ainda estou de castigo, mas fazia meses que tínhamos esses ingressos. Além disso, Norah é inevitável. Depois de ser recusada em todos os apartamentos de baixo custo da cidade, ela fez planos de morar com seu amigo Ronnie Reagan. Ronnie significa Veronica, e ela é ele, e o único problema é que o antigo companheiro de quarto de Ronnie não vai desocupar o apê até janeiro. Meus pais se sentem péssimos e culpados por isso. Assim, eles me deixaram vir hoje.

Conforme a tradição anual, estou usando calça jeans, um blusa maneira, uma peruca preta com franja reta e tênis vermelhos. Lindsey está usando um vestido de dona de casa dos anos 1950, um avental *vintage*, saltos de 10 centímetros, peruca loira com pontas viradas para fora e brincos de pressão grandes e brilhantes.

Estamos vestidas uma como a outra, claro. Uso praticamente a mesma coisa todos os anos. Ela usa sempre algo novo.

---

[17] Canção de John Lennon e Paul McCartney do disco "Please Please me". (N. T.)

[18] "Bem, ela só tinha dezessete/Você sabe o que eu quero dizer." (N. T.)

O Anfetamina termina no palco número 4 e eles desmontam os equipamentos enquanto a banda seguinte, Pot Kettle Black, se organiza. Eu me abano com um panfleto de uma festa de Dia das Bruxas, tentando não chamar atenção para o fato de que estou abanando mais as axilas do que o rosto. Mas não quero cheirar mal para Max. Ele ainda não me viu. O Sol está forte e meu nariz está queimando, apesar de meu filtro solar fator 25. A cidade tende a receber essas raras ondas de calor no outono.

— Mal posso esperar que você se torne detetive para eu usar seu distintivo — comento. — Prenderia toda garota que aparecesse aqui vestida de gatinha sexy. Tenha dó.

— Mal posso esperar que seu podólogo a proíba de usar salto alto.

— Mas você está deslumbrante, querida.

— Lola? — grita uma garota atrás de nós.

Viro-me e vejo Calliope, com a cabeça inclinada para o lado.

— É você. Tinha razão. — Ela olha por cima do ombro e eu sigo seu olhar enquanto o outro gêmeo Bell aparece de trás de um Hell's Angel monstruosamente grande. Ou de um cara vestido de Hell's Angel. Abano as bochechas com o panfleto, sentindo calor novamente. Não sei ao certo qual gêmeo é mais desconcertante. — Como é que você a reconheceu? — continua Calliope. — Ela está tão... normal.

— Vou tomar isso como um elogio — sussurra-me Lindsey.

— Ela sempre se veste de Lindsey no Halloween — diz Cricket. Nenhum dos gêmeos está fantasiado, mas a mão de Cricket diz BUU. — Roupa legal, Lindsey. Você está ótima.

Apesar de dizer não ligar para essas coisas, Lindsey parece bem satisfeitinha com o elogio.

— Obrigada.

Ele está tendo problemas em olhar diretamente para mim. Será que ele viu a banda de Max? O que será que ele achou? O único contato que tivemos depois de Berkeley foi naquela mesma noite, quanto recebi uma mensagem de texto de PELADONA DO TIGRE perguntando se eu tinha chegado bem em casa. Se qualquer outra pessoa tivesse feito isso depois de uma briga, eu teria achado insuportável. No entanto, Cricket realmente não consegue deixar de ser uma pessoa bacana.

Não consigo dizer se Calliope sabe que eu o visitei. Suponho que não, já que ela está falando comigo. Agradeço a Deus por esses pequenos milagres.

— Ei — digo, meio cruzando meu olhar com o de Cricket —, o que estão fazendo aqui?

— O mesmo que você. — A voz de Calliope é cortante. — Ouvindo um som. Cancelaram o treino. Petro está doente.

— Petro? — pergunta Lindsey.

— Meu treinador. Petro Petrov.

Eu e Lindsey contemos o riso. Calliope não repara. É esquisito, mas subitamente me dou conta de que fazia anos que eu não via os gêmeos parados um ao lado do outro. Eles têm um corpo parecido, embora Calliope seja a versão pequena. Ainda assim, ela é mais alta que suas competidoras. Depois do estirão, levou vários anos para ela se adaptar à patinação no gelo. Cricket me contou certa vez que, quando se é grande, seu centro de equilíbrio também é mais elevado e isso acentua os erros. O que faz sentido. Agora, porém, a confiança e o vigor de Calliope são forças a considerar. Ela poderia me dar uma surra quando lhe desse na telha.

Sinto que ela nota o distanciamento e constrangimento entre mim e Cricket e não tenho dúvidas de que ela está matutando sobre isso.

— Por que vocês não se fantasiaram?

— Mas nós nos fantasiamos. — Calliope abre seu primeiro sorriso. — Estamos fantasiados de gêmeos.

Lindsey devolve o sorriso.

— Humm, agora estou vendo. Fraternos ou idênticos?

— Ficaria surpresa com a quantidade de gente que pergunta isso — diz Cricket.

— O que vocês respondem? — pergunta Lindsey.

— Que eu tenho pênis.

Ai, meu Deus. Minhas bochechas ardem enquanto todos explodem em risos. *Pense em outra coisa, Dolores. QUALQUER outra coisa. Pepinos. Bananas. Abobrinhas. AHHHH! NÃO NÃO NÃO NÃO NÃO NÃO NÃO.* Viro o rosto para outro lado enquanto Calliope simula um som de gente tagarelando.

— Definitivamente é hora de mudar de assunto — diz ela.

— Ei, vocês estão com fome? — pergunto repentinamente. SÉRIO? Sou muito grata por não existirem leitores de mente.

— Morrendo — diz Cricket.

— Falou o cara que comeu apenas três saladas de taco — comenta Calliope.

Ele esfrega o estômago. Seus braceletes e pulseiras de borracha chacoalham.

— Invejosa.

— É muita injustiça. Cricket come durante todo o dia, as coisas mais horrendas...

— As mais deliciosas — corrige ele.

— As coisas mais horrendas *e* deliciosas e ele não engorda um grama. Já eu tenho que contar as calorias cada vez que engulo um broto de alfafa.

— Quê? — diz Lindsey. Ela está tão passada quanto eu. — Você está em perfeita forma. Tipo, *perfeita*.

Calliope revira os olhos.

— Diga isso ao meu técnico. E aos comentaristas.

— E à mamãe — acrescenta Cricket. Calliope o fuzila com os olhos. Ele retribui o olhar fuzilante. É assombroso ver que eles possuem o mesmo tipo de olhar.

Daí, rebentam em risos.

— Eu ganhei! — exclama Cricket.

— Sem essa. Você riu primeiro.

— Empate — sacramenta Lindsey com autoridade.

— Ei! — Calliope se vira para mim e o sorriso desaparece. — Aquele ali não é o seu namorado?

Ah, meu Deus do céu!

Estava tão desconcertada que esqueci que Max estaria ali a qualquer momento. Quero empurrar Cricket para trás daquele Hell's Angel de novo, e parece que ele também não se importaria em desaparecer. Max anda furtivamente pela multidão como um lobo à espreita. Ergo a mão em um aceno sem força. Ele retribui com um aceno de cabeça, mas é para Cricket que olha fixamente.

Max me puxa para seus braços tatuados.

— Como nos saímos?

— Fenomenais — respondo com sinceridade.

Ele me segura com força, obrigando-me a evidenciar o problemão que eu queria tanto poder esconder.

— Esse é o meu vizinho Cricket. Lembra dele? — Como se qualquer um de nós pudesse ter esquecido.

— Oi — diz Cricket, encolhendo-se.

— Ei — diz Max com voz entediada. Que nem mesmo é sua voz entediada habitual. É a máscara de uma voz entediada que diz *Vê como estou me lixando para você?*.

— E esta é a irmã dele, Calliope.

— Vimos seu show — comenta ela. — Foram ótimos.

Max dá uma olhada rápida nela.

— Obrigado — diz após um instante. É educado, mas indiferente, e a frieza dele a desconcerta. Vira-se novamente para mim e franze o cenho. — O que está vestindo?

O modo como ele pergunta me faz não ter vontade de responder.

— Ela sou *eu* — diz Lindsey.

Max finalmente percebe a presença dela.

— Então, você deve ser a Lola. Bom. Não posso dizer que vou lamentar quando este feriado acabar.

Fico horrorizada. A presença de Cricket deixou-o atrevido.

— Acho que elas estão incríveis. — Cricket endireita-se, aproveitando toda sua altura, que supera a de meu namorado. — Acho legal que façam isso todo ano.

Max se inclina e diz baixinho, para que só eu possa ouvir:

— Vou levar umas coisas para a van. — Ele me beija, depressa no começo, mas daí algo o faz mudar de ideia. Vai mais devagar. E REALMENTE me dá *aquele* beijo. — Mando uma mensagem de texto quando terminar. — E ele se retira sem se despedir de mais ninguém.

Fico mortificada.

— Grupos... deixam Max pouco à vontade.

Calliope parece indignada e eu me remoo por dentro, pois sei que ela acha que eu fico cozinhando Cricket para continuar namorando *aquilo*. Mas *aquilo* não era meu namorado. O desdém na expressão de Cricket faz com que me sinta ainda mais humilhada. Imagino as conversas nas quais Calliope usa isso como prova de que sou superficial e indigna de sua amizade.

Viro-me para Lindsey.

— Sinto muito. Estou certa de que ele não quis dizer aquilo.

— Que seja. — Ela revira os olhos. — Você está careca de saber que ele me odeia. Também não morro de amores por ele.

Baixo o tom de voz.

— Max não odeia você.

Ela encolhe os ombros. Não dá mais para suportar que os gêmeos continuem escutando isso, por isso, pego Lindsey pela mão e vou puxando-a.

— Temos que ir, foi mal. Tem uma banda no palco 6 que estou louca para ouvir.

— Ótimo, a gente acompanha vocês — diz Calliope. — Vocês conhecem essas bandas locais melhor que a gente.

Estou gritando por dentro enquanto os gêmeos, atrás de mim e de uma Lindsey em silêncio sepulcral por entre esqueletos, fantasmas e piratas, atravessam o gramado até o palco 6, onde uma banda punk medíocre está assassinando *Thriller*. Encolho os olhos para o bumbo do baterista. Minhas lentes de contato coloridas já são uma prescrição médica antiga.

— Os Quiabos da Moita?

— Os Diabos da Noite — corrige Lindsey, irritada.

— Que nome estúpido — comento.

— "Quiabos" seria pior — diz Calliope. — Pensei que você estivesse *louca pra ouvir* essa banda.

— Pensei que fosse outra — lamento.

— Ah — diz Cricket.

É um "ah" incrédulo, o que faz aumentar minha vergonha. Mantenho-me firme e tento me distrair com a banda, mas não consigo acreditar que meu namorado acabou de tratar Lindsey como lixo. Não consigo acreditar que Cricket acabou de vê-lo tratar Lindsey como lixo. E fico contente por ele ter intervindo antes que Max causasse ainda mais estragos, mas por que tinha que ser *ele*? Deveria ter sido eu. O Sol alaranjado está de rachar e eu estou suando de novo. Minha peruca está retendo calor. Será que meu cabelo está muito detonado por baixo? Será que posso tirar a peruca sem passar muita vergonha? Finalmente, o Sol dá uma trégua quando uma nuvem o encobre. Solto um pequeno suspiro.

— Não há de que — diz Cricket.

E é aí que percebo que ele está se colocando atrás de mim. Cricket é a nuvem. Ele dá um sorriso estranhamente sombrio.

— Você parecia incomodada.

— Essa banda já deu e meus pés estão me matando — diz Lindsey. — Vamos nessa.

Meu celular vibra no bolso. Uma mensagem de Max:

@ tou na marx meadow perto dos primeiros socorros. onde vc tah?

O plano era sair com Max e Lindsey por algumas horas e depois ir para casa ao anoitecer. Amo o Halloween. A Castro costumava fechar as ruas e dar uma festa louquíssima que atraía mais de 100 mil pessoas; há alguns anos, porém, alguém morreu na desordem. A cidade parou de fechar as ruas e encorajou as pessoas a ficar em seus próprios bairros. Mas, em se tratando de lugares para ficar no 31 de outubro, nada supera uma multidão de drag queens.

Só que agora não quero sair com Lindsey e Max juntos. E eu quero ficar com minha amiga, mas faz duas semanas que não fico sozinha com Max.

Não. Devo ficar com Lindsey.

— É o Max? — pergunta ela.

— Sim. Ele está pronto para encontrar a gente, mas vou dizer que vamos para casa mais cedo.

— Ele vai ficar irado se você não aparecer.

— Ele não vai ficar irado — retruco, lançando um olhar nervoso para Cricket. Ainda que Lindsey esteja certa. Só que o modo como ela disse faz parecer pior do que é.

— É, bom, bem, faz uma cara que você não vê o Max. Não me faça ficar no caminho entre você e seu amor.

Queria que Lindsey parasse de falar na frente de Cricket.

— Está tudo bem — continua ela. — Vou ficar com eles mais um tempinho — ela aponta para os Bell — e depois pego o ônibus para casa. Estou cansada.

É por despeito que ela está me esnobando. Não há uma boa forma de lidar com ela quando está agindo assim, exceto dando-lhe o que quer.

— Então, hã, falo com você à noite?

— Vá — diz ela.

Antes de me retirar, lanço a Cricket outro olhar furtivo. Queria não ter feito isso. Ele parece atormentado. Como se fosse capaz de fazer qualquer coisa para me impedir, não fossem os próprios demônios invisíveis que o seguram. Murmuro um "até mais". No caminho para o prado, arranco a peruca. Não estou de bolsa (Lindsey nunca carrega uma), por isso a penduro no galho de um ácer japonês. Quem sabe alguém encontre a peruca e a acrescente à fantasia? Dou uma batida no cabelo, desabotoo a blusa e arregaço as mangas. Melhorou, mas ainda não me pareço comigo.

Na verdade, pareço-me *mais* comigo. Sinto-me exposta.

Max está recostado no posto de primeiros socorros e seus ombros relaxam quando ele me vê. Fica contente por eu estar sozinha. No entanto, quando me inclino para beijá-lo, ele se enrijece novamente e eu sinto um frio descer por minha espinha.

— Agora, não, Lola.

Sua repreensão me dói. Será que é por causa de minha aparência?

— Você ainda está andando com ele — ele afirma.

Não, é porque ele está com ciúme. Estou suando novamente.

— Quem? — pergunto, para ganhar tempo.

— Gafanhoto. Centopeia. Louva-a-deus.

Estremeço ao ouvir Max zombar do nome de Cricket.

— Isso não tem graça. E também não foi legal o que você disse para a Lindsey naquela hora.

Ele cruza os braços.

— Há quanto tempo você vem se encontrando com ele?

— Não estou me encontrando com ele. A gente topou com ele e a irmã por acaso, eu juro. — Intimidante, o silêncio dele me faz tagarelar. — Eu juro, eu e a Lindsey encontramos com eles, tipo, três minutos antes de você aparecer.

— Não gosto do jeito que ele olha pra você.

— Ele é só meu vizinho, Max.

— Quantas vezes você o viu depois da Amoeba?

Hesito e decido ir com uma meia verdade.

— Às vezes eu o vejo pela janela, nos fins de semana.

— Pela janela? A janela do seu *quarto*?

Semicerro os olhos.

— E logo depois fecho as cortinas. Fim da história.

— Lola, eu não acredito...

— Você nunca acredita em mim!

— Porque você mente pra cacete o tempo todo! Não pense que não sei que você ainda está escondendo coisas de mim. O que aconteceu em Muir Woods, Lola?

— O quê?

— Você me escutou. Nathan estava tentando fazer você me dizer algo no jantar. Ele estava lá, não estava? O seu vizinho.

— Ai, Meu Deus, você é louco. Era um piquenique em família. Você está ficando paranoico e inventando coisas. — Estou entrando em pânico. *Como ele sabe?*

— Estou, é?

— Sim!

— Porque um de nós está ficando bastante alterado neste momento.

— Porque você está me acusando de coisas horríveis! Não dá para acreditar que você acha que eu mentiria sobre coisas assim. — *Ai, céus, eu vou para o inferno.* Estou chorando. — Por que está tão convencido de que eu quero enganar você?

— Eu não sei. Talvez porque nunca vi a mesma Lola duas vezes. Nada em você é real.

Suas palavras fazem meu coração parar.

Max percebe que foi longe demais. Lança-se para a frente como se um encanto tivesse se quebrado.

— Eu não quis dizer isso. Sabe que amo suas roupas malucas.

— *Você sempre diz o que quer dizer* — sussurro.

Ele esfrega as têmporas por um bom tempo.

— Sinto muito. Venha cá.

Envolve-me com os braços. Abraço-o com força, mas é como se ele estivesse desaparecendo. Quero lhe dizer que também sinto muito, mas tenho medo de contar a verdade. Não quero perdê-lo.

Quando duas pessoas estão apaixonadas, supõe-se que a coisa dê certo. *Tem* que dar. Não importa quão difíceis sejam as circunstâncias. Penso nas doces canções que ele compôs, as que ele toca em seu apartamento, as que são só para meus ouvidos. Penso em nosso futuro, quando eu não for mais atada a meus pais. Figurinos de dia, clubes de rock à noite. Nós dois seremos um sucesso e deveremos isso um ao outro.

Nosso amor deveria fazer de nós um sucesso.

Max beija meu pescoço. Meu queixo. Meus lábios. Seus beijos são ávidos e possessivos. Max é o cara. A gente se ama, então, ele tem que ser o cara.

Ele interrompe os beijos.

— Este sou eu de verdade. Essa é você de verdade?

Estou zonza.

— Esta sou eu.

No entanto o gosto em meus lábios é de medo. O gosto de mais uma mentira.

Capítulo 22

Estou discutindo sobre Max com a Lua, porém é extremamente insatisfatório. Seus raios lançam uma estranha luminescência sobre a janela de Cricket.

— O Max não gosta quando me visto sem muito capricho, mas, quando brigamos, ele me joga na cara o modo como costumo me vestir. Nunca sou o que ele quer que eu seja.

A Lua se obscurece pelas nuvens que a cobrem.

— Tá, eu menti para ele. Mas você viu como ele é ciumento. Isso me faz sentir a necessidade de mentir. E eu não deveria ter que defender meu direito de ser amiga de outro cara.

Espero. O céu permanece escuro.

— Bom. Você sabe que a situação é esquisita. Talvez... o Max e a Calliope não estejam assim tão errados. Mas, para começar, se eu nunca tive a confiança de Max, como ele espera que eu confie nele? Entende o que eu quero dizer? Entende como tudo isso é confuso? — Fecho os olhos. — Por favor, me diga. O que é que eu faço?

A luz atrás de minhas pálpebras se desanuvia suavemente. Abro os olhos. As nuvens se deslocaram e a janela de Cricket é iluminada pelo luar.

— Você tem um senso de humor doentio — sentencio.

Seus raios não cintilam. E, sem saber por que isso acontece, eu me pego tirando da escrivaninha um punhado de grampos de cabelo. Atiro-os no vidro dele. *Dink! Dink! Dink dink!* Sete grampos depois, Cricket abre a janela.

— Gostosuras ou travessuras — digo.

— Algum problema? — Ele está sonolento e desorientado. Além disso, está só de cueca boxer e com os braceletes e pulseiras de borracha.

Meu deus do céu, ele está só de cueca boxer.

— Não.

Cricket esfrega os olhos.

— Não?

Não olhe para o corpo dele. Não olhe para o corpo dele.

— Foi a algum lugar divertido esta noite? Eu fiquei em casa e distribuí doces. O Nathan comprou coisas boas, chocolates de marcas legais, não a mistureba barata que ele geralmente compra, sabe, com Tootsie Pops, Dots e aqueles Tootsie Rolls pequeninos sabor limão. Acho que você também recebeu aquela criançada em casa, hein?

Ele fica olhando para mim sem expressão.

— Você me acordou... para falar de doces?

— Ainda está muito calor lá fora, né? — deixo escapar. E então quero morrer.

Pois Cricket virou pedra ao perceber o estado de quase nudez em que está seu corpo. Para o qual eu não, não, não estou olhando. Não mesmo.

— Vamos dar uma volta! — Minha exclamação o descongela. Ele sai de meu campo de visão, tentando levar a situação na boa.

— Agora? — ele grita da escuridão. — São... 2h42 da manhã.

— Preciso conversar com alguém...

Cricket aparece novamente. Achou as calças. Está com elas.

Fico vermelha.

Ele me examina por um momento, põe uma camiseta e, então, faz que sim com a cabeça. Desço sorrateiramente as escadas, passando pelo quarto de meus pais e pelo quarto temporário de Norah, e chego à rua sem que deem por mim. Cricket já está lá. Estou usando calças de pijama com estampa de sushi e uma camisola branca. Vê-lo totalmente vestido de novo faz com que me sinta despida, um sentimento intensificado quando percebo que ele olha para minha pele desnuda. Subimos a colina até a esquina de nossa rua. De algum modo, ambos sabemos para onde estamos indo.

A cidade está silenciosa. O espírito estridente do Halloween já está na cama.

Chegamos à colina ainda maior que nos separa do Parque Dolores. Oitenta degraus levam ao topo. Já contei. Uns 20 degraus acima, ele para.

— Vai falar o que se passa na sua cabeça ou vai me fazer adivinhar? Pois eu não sou bom em jogos de adivinhação. As pessoas deveriam dizer o que querem dizer e não deixar as outras pessoas tateando no escuro.

— Desculpa.

Ele sorri pela primeira vez depois de muito tempo.

— Ei! Não peça desculpa.

Sorrio de volta, mas meu sorriso esmorece. O dele também.

— É o Max?

— Sim — respondo prontamente.

Voltamos a subir vagarosamente as escadas.

— Ele pareceu surpreso ao me ver hoje. Ele não sabe que saímos, né?

A tristeza em sua voz me faz subir mais lentamente. Envolvo-me com os braços.

— Não. Ele não sabe.

Cricket para.

— Tem vergonha de mim?

— Por que teria vergonha de você?

Ele enfia as mãos nos bolsos.

— Porque eu não sou descolado.

Não acredito! Cricket não é descolado do mesmo jeito que Max, mas ele é a pessoa mais *interessante* que conheço. Ele é amável, inteligente e atraente. E ele se veste bem. Cricket REALMENTE se veste bem.

— Como pode achar isso?

— Qual é? Ele é aquele deus do rock, sexy e tal, e eu sou o garoto da casa ao lado. Um *geek* de ciência besta que passou a vida à margem dos rinques de patinação. Com a irmã.

— Você não é... você não é um *geek*, Cricket. E, mesmo se fosse, o que tem de errado nisso? E desde quando ciência é *besta*?

Ele parece excepcionalmente agitado.

— Ah, não — continuo. — Por favor, me diga que isso não é sobre seu tataravô não sei das quantas. Pois isso não quer dizer na...

— Quer dizer tudo. A herança que pagou nossa casa, que paga o treinamento de Calliope, que paga minha faculdade, que comprou tudo que já tive na vida... não era nossa. Sabe o que aconteceu com o Alexander Graham Bell depois que ele ficou famoso? Passou o resto da vida se escondendo em uma região remota do Canadá. Por vergonha do que tinha feito.

— Então, por que ele fez isso?

Cricket passa a mão pelo cabelo.

— Pela mesma razão que todo mundo comete erros. Ele se apaixonou.

— Ah. — Isso dói. Nem sei ao certo por que dói tanto, mas dói.

— O pai dela era rico e poderoso. O Alexander, não. Ele tinha *ideias* para o telefone, mas não conseguia fazê-las funcionar. O pai da moça descobriu que alguém (o Elisha Gray) estava prestes a patentear a invenção, por isso eles foram até o escritório de patentes no mesmo dia que o Elisha, copiaram a ideia dele, a submeteram e afirmaram que foram lá primeiro. O Alexander se tornou um dos homens mais ricos da América e teve permissão para se casar com a mãe da minha tataravó. Quando o Elisha percebeu que haviam se apropriado da ideia dele, já era tarde demais.

Estou espantada.

— Que horror!

— Os livros de história estão cheios de mentiras. Quem vence a guerra conta a história.

— Mas o Alexander ainda era um homem inteligente. Ainda era um inventor. É com honestidade que se consegue *isso*. A vida não é sobre o que você recebe, é sobre o que você FAZ com aquilo que recebe.

— Construo coisas inúteis. — Seu tom é desanimado. — Isso é ruim demais. Eu deveria estar criando algo que fizesse a diferença, algo para... compensar o passado.

Estou ficando revoltada.

— O que acha que aconteceria se eu acreditasse que a genética teve esse tipo de papel na minha vida? Se eu acreditasse que, por meus pais biológicos terem tomado certas decisões, minha vida e meus sonhos também foram perdidos? Percebe o que isso faria comigo? Faz ideia do que isso FEZ comigo?

Cricket está devastado.

— Eu não estava pensando, sinto muito...

— Deveria pensar. Você tem um dom e está duvidando dele. — Balanço a cabeça para limpar meus pensamentos. — Você não pode deixar esse tipo de vergonha ditar quem você é. Você só responde por suas próprias decisões.

Ele fica olhando para mim.

Devolvo o olhar e meus sentidos se aguçam. A energia entre nós ricocheteia de modo tão feroz que me assusta.

Desvio os olhos.

Subimos o restante do caminho até o topo e a cidade inteira se estende diante de nós. As casas salientes, as colinas douradas, os arranha-céus, a baía cintilante. É impressionante. Nós nos sentamos em uma placa de asfalto com vista para a paisagem. Ali é a entrada da garagem de alguém, mas ninguém nos verá. O eucalipto que pende sobre nós libera no ar da noite sua suave fragrância.

Cricket inspira, longa e lentamente. Solta o ar em um suspiro.

— Senti falta disso. Eucaliptos sempre me fazem lembrar de casa.

E eu me encho de entusiasmo, pois, mesmo com a segunda vida que tem em Berkeley, ele ainda pensa nisto aqui como sua casa.

— Sabe... — digo. — Quando eu era pequena, meus pais ficavam com vergonha do jeito que eu me vestia.

— Sério? Isso é uma surpresa.

— Tinham pavor de que as pessoas achassem que ELES é que estavam me vestindo daquele jeito. Que OS GAYS estavam me corrompendo com cílios postiços e *glitter*.

Ele ri.

— Mas eles entenderam que esta é quem eu sou e aceitaram. E o apoio deles me deu ainda mais confiança. Então, naquele verão, você me ensinou a aceitar a mim mesma. A não ligar para o que as outras pessoas dizem. E então... as coisas pareceram melhores.

— Eu ensinei?

— Sim, você. Por isso estou contando isso agora. Nunca vou esquecer aquele pássaro mecânico que você fez. Aquele que só cantava quando se abria a portinha da gaiola.

— Você se lembra disso?

Ele está perplexo.

— Ou a máquina do Rube Goldberg de 50 ações só para apontar um lápis? Ou aquela fila de dominós que você levou duas semanas para montar, e que se foi em um minuto? Foi incrível. Só porque algo não tem aplicação prática não significa que não valha a pena ser criado. Às vezes, vale o esforço a beleza, a magia da vida real. — Viro-me, de pernas cruzadas, para encará-lo de frente. — É como o meu vestido da Maria Antonieta. Não é prático, mas... só por aquele momento, chegando para dançar em um vestido lindo e elaborado que ninguém mais estará usando e do qual todo mundo vai se lembrar? Eu quero isso.

Cricket fita a baía através das luzes da cidade.

— Você terá.

— Não sem sua ajuda. — Quero lhe dar um empurrão de amigo, mas me contento com uma cutucada verbal. — Então, diga, você vai começar a fazer minhas anquinhas amanhã ou tá difícil?

— Eu já comecei. — Nossos olhos se cruzam novamente. — Eu também fiquei em casa esta noite. Só não distribuí doces.

Estou tocada.

— Cricket Bell. Você é o cara mais legal que eu conheço.

— Isso... — Ele bufa. — O cara legal.

— Como?

— Isso foi o que minha primeira e única namorada disse quando terminou comigo.

— Ah... — Estou surpresa. A Namorada, até que enfim. — Essa é uma razão... muito, *muito* estúpida.

Cricket se impulsiona para a frente e seus joelhos quase batem nos meus. Quase.

— Não é raro. Bonzinhos só se ferram, né?

Há uma alfinetada em Max em meio à sua autodepreciação, mas eu a ignoro.

— Quem era ela?

— Uma das amigas da Calliope. Ano passado.

— Patinadora?

— Meu círculo social não vai muito além disso.

A novidade me deixa triste. Patinadoras são deslumbrantes. E talentosas. E, tipo, atleticamente superdotadas. Ponho-me de pé, com o coração batendo forte nos ouvidos.

— Preciso ir para casa.

Ele olha para o pulso, mas não está de relógio.

— Sim, acho que é bem tarde. Ou bem cedo.

Descemos os 80 degraus até a esquina de nossa rua antes de Cricket parar inesperadamente.

— Ah, não. Você queria falar sobre o Max. Você...

— Acho que a ideia era conversamos esta noite — interrompo, olhando para a Lua. É uma crescente curva, quase cheia. — E eu achava que deveria ser sobre Max, mas estava enganada. A gente precisava falar sobre você. — Aponto para meus pés.

Estou parada em cima da palavra BELL.

Está gravado na grade da Pacific Bell, a empresa telefônica. Está por toda parte, em toda rua.

— Viu? — digo.

— Toda vez que vejo a rua Dolores, penso em você. — Suas palavras saem precipitadamente. — Parque Dolores. Missão Dolores. Você está por toda parte neste bairro, você *é* este bairro.

Fecho os olhos. Ele não deveria dizer coisas assim, mas não quero que ele pare. Ficou impossível negar que ele significa, sim, algo para mim. Não tenho coragem de dar nome a isso. Ainda não. Mas está lá, eu sei. Abro os olhos e... ele se foi.

Está subindo ligeiramente as escadas de sua casa.

Mais um espírito de Halloween que desapareceu.

Capítulo 23

Gosto de tentar coisas novas. Como quando me tornei vegetariana radical em meu ano de caloura. Durou apenas três dias, pois senti falta do queijo cheddar; mas eu tentei. E estou constantemente provando chapéus nas lojas. Estes são os únicos itens que não ficam bem em mim, porém continuo tentando, pois estou convencida de que, um dia, encontrarei o chapéu certo. Talvez seja um cloche antigão repleto de peônias artificiais ou talvez seja um Stetson com uma bandana vermelha atada.

Hei de encontrá-lo. Só tenho que continuar provando.

Por isso, fico irritada quando Lindsey sugere que não estou me esforçando o suficiente para encontrar algo para enrolar meu cabelo. Meu cabelo falso. Ela está balanceando equações de química enquanto eu pego emprestado o vaporizador portátil de seus pais para fazer no cabelo branco os cachos do tamanho de que preciso. Mais tarde, usando cola em *spray*, grudarei os cachos à peruca de Maria Antonieta. Mas, primeiro, tenho que enrolar esses cachos bobos.

— Você não tem alguma coisa maior? Ou menor? — Aponto para as formas cilíndricas (canetas, pincéis atômicos, objetos de vidro, até mesmo um telescópio espião monocular) esparramadas diante de mim. Nenhuma delas é do tamanho certo.

Ela vira uma página do livro.

— Sei lá. A peruca é sua. Tente mais um pouco.

Procuro em seu quarto, no momento sei que não encontrarei nada ali. O quarto de Lindsey é tão bem organizado que eu já teria visto se ela tivesse algo. As paredes são pintadas com o clássico amarelo das lombadas dos livros de Nancy

Drew. A coleção completa dos romances está alinhada em filas perfeitas de uma ponta à outra das prateleiras superiores de sua estante de livros e, abaixo delas, em ordem alfabética por nome do autor, há títulos como *Os Maiores Espiões da História*, *Investigação para Leigos* e *O Tao do Combate ao Crime*. Ao lado da cama há porta-revistas meticulosamente organizados com quatro anos de edições da *Eye Spy Intelligence Magazine* e uma dúzia de catálogos da Spy Gear cheios de notas adesivas marcando os itens da lista de desejos.

Mas o quarto dela é desprovido de quaisquer outros objetos cilíndricos.

— E, na disputa mais acirrada da noite, o senador por Nova York, Joseph Wasserstein, segue lutando para manter seu assento no Senado — diz o jornalista de topete postiço.

É dia de eleições, e, como os Lim não têm TV a cabo, só passa essa cobertura chata em todos os canais. A única razão de a televisão estar ligada é abafar o som da senhora Lim ouvindo Neil Diamond no último volume. Ele é aquele cantor pop super das antigas que usa camisas com lantejoulas. Nem as lantejoulas são suficientes para me fazer simpatizar com ele, embora eu nunca fosse dizer isso a ela. Quando a senhora Lim não está fazendo aquele churrasco coreano maravilhoso no restaurante, ela é responsável pelo segundo maior *fansite* do cantor.

Aponto para o jornalista.

— Aposto que esse cara poderia me ajudar. É sério que ele acha que aquele tapete na cabeça dele parece de verdade?

Troco para um canal em que passa um clipe do senador Wasserstein com a família, aguardando as apurações finais. A esposa tem aquele cabelo perfeitamente penteadinho e aquele sorriso político cheio de dentes, contudo o filho adolescente parece pouco à vontade, deslocado. Na verdade, até que ele é gatinho. Digo isso e Lindsey ergue os olhos para a tela.

— Meu Deus! Você é tão previsível...

— Que foi?

— Ele está desolado. Você só gosta de caras que parecem estar sem saco.

— Isso não é verdade!

Desligo a televisão e o vibrato de Neil faz o chão tremer. Lindsey ri.

— Claro, o Max é conhecido por seu sorriso encantador.

Franzo o cenho. Dois domingos se passaram e em nenhum dos dois nós tomamos aquele café da manhã em casa. Max ligou na manhã depois do Halloween e me disse que não viria (nem naquele domingo nem nos seguintes). Não posso culpá-lo por estar cansado do escrutínio. Eu disse a meus pais que ele tinha mais shows agendados e eles ainda estão cansados demais de Norah para fazer perguntas. Sinceramente, espero que meus pais simplesmente esqueçam que esse café da manhã já foi uma exigência.

Ando vendo Max em horários estranhos (antes de um turno de fim de semana no cinema, durante o intervalo para o jantar e uma vez em seu apartamento, depois da escola). Meus pais achavam que eu estava na casa de Lindsey. Já Cricket eu vi bastante. Ele só levou mais uma noite para terminar as anquinhas, mais uma tarde em minha casa para os ajustes finais. Elas são gigantes e maravilhosas. É como vestir o vigamento de um arranha-céu horizontal.

E eu terminei o espartilho, por isso, agora, estou trabalhando na melhor parte: o vestido propriamente dito. Cricket ajudou a medir e a cortar o tecido. Pude perceber que ele não só é jeitoso por causa de suas habilidades matemáticas e científicas como também sabe um pouco de costura devido aos figurinos de Calliope, que precisam constantemente de acertos.

Só tive mais uma discussão com Calliope, outro incidente antes da escola, embora tenha sido acidental. Na verdade, ela esbarrou em mim quando saía de casa e não me viu chegando. Pelo menos, acho que foi acidental.

— Você simplesmente não consegue ficar longe, né? — ela resmungou, antes de voltar para sua corrida.

— Eu moro aqui! — respondi, esfregando meu braço atingido.

Ela me ignorou.

No entanto, como eu e Cricket temos andado ocupados com meu projeto, tem sido mais fácil sermos amigos. Houve só um momento constrangedor, quando ele veio pela primeira vez. Não tinha pensado em dar uma arrumada no quarto e tinha um sutiã rosa sexy jogado no chão. Ele ficou do mesmo tom de magenta quando o viu ali.

Não nego que também fiquei.

Cricket. Espere um segundo.

Sei exatamente do que preciso para enrolar minha peruca.

— Já volto — aviso Lindsey, disparando escada abaixo, onde a senhora Lim está ao computador da família. Grito mais alto que a voz de Neil.

— Onde a senhora guarda a vassoura? — Em seguida, acrescento: — Não quebrei nada.

— Ali dentro. — Ela faz um gesto distraído para o armário do corredor. — Tem um *troll* no mural de recados. Ele está dizendo que o Wayne Newton é melhor que o Neil Diamond. Dá para acreditar?

— Totalmente sem noção. — Pego a vassoura. Parece com a que Cricket usou para pegar meu fichário. Subo correndo as escadas e mostro o cabo para Lindsey.

— Ahá! A circunferência perfeita.

Ela sorri.

— E espaço de sobra pra gente vaporizar várias mechas de uma vez. Legal.

— Vai me ajudar?

— Claro. — E graças a Deus que ela ajuda, pois o trabalho acaba se revelando horrível e demorado. — Tem sorte de eu gostar de você, Lola.

Mais uma mecha me escapa e cai no tapete antes de encaracolar. Eu me seguro para não soltar um grito. Ela ri de um jeito exausto e despreocupado, o que me faz rir também.

— É mesmo uma das piores ideias que já tive — comento.

— Uma das piores, não. *A* pior. — A mecha dela escorrega e cai. — Ahh! — ela exclama, e morremos de rir. — Vamos torcer para que Cricket esteja certo e a beleza faça "valer o esforço".

É como ser atingida por um trem.

— Quando ele disse isso?

O riso de Lindsey se esvai.

— É... Hum... Domingo à tarde.

— Domingo? Este domingo? Você falou com o Cricket no domingo?

Ela mantém os olhos em uma nova mecha de cabelo branco.

— Sim... hum... a gente saiu.

Solto a vassoura.

— Quê?

— Não desse jeito — ela diz prontamente. — Quero dizer, saímos em grupo. Como amigos.

Meu cérebro está fervilhando.

— Que grupo? Quem?

— Ele ligou para ver se eu queria jogar boliche com ele e a Calliope. E... com o Charlie. Você estava no trabalho, ocupada. Foi por isso que não chamamos você.

Perdi a capacidade de falar. Ela ergue meu lado da vassoura e a coloca em minhas mãos. Eu a pego de um jeito entorpecida.

— Contei para eles sobre o Charlie no Scare Francisco, depois que você saiu para se encontrar com Max — ela continua. — Não sei por quê. Só desabafei. Talvez eu estivesse decepcionada por você estar com o Max de novo e eu, sozinha.

Culpa. Culpa, culpa, *culpa*.

— Enfim, o Cricket achou que seria uma boa se eu saísse com o Charlie primeiro como amigos, em grupo. Você sabe. Para facilitar as coisas.

Essa era minha ideia. Minha!

— Daí, fomos jogar boliche e... foi divertido à beça.

Não sei ao certo o que dói mais: ela não ter mencionado isso até esse momento, ela ter saído com Cricket sem mim, ela ter saído com Calliope seja lá como ou Cricket ter proposto a mesma ideia brilhante que eu tive e ter levado o crédito por ela.

Tudo bem que minha ideia era um encontro de casais e é óbvio que Cricket não está namorando a irmã. Mas mesmo assim! Parece que deu certo. E eu não estava lá. E supostamente sou a melhor amiga de Lindsey.

— Ah. Isso... isso é ótimo, Lindsey.

— Desculpa. Deveria ter contado antes. Mas eu não sabia como você ia se sentir sabendo que saí com os gêmeos, e eu realmente queria ir. E você estava ocupada. Tem andado muito ocupada nos últimos meses.

Desde que você conheceu Max. Ela poderia muito bem ter dito isso. Volto a olhar para meu trabalho.

— Não, fico contente por você ter ido. Fico contente que você tenha se divertido com Charlie.

Metade disso é verdade.

— Eu me diverti com os gêmeos também — ela diz, cautelosamente. — É só a Calliope se soltar que ela até que é divertida. Ela está sob uma pressão insana.

— Ah... Conta outra!

— Honestamente, Lo, não acho que ela seja a menina malvada que foi um dia. Ela só é protetora.

Lanço um olhar furioso para Lindsey.

— O irmão dela está na faculdade. Acho que ele consegue se cuidar.

— E ele diz mesmo o que pensa agora. Por mais estranho que seja — ela acrescenta. — Sabe que ele nunca teve a intenção de machucar você. E, quando você não está por perto, ele faz mil perguntas a seu respeito. Sobre o Max, também. Ele gosta de você. *Sempre gostou*, lembra?

Paro de vaporizar os cachos.

— E não quero que você surte por eu dizer isto — ela diz rapidamente —, mas está bem visível que você também gosta do Cricket Bell.

É como se algo me espremesse a garganta. Engulo em seco.

— E por que acha isso?

Ela toma o vaporizador de mim.

— Porque qualquer um com poder de observação consegue ver que você ainda é louquinha por ele.

Estou arrumando a mesa do jantar quando encontro um recorte de jornal debaixo do meu jogo americano. Andy ataca novamente! É um artigo sobre o aumento das DSTs entre os adolescentes. Jogo na lixeira. Será que meus pais sabem que estou fazendo sexo?

Sei que Max dormiu com muitas garotas (muitas *mulheres*) antes de mim. Mas ele fez o teste. Está limpo. Ainda assim, essas mulheres misteriosas me assombram. Imagino Max em cantinhos escuros de bares, em seu apartamento, em camas pela cidade com amantes glamourosas, bêbado e enfeitiçado. Max me assegura que a verdade é bem menos excitante. Quase acredito nele.

Não ajuda em nada que hoje à noite, uma noite em que estou de folga do trabalho, o Anfetamina tenha um show no Honey Pot, um clube burlesco no qual não tenho idade suficiente para entrar. Tento não deixar isso me aborrecer. Sei que o burlesco é uma arte, mas me deixa incomodada. Faz eu me sentir juvenil. Detesto me sentir juvenil.

Porém existem mais coisas que me perturbam esta noite.

É sexta-feira. Será que Cricket voltará para casa neste fim de semana?

As palavras de Lindsey ficaram girando em minha mente durante toda a semana. Como é possível que eu me sinta desse jeito? Estar interessada em Cricket e ainda ficar preocupada com meu relacionamento com Max? Quero que as coisas fiquem bem com meu namorado, mesmo. Deveria ser simples. Não quero mais saber de rolo. Não *quero* estar interessada em Cricket.

Durante o jantar, Andy e Nathan trocam olhares de preocupação por cima do empadão vegetariano.

— Algo errado, Lo? — pergunta Andy finalmente. — Você parece distraída.

Descolo os olhos da janela da cozinha, pela qual mal dá para ver a varanda da família Bell.

— Hein? Sim. Está tudo bem.

Meus pais olham para mim com desconfiança, enquanto Norah entra e se senta à mesa.

— Aquela era a Chrysanthemum Bean, a da voz de pato. Ela virá mais cedo amanhã para eu ler a sorte antes de ela comprar a raspadinha da semana.

Nathan faz uma expressão de desagrado e mói mais pimenta sobre seu empadão. E mói. E mói.

Andy se remexe na cadeira. Ele está sempre reclamando de que Nathan arruína suas refeições ao colocar pimenta demais.

— Cristo. Já deu, não? — diz Norah para seu irmão. — Você está fazendo sua pressão subir. Você está fazendo MINHA pressão subir.

—Tudo bem — diz Andy de modo áspero. Ainda que eu possa ver que isso o está matando.

Não tivemos uma refeição tranquila desde que ela (e seus clientes, dos quais nenhum deveria estar gastando suas limitadas finanças em leituras de folhas de chá ou raspadinhas de loteria) chegou. Viro o rosto para o lado a tempo de surpreender um vulto subindo apressadamente os degraus da casa ao lado. Endireito-me tão rápido na cadeira que todo mundo para de bater boca para ver o que causou a perturbação. Cricket procura nos bolsos a chave de casa. Suas calças estão mais apertadas que de costume. E o momento em que reparo nisso é o mesmo em que sou atropelada pela verdade de meus sentimentos.

Desejo.

Ele encontra as chaves no mesmo instante em que a porta abre. Calliope o deixa entrar. Volto a me afundar na cadeira. Sequer me dei conta de que eu tinha me levantado parcialmente. Andy limpa a garganta.

— Cricket parece bem.

Meu rosto inflama.

— Será que ele tem namorada? — ele pergunta. — Você sabe?

— Não — murmuro.

Nathan ri.

— Lembro de quando vocês dois costumavam se encontrar *por acaso* nos passeios...

Andy lança um olhar rápido para Nathan e ele cala a boca. Norah esboça um sorrisinho malicioso. Então, é verdade: nossa paixão inoportuna era óbvia para todos. Fantástico!

Levanto-me.

— Vou subir. Tenho dever de casa.

— Na sexta à noite? — pergunta Andy, enquanto Nathan diz:

— A louça primeiro.

Levo meus pratos para a pia. Cricket vai jantar com a família ou vai direto para o quarto? Esfrego os pratos com tanta força que me corto com uma faca. Sibilo baixinho.

— Está tudo bem? — perguntam os três ao mesmo tempo.

— Eu me cortei. Nada grave.

— Tome cuidado — aconselha Nathan.

Pais são excelentes em dizer o óbvio. Mas vou mais devagar e termino sem mais incidentes. A lava-louças está trabalhando enquanto subo correndo as escadas e entro impetuosamente no quarto. Deixo meus ombros caírem. A luz do quarto dele está apagada.

Calma, é só o Cricket.

Ocupo-me costurando pregas em meu vestido de Maria Antonieta. Vinte minutos se passam. Trinta, quarenta, cinquenta, sessenta.

O que ele está fazendo?

As luzes do andar de baixo da casa dos Bell estão acesas, então, até onde sei, a família inteira pode estar na frente da TV assistindo a 8 horas de... alguma coisa. Que seja. Não consigo me concentrar e, agora, estou com raiva. Raiva de Cricket por ele não estar aqui e raiva de mim mesma por me importar com isso. Lavo o rosto para tirar a maquiagem, tiro as lentes de contato, visto o pijama (tendo o cuidado de fechar as cortinas antes) e caio na cama.

O relógio marca 21h37. A banda de Max ainda nem começou a tocar.

Justamente quando achava que não poderia sentir ainda *mais* perdedora.

Fico me revirando na cama enquanto imagens passam na minha mente: Cricket, Max, dançarinas burlescas sentadas em conchas de ostra. Estou finalmente caindo em um sono inquieto quando ouço um tênue *plink* na minha janela. Meus olhos se abrem no mesmo instante. Será que sonhei?

Plink, ouço novamente o barulho em minha janela.

Dou um salto da cama e puxo as cortinas de lado. Cricket está sentado sobre o peitoril da janela, com os pés balançando do lado de fora. Ele tem algo muito pequeno em uma das mãos, enquanto a outra está pronta para jogar outra coisa. Abro minha janela e mil emoções represadas explodem dentro de mim ao ter a visão completa dele.

Eu gosto de Cricket. Simples assim.

Mais uma vez.

Ele baixa a mão.

— Eu não tinha cascalhos.

Meu coração está preso na garganta. Engulo em seco.

— O que estava jogando? — Aperto os olhos, mas não consigo discernir.

— Ponha os óculos e veja.

Quando volto, ele segura o objeto no alto. Está sorrindo.

Retribuo o sorriso, encabulada.

— O que você está fazendo com uma caixa de palitos de dente?

— Bandejas de cubinhos de queijo — diz ele com uma cara séria. — Por que sua luz estava apagada?

— Estava dormindo.

— Não são nem 22h30. — As pernas param de balançar. — Não quis sair com o namorado?

Não quero falar disso.

— Sabe — aponto para suas pernas —, se você esticá-las, aposto que conseguem tocar minha casa.

Ele tenta. Elas caem uns poucos centímetros antes e eu sorrio de novo.

— Pareciam compridas o bastante.

— Ah, sim. O Cricket e suas pernas monstruosamente compridas. Seu corpo *monstruosamente* comprido.

Eu rio e os olhos dele brilham de volta.

— São nossas casas que precisam ser mais próximas — brinco. — Suas proporções são perfeitas, Cricket.

Ele solta as pernas e me olha atentamente. O momento dura tanto que tenho que desviar o olhar. Cricket também disse uma vez que achava meu corpo perfeito. Ruborizo à lembrança disso e por ter revelado algo involuntariamente. Enfim, ele diz:

— Isso não está funcionando para mim. — Recolhe as pernas e desaparece no quarto.

Estou surpresa.

— Cricket?

Ouço-o mover-se energicamente pelo quarto.

— Cinco minutos. Aproveite para ir ao banheiro ou algo assim.

Não é uma má ideia. Não sei ao certo quanto ele consegue enxergar no escuro, mas um pouquinho de maquiagem não faria mal a ninguém. Estou erguendo o pincel de rímel até os cílios quando me dou conta de que isto... não é nada inteligente. Passar maquiagem. Para alguém que não é meu namorado. Eu me conformo apenas com um *gloss* sabor cereja, mas, tão logo sinto o aroma, estremeço.

Sabor *cereja*. Folhas de chá. Primeiro amor.

Retorno ao quarto, limpando o *gloss* com a mão, quando escuto um estrondo contra a janela. E daí vejo o que ele está prestes a fazer.

— Ai, Deus. Não, Cricket, não faça isso!

— Vai aguentar meu peso. Só segure desse lado aí, OK? Só para garantir.

Agarro com força. Ele tirou uma das prateleiras do *closet*, que é de um tipo de metal grosso revestido de plástico branco, e a está usando como ponte entre nossos quartos.

— Cuidado! — Grito bem alto e a ponte sacode.

Mas ele sorri.

— Está tudo bem. Segurei.

E ele consegue. Cricket atravessa rápido, vindo parar exatamente onde estou segurando. Seu rosto está contra o meu.

— Já pode soltar agora — ele sussurra.

Sinto as mãos latejarem por ter segurado tão forte. Dou um passo para trás, abrindo espaço para ele entrar. Ele desce bruscamente e suas pernas roçam nas minhas. Meu corpo se sacode. É a primeira vez que nos tocamos em anos. Ele é tão alto que seu coração bate contra meu rosto.

Seu coração.

Vacilo para trás.

— O que você estava pensando? — falo para ele, sentindo todos os tipos de ansiedade. — Poderia ter caído e quebrado o pescoço.

— Achei que seria mais fácil conversar cara a cara. — Mantém o tom de voz baixo.

— A gente poderia ter se encontrado na calçada, saído para tomar um ar.

Ele hesita.

— Devo voltar?

— Não! Digo... não. Já está aqui mesmo.

Uma batida na porta nos separa ainda mais com o susto.

— Lola? — diz Nathan. — Ouvi um barulho. Está tudo bem?

Meus olhos se arregalam, em pânico. Meus pais vão me MATAR se virem um garoto do nada em meu quarto. Mesmo sendo Cricket! Empurro-o para baixo, atrás da cama, onde não possa ser visto da porta. Pulo sobre a cama e rezo para que Nathan não questione o som das molas.

— Eu caí da cama — digo de maneira sonolenta. — Estava exausta. Tive um pesadelo.

— Pesadelo? — A porta se abre e Nathan enfia a cabeça para espiar. — Fazia tempo que você não tinha dessas coisas. Quer conversar sobre isso?

— Não, foi... coisa besta. Tinha um bicho-papão me perseguindo. Ou um lobisomem. Sei lá, sabe como os sonhos são. Estou bem agora. — *Vá embora, por favoooor*. Quanto mais meu pai permanece ali, é mais provável que ele veja a ponte.

— Tem certeza de que está bem? Esteve tão distante no jantar, e depois, quando você se cortou...

— Estou bem, pai. Boa noite.

Ele faz uma pausa e depois, resignado, começa a fechar a porta.

— Boa noite. Amo você.

— Eu também amo você.

E ele quase se foi, quando...

— Por que está usando os óculos na cama?

— Eu... eu estou? — Tateio e afago meu rosto. — Ah! Nossa! Devo estar mais cansada do que imaginei.

Nathan franze o cenho.

— Estou preocupado com você, Lo. Não tem sido você mesma ultimamente.

Realmente *não* quero ter esta conversa na frente de Cricket.

— Pai...

— É a Norah? Sei que as coisas não têm sido fáceis desde que ela chegou aqui, mas...

— Estou bem, pai. Boa noite.

— É o Max? Ou o Cricket? Você ficou estranha quando o viu esta noite, e eu não pretendia constrangê-la quando disse...

— *Boa noite, pai.*

Pare de falar, por favor.

Ele suspira.

— Ok, Lolinha. Mas tire os óculos. Não quero que os esmague. — Coloco os óculos na mesa de cabeceira e ele se retira. Cricket espera até os passos atingirem o andar de baixo. A cabeça dele surge repentinamente ao lado da minha e, ainda que eu saiba que ele está ali, isso me faz saltar.

— Meu pai estava falando sobre... — Esforço-me para encontrar uma resposta que não me incrimine. — Vi você chegar em casa na mesma hora que a Norah falava sobre aquela cliente horrível dela. Devo ter feito uma cara péssima.

Eu me odeio.

Ele fica calado.

— Então... e agora? — pergunto.

Cricket se afasta de mim. Senta-se, recostando-se na lateral da cama.

— Se quiser que eu vá embora, eu vou.

Tristeza. Desejo. Uma dor dentro de mim, tão forte que não sei como acreditei que ela já tinha me deixado. Olho sua nuca e é como se o oxigênio tivesse desaparecido de meu quarto. Meu coração transborda de emoções. Estou me afogando.

— Não — sussurro, enfim. — Você acabou de chegar.

Quero tocá-lo novamente. Tenho que tocá-lo novamente. Se não o tocar novamente, morrerei. Estendo a mão para seu cabelo. Ele nem notará. No entanto, no exato instante em que a ponta de meus dedos está prestes a fazer contato, ele se vira.

E ele joga a cabeça para trás quando quase lhe acerto um olho.

— Desculpa! Desculpa! — sussurro.

— O que você está aprontando? — Mas ele sorri enquanto tenta acertar o meu. Agarro seu dedo e então, desse jeito mesmo, eu o retenho. Minha mão está fechada em volta de seu dedo indicador. E ele começa a dar toda a atenção a meu Band-Aid multicolorido.

— Foi aí que se cortou?

— Não foi nada. — Solto-o, novamente encabulada. — Estava lavando a louça.

Ele me observa entrelaçar as mãos.

— Unhas da hora! — ele diz finalmente.

São pretas com uma listra rosa no centro. E então... eu sei como posso tocá-lo.

— Ei! Deixe-me pintar as suas. — Já estou buscando meu esmalte azul-escuro favorito. De algum modo, sei que ele não vai se opor.

Levo o esmalte até o chão, onde Cricket ainda está recostado na cama. Endireita-se.

— Vai doer? — ele pergunta.

— Demais — chacoalho o vidrinho. — Mas tente gritar baixo, não quero que o Nathan volte.

Cricket sorri enquanto alcanço meu livro de química.

— Coloque isto no colo, vou precisar de uma superfície estável. Agora, coloque as mãos sobre o livro. — Estamos próximos um do outro, mais próximos do que estivemos enquanto trabalhávamos em meu vestido. — Vou pegar sua mão esquerda agora.

— OK. — Ele engole em seco.

Cricket ergue um pouco a mão. Esta noite, há uma estrela desenhada no dorso. Fico me perguntando o que ela significa, enquanto deslizo minha mão por baixo de seus dedos. A mão dele se contrai violentamente.

— Não pode mexer — aviso. Mas estou sorrindo. *Contato.*

À luz da Lua, pinto suas unhas de azul Opening Night. Nossas mãos relaxam à medida que me concentro no trabalho. Pinceladas lentas, cuidadosas. Não conversamos. Minha pele e a pele dele. Somente um livro entre minha mão e seu colo. Sinto que ele me observa o tempo todo (não minhas mãos, mas meu rosto) e seu olhar fixo queima como um sol africano.

Ao terminar, ergo os olhos para dar com os seus. Ele retribui o olhar. A Lua se move no céu. Os raios deitam seu brilho nos cílios de Cricket e me ocorre mais uma vez que estou sozinha, no escuro, com um garoto que uma vez partiu meu coração. Que me beijaria, se eu não tivesse namorado. Que eu beijaria, se eu não tivesse namorado.

Que eu quero beijar mesmo assim.

Mordo o lábio inferior. Ele está hipnotizado. Inclino-me para a frente, fazendo as curvas de meu corpo penetrarem a sombra esguia das suas. O ar entre nós é quente, dolorosamente quente. Ele resvala os olhos em minha blusa. Está muito, muito próxima de sua linha de visão.

Entreabro os lábios.

E então ele se levanta cambaleante.

— Eu quero — resmunga ele. — Você sabe que eu quero.

Ele testa a ponte para ver se está firme e salta em cima dela. Cricket Bell não olha para trás, por isso não vê as lágrimas que escorrem pelo meu rosto. A única coisa que ele deixa para trás é uma mancha de esmalte azul na moldura da janela.

Capítulo 24

— Looo-laaaa. Linda Lola.

Os olhos de Franko estão vermelhos e dilatados. Como sempre.

Vasculho as gavetas da bilheteria, atirando ao chão canetas secas e manuais de instrução empoeirados.

— Você viu os cartuchos de tinta para os bilhetes?

— Não, mas você viu a pipoca hoje? Está tão... aerodinamicamente inclinada. Acho que posso ter comido algumas. Estou com grão nos dentes?

— Não — respondo rispidamente.

— Acho que estou com grão nos dentes. Tipo, bem entre os dentes da frente. — Ele se levanta e sua língua explora a própria boca em uma forma asquerosa de autobeijo francês. — As filas estão lindas esta noite.

— Claro. As filas.

— Quer dizer, eu não furaria uma, mas, se fizesse isso, eu diria... *que fila linda.*

Sério, se ele não calar logo a boca, vou estrangulá-lo. Minha paciência está em constante baixa. Aceno com os braços para St. Clair, que esta noite está rasgando bilhetes. Não há ninguém por perto, por isso ele se dirige até nós.

— Pelo amor de Deus, vocês dois precisam trocar de trabalho — imploro.

— Você está lindo, St. Clair — diz Franko.

— Todo mundo é lindo quando você está chapado. — Ele se senta na cadeira de Franko. — Vaza!

Franko sai, desajeitadamente.

— Obrigada — digo. — Simplesmente... não posso lidar com isso agora.

Ele encolhe os ombros.

— Agora ou durante todo o mês de novembro?

— Nem começa! — alerto.

No entanto é verdade. Desde minha completa e total humilhação diante de Cricket há duas semanas (e seu subsequente desaparecimento de minha vida), tenho andado extremamente intragável. Estou magoada e com raiva. Não, estou furiosa, pois a porcaria da culpa é minha. Eu me joguei em cima dele. O que será que ele deve pensar de mim agora? Obviamente, não muita coisa. Liguei duas vezes para ele e enviei três mensagens pedindo desculpas, mas ele ignorou tudo.

Já deu para o Senhor Bonzinho.

— Senhor Bonzinho? — pergunta St. Clair. — Quem é esse?

Ah, não! Estou pensando alto de novo.

— Sou eu — minto. — O Senhor Bonzinho já era.

Ele suspira e verifica o relógio na parede.

— Fantástico.

— Desculpe. — E quero mesmo dizer isso.

Meus amigos (Lindsey, Anna e St. Clair) têm sido todos muito pacientes comigo. Mais do que eu mereço. Contei a Lindsey o que aconteceu, mas St. Clair, e através dele Anna, devem ter ouvido a versão de Cricket. Não sei ao certo qual.

— Valeu por pegar o lugar do Franko. Valeu mesmo.

Mais uma vez, o gesto europeu com os ombros.

Trabalhamos em silêncio durante a hora seguinte. À medida que os minutos passam, eu me sinto cada vez mais culpada. É hora de mudar de atitude. Pelo menos em relação a meus amigos.

— Então — digo durante o momento de calma antes do próximo cliente —, como foi com a família de Anna? A mãe e o irmão dela vieram visitar vocês no Dia de Ação de Graças?

Ele sorri pela primeira vez desde que entrou na bilheteria.

— Bajulei-os até enjoar e ficaram caidinhos por mim. Foi uma visita excelente.

Sorrio ironicamente e faço um sim com a cabeça com exagerada formalidade.

— Meus parabéns!

— Obrigado — diz ele com igual formalidade. — Eles ficaram com a minha mãe.

— Que... estranho.

— Nem tanto. Minha mãe é legal, é fácil se entender com ela.

Arqueio uma sobrancelha provocadora.

— Então, onde vocês dois ficaram?

— Onde sempre ficamos. — Ele retribui solenemente o olhar. — Em nossos dormitórios *bem* separados.

Eu expiro profundamente.

— E você? — pergunta ele. — Passou o dia de Ação de Graças com o namorado?

— Hã, não. — Eu me enrolo dando uma explicação sobre Norah ser difícil e Max estar ocupado, mas ela soa vazia e forçada. Ficamos em silêncio por um minuto.

— Como você... — Estou me esforçando para encontrar as palavras certas. — Como você e Anna fazem dar certo? Vocês fazem tudo parecer fácil.

— Estar com a Anna é fácil. Ela é a pessoa certa.

A pessoa certa. Isso faz meu coração parar. Achei que Max fosse a pessoa certa, o cara, mas... existe aquele *outro* cara.

O primeiro cara.

— Acredita nisso? — pergunto serenamente. — Em uma pessoa para cada um?

Algo muda nos olhos de St. Clair. Tristeza, talvez.

— Não posso falar por ninguém além de mim — ele diz. — Mas, para mim, sim. Tenho que ficar com a Anna. Só que isso é algo que você tem que descobrir por conta própria. Não posso responder por você, ninguém pode.

— Ah.

— Lola. — Ele vem arrastando a cadeira até mim. — Sei que as coisas estão uma merda neste momento. E, em nome da amizade e da total transparência, revelo que passei por algo similar ano passado. Quando conheci a Anna, eu estava com outra pessoa. E levou um bom tempo até eu encontrar a coragem para fazer o que era preciso, doesse a quem doesse. Mas é preciso fazer.

Engulo em seco.

— E o que é preciso fazer?

— Você tem que ser honesta consigo mesma.

— Lola. Você está... diferente.

Na tarde seguinte, estou na soleira do apartamento de Max, sem peruca nem maquiagem extravagante. Estou usando uma saia discreta e uma blusa simples e meu cabelo natural está solto sobre os ombros.

— Posso entrar? — Estou nervosa.

— Lógico. — Ele se afasta e eu entro.

— O Johnny está?

— Não, estou sozinho. — Max faz uma pausa. — Seus pais sabem que está aqui?

— Eles não precisam saber onde estou *o tempo todo.*

— Certo. — Ele balança a cabeça.

Vou até o sofá, apanho o livro de Noam Chomsky sobre a mesa de café, folheio as páginas e o coloco de volta em seu lugar. Não sei por onde começar. Estou aqui para ter respostas. Estou aqui para descobrir se ele é o cara.

Max fica olhando para mim de um modo esquisito, por uma razão que não é minha presença repentina. Isso me deixa ainda menos à vontade.

— Que foi? Por que está me olhando assim?

— Foi mal. Você... parece uma garotinha hoje.

Sinto um aperto no coração.

— Isso é ruim?

— Não. Você está linda. — Ele me dirige aquele meio sorriso deslumbrante. — Venha cá. — Desaba sobre o sofá surrado e eu vou para seus braços. Sentamo--nos em silêncio. Ele espera que eu fale novamente, sabendo que estou aqui por um motivo. Porém não consigo dar forma às palavras. Pensei que estar aqui seria suficiente. Pensei que eu saberia quando o visse.

Por que é tão difícil enxergar a verdade?

Acaricio sua tatuagem de teias de aranha. Max fecha os olhos. Roço levemente no menino com fantasia de lobo na dobra do cotovelo. Ele solta um gemido e nossos lábios se encontram. Ele me puxa para seu colo. Sou impotente contra a correnteza.

— *Lolita* — sussurra ele.

E meu corpo inteiro congela.

Max não repara. Ele levanta a borda de minha blusa e isso é suficiente para me despertar. Puxo-a de volta para baixo. Ele se assusta.

— Que foi? Qual é o problema?

Mal consigo manter a voz firme.

— Qual deles, Max?

— Qual deles o quê? — Ele está extraordinariamente atordoado. — Do que você está falando?

— Por qual Dolores Nolan você está apaixonado? Você está apaixonado por mim, Lola? Ou você está apaixonado pela Lolita?

— E o que é que isso quer dizer?

— Sabe exatamente o que quer dizer. Você me chama de Lolita, mas fica esquisito quando não estou toda arrumada, quando aparento minha idade. Qual delas, afinal? Você gosta da Lola mais velha ou da Lola mais jovem? — O pior pensamento me ocorre. — Ou você só gosta de mim *porque* sou jovem?

Max está furioso. Ele me empurra de seu colo e fica de pé.

— Você realmente quer ter esta conversa? Agora?

— Quando seria uma hora melhor? Quando, Max?

Ele pega com violência o isqueiro da mesa lateral.

— Pensei que a gente tivesse superado o lance da idade. Pensei que isso fosse algo que incomodasse as *outras* pessoas.

— Só quero a verdade. Você me ama? Ou ama a idade que eu tenho?

— Como você pode dizer isso? — Max joga o isqueiro para o outro lado da sala. — Caso tenha se esquecido, vou te lembrar de uma coisa. Foi *você* que ficou na minha cola. Eu não queria isso.

— O que quer dizer com você "não queria isso"? Você não me queria?

— Não foi isso que eu disse! — ele grita. — Ah, eu queria você. Mas caras como eu não devem correr atrás de garotas como você, lembra? Não é disso que estamos falando? Caramba. Não sei o que você quer que eu diga. Parece que qualquer resposta que eu der será a resposta errada.

A verdade me atinge com um cruel soco no estômago. *Qualquer resposta é a resposta errada.*

— Você está certo — sussurro.

— Estou certo, sim, pô! — Uma pausa. — Espere aí. Certo sobre o quê?

— Não há resposta certa. Não existe. Não tem jeito de isto acabar bem.

Ele crava os olhos em mim. Por alguns instantes, nenhum de nós fala.

— Você não está falando sério — diz ele finalmente.

Forço-me a permanecer de pé.

— Acho que estou.

— Você *acha* que está. — Sua mandíbula se enrijece. — Depois de tudo que passamos com seus pais? Depois do café da manhã aos domingos? Faz ideia do que aguentei para ficar com você?

— Mas é isso! Você não deveria ter que "aguentar" nada...

— Tinha escolha? — Max se aproxima de mim.

— Sim. Não! Eu não sei... — Estou tremendo. — Só estou tentando ser honesta.

— Ah... — Seu nariz está quase tocando o meu. — Está pronta para ser honesta.

Engulo em seco.

— *Honestamente* — diz ele —, não sei quem você é. Cada vez que a vejo, você é alguém diferente. Você é uma mentirosa, uma falsa. Apesar do que você pensa, apesar do que seus pais lhe disseram, não há nada *especial* em você. Você é só uma garotinha com um monte de problemas. É *isso* que eu penso de você.

E então... meu mundo escurece.

— Amor — digo abruptamente. — Pensei que você me amasse.

— Eu também pensei. Obrigado por tornar as coisas tão claras.

Horrorizada, cambaleio para trás. Por um momento desvairado, quero me atirar a seus pés e implorar seu perdão. Prometer ser outra pessoa, prometer ser *uma* pessoa.

Max cruza os braços.

E então... quero magoá-lo.

Volto a me aproximar dele, nariz contra nariz.

— Sabe de uma coisa? — chio de volta. — Eu sou uma mentirosa. Eu gosto do Cricket Bell. Você está certo. Eu estava saindo com ele todo esse tempo! E ele esteve no meu quarto e eu estive no dele. E eu o desejo, Max. Eu o *desejo*.

Ele está tremendo de raiva.

— Saia. Agora.

Agarro minha bolsa e saio.

— Nunca mais quero ver você novamente. — Sua voz é mortalmente baixa. — Você não é nada pra mim. Entendeu?

— Sim — respondo. — Obrigada por tornar as coisas tão claras.

Capítulo 25

Estou zonza. Vendo borrões. Tropeçando. A pé ou de ônibus? A pé ou de ônibus? Vou a pé. Sim, vou a pé para casa. Mas daí eu vejo o ônibus e de algum modo estou dentro dele e estou chorando litros. Um hipster de bigode irônico troca de lugar. Um idoso de boné de beisebol franze o cenho para mim. A mulher com o casaco acolchoado olha como se na verdade quisesse dizer algo. Torço-me toda para não dar na vista e continuo chorando.

E então estou puxando a corda, saindo do ônibus e cambaleando colina acima. Para casa. É como se alguém estivesse agarrando meu estômago, meu peito, meu coração. Como se as minhas entranhas estivessem sendo arrancadas do corpo e costuradas à minha pele para o mundo me ridicularizar.

Como ele pôde? Como ele pôde dizer aquelas coisas?

Como minha vida pôde mudar tão drasticamente, tão depressa? Em um minuto, estávamos bem. No seguinte... ai, Deus. Acabou. Quero rastejar para a cama e desaparecer. Não quero ver ninguém. Não quero pensar nem fazer nada.

Max. Aperto meu peito. Não consigo respirar.

Aguente, Dolores. Você está quase lá.

Estou somente a duas casas da minha quando os vejo. A família Bell. Eles estão envoltos em uma discussão acalorada no centro da pequena entrada da garagem. O senhor Bell — alto e esguio como os gêmeos, mas de cabelo ruivo — está balançando a cabeça e apontando para a rua. A senhora Bell — mais baixa, mas com o mesmo cabelo escuro dos gêmeos — está esfregando os dedos contra as têmporas. Calliope está de costas, com as mãos nos quadris. E Cricket... Ele está olhando diretamente para mim. Parece abalado, sem dúvida tanto por minha aparição repentina quanto pelo estado em que me encontro. O restante de seu corpo se vira para ficar de frente para mim, revelando mais uma surpresa.

Ele segura um bebê no colo.

Escondo o rosto com uma cortina de cabelos e subo correndo as escadas até minha casa. Os Bell pararam de falar. Estão me observando e escutando meus soluços abafados. Espio enquanto abro a porta. Alexander também está lá. O irmão mais velho dos gêmeos. Eu não o vi porque ele está atrás de Cricket e é vários centímetros mais baixo.

O bebê. Certo. A filha de Aleck, Abigail.

Max. Seu nome me açoita novamente como um chicote e, esquecendo os Bell, abro violentamente a porta e corro para o quarto. Nathan escuta os meus passos e vai atrás de mim.

— O que é isso, Lola? O que está havendo, o que aconteceu?

Tranco a porta e me jogo contra ela. Desmorono. Nathan está batendo e gritando perguntas e logo Andy e Norah se juntam a ele. O rabo de Betsy bate rapidamente contra a parede.

— Eu e Max terminamos, tá? Me deixem em paz!

A última palavra sai entrecortada quando se forma um nó em minha garganta, bloqueando-a. Escuto um murmúrio agitado do lado de lá. Parece que Norah está puxando meus pais e escuto as coleirinhas tilintantes de Betsy seguindo-os escadas abaixo.

Silêncio no corredor.

Estou em paz agora, sozinha. Realmente *sozinha*.

Atiro-me na cama de sapato e tudo. Como Max pôde ser tão cruel? Como pude dar o troco com a mesma crueldade? Ele está certo. Sou uma mentirosa, uma falsa e... não sou especial. *Não há nada especial em mim*. Sou uma garotinha estúpida chorando na cama. Por que minha vida fica andando em círculos, voltando sempre a este momento? Depois de Cricket, há dois anos. Depois de Norah, quase há dois meses. E, agora, depois de Max. Serei sempre a garotinha chorando na cama.

Esse pensamento ainda me faz chorar.

— Lola?... — Não sei ao certo quanto tempo se passou quando ouço uma voz fraca do lado de fora da janela. — Lola. — Mais alta. Ele tenta pela terceira vez, um minuto depois, mas não me levanto. Que conveniente Cricket resolver aparecer justamente *agora*, quando faz duas semanas que não o vejo. Quando nem retornou minhas ligações. Quando minha alma está mais triste que a própria tristeza, mais negra que a própria escuridão.

Sou uma pessoa má.

Não, Max é uma pessoa má. Ele é difícil, arrogante e ciumento.

No entanto eu sou pior. Sou uma criança que brinca de se emperiquitar e nem mesmo consegue se reconhecer sob o próprio disfarce.

Capítulo 26

Meu lado racional sabe que preciso de um tipo de catarse. Mas não quero mais chorar. Estou vazia. Estou seca. E não consigo me mover.

Não que eu quisesse.

Pois disso se trata a depressão: quando a sinto intensamente, não quero deixá-la ir. Torna-se uma consolação. Quero me ocultar sob seu peso intenso e aspirá-la para dentro dos pulmões. Quero alimentá-la, criá-la, cultivá-la. Ela é minha. Quero morrer com ela, adormecer envolta em seus braços e não acordar por um longo, longo tempo.

Tenho passado muito tempo na cama esta semana.

Quando você está dormindo, ninguém lhe pede para fazer nada. Ninguém espera nada de você. E você não tem que encarar nenhum de seus problemas. Assim, tenho me arrastado para a escola, tenho me arrastado para o trabalho. E tenho dormido.

Max se foi. E não se foi simplesmente como em "ele não é mais meu namorado", mas no sentido de que partiu *mesmo*. Pedi para Lindsey buscar um livro que eu deixara com ele e seu companheiro de apartamento disse que ele deixou a cidade na terça-feira. Johnny não disse para onde Max foi.

Ele finalmente fugiu. Sem mim.

Queria que não doesse pensar nele. E não estou chateada porque queria ficar com ele, não estou mesmo, mas ele foi muito importante para mim durante tanto tempo. Ele era meu futuro. E agora ele não é nada. Ele foi o primeiro, o que significa que nunca serei capaz de esquecê-lo; já eu desaparecerei de sua memória. E breve, serei apenas mais uma na sua lista.

Não sabia se era possível odiar uma pessoa e ao mesmo tempo sofrer por ela. Pensava que eu e Max ficaríamos juntos para sempre. Ninguém acreditava em mim. Pretendíamos provar que estavam enganados, mas nós é que estávamos. Ou talvez eu fosse a única que estava enganada. Será que Max pensava que seria para sempre?

Qualquer que seja a resposta, a pergunta é dolorosa demais para ser considerada.

Meus pais estão preocupados, mas têm me deixado em paz para que eu possa me curar. Como se fosse possível curar-se de um coração partido.

É cerca de meia-noite (nem bem sexta-feira, nem bem sábado) e a Lua está cheia novamente. Tradicionalmente, os camponeses chamavam a Lua cheia de dezembro de Lua Fria ou Lua das Longas Noites. Ambos os nomes parecem apropriados para esta noite. Abri a janela para absorver melhor sua frieza e longevidade, para me deixar nutrir delas, porém foi um erro estúpido. Estou congelando. E tive outro longo expediente no cinema. E estou exausta. E não consigo encontrar energia para fechar a janela.

Entretanto não consigo dormir.

A seda de meu vestido de Maria Antonieta, drapejada sobre a mesa de costura, cintila com um brilho azul-claro ao luar. Está tão próximo da finalização. O baile de inverno ainda é daqui um mês e meio, havia tempo de sobra.

Isso não importa mais. Eu não vou.

Nem me importo por não ter um par. É a ideia de aparecer em algo tão ridículo, isso é que dói. Max estava certo. O baile é estúpido. Meus colegas de classe não se impressionariam com meu vestido; seriam implacáveis. Não sei há quanto tempo estou olhando para as pregas do vestido quando uma luz amarela se acende do lado de fora da minha janela.

— Lola? — Um chamado durante a noite.

Fecho os olhos. Não consigo falar.

— Sei que está no quarto. Estou indo aí, tá?

Endureço-me quando escuto o barulho metálico que sua ponte estreita faz ao bater na janela. Ele me chamou mais uma vez na semana passada, mas fingi não ouvir. Escuto o rangido de seu peso contra a ponte e, um instante depois, ele desce silenciosamente no chão do quarto.

— Lola? — Cricket está de joelhos ao lado da cama. Eu sinto. — Estou aqui — ele sussurra. — Você pode ou não falar comigo, mas eu estou aqui.

Fecho os olhos com mais força.

— O St. Clair me contou o que aconteceu. Com o Max. — Cricket espera que eu diga alguma coisa. Ao ver que não digo nada, ele continua: — Sinto... sinto muito por não ter retornado as ligações. Eu estava com raiva. Contei para a Cal sobre aquela noite aqui no quarto e ela ficou furiosa. Ela disse que tinha avisado você para ficar longe de mim e a gente acabou tendo uma briga feia. Fiquei com raiva dela por dizer coisas nas minhas costas e com raiva de você por não me contar. Tipo... você achou que eu não conseguiria lidar com isso.

Encolho-me e abraço os joelhos. Por que não contei a ele? Porque não queria que ele soubesse que as acusações da irmã eram verdadeiras? Porque eu tinha medo de que ele desse mais ouvidos a ela? Sou uma idiota. Tenho tanto medo de Calliope quanto ela tem de mim.

— Só que... isso já passou. — Escuto ele se remexer sobre os joelhos, agitado. — O que estava tentando dizer... aonde eu estava tentando chegar... é que andei pensando muito sobre tudo e na verdade não estou com raiva de você de jeito nenhum. Estou com raiva de mim mesmo. Sou eu quem fica entrando pela sua janela. Sou eu quem não consegue ficar longe. Toda essa confusão é culpa minha.

— Cricket. Isso *não* é culpa sua. — As palavras saem roucas.

Ele fica em silêncio. Abro os olhos e ele está me observando. Observo-o também.

— A Lua está brilhante esta noite — ele comenta, por fim.

— Mas está fria. — As lágrimas me reencontraram. Elas rolam.

Cricket estende a mão e toca de leve meu pescoço. Vai subindo, segue pela mandíbula e então chega ao rosto. Fecho os olhos à insuportável sensação de seu polegar secando-me as lágrimas. Acaricia com delicada pressão. Viro a cabeça e ela se deita na mão dele. Cricket retém o peso por vários minutos.

— Desculpe não ter contado que falei com Calliope — sussurro.

Ele se afasta, cuidadosamente, e eu reparo em outra estrela desenhada no dorso de sua mão.

— Só estou chateado por ela ter falado primeiro com você. Não era da conta dela.

— Ela só estava preocupada com você. — À medida que as palavras saem, eu me dou conta de que acredito nelas. — E ela tinha toda a razão de estar preocupada. Não sou exatamente uma pessoa boa.

— Isso não é verdade — ele contesta. — Por que diz isso?

— Fui uma namorada terrível para o Max.

Há uma longa pausa.

— Você o amava? — pergunta ele calmamente.

Engulo em seco.

— Sim.

Cricket se mostra triste.

— E ainda o ama? — pergunta. Mas, antes que eu possa responder, ele diz em um só sopro: — Esqueça, não quero saber. — E de repente Cricket está na minha cama, e seu torso está achatado contra o meu, e sua pelve pressiona a minha, e seus lábios se movem em direção aos meus.

Meus sentidos estão explodindo. Desejei-o durante tanto tempo...

E preciso esperar um pouco mais.

Deslizo minha mão por entre nossas bocas, no exato instante em que se tocariam. Seus lábios são macios contra a palma de minha mão. Retiro-a lentamente.

— Não, eu não amo mais o Max. Mas não quero entregar para você esta versão despedaçada e vazia de mim. Quero que me tenha quando eu estiver recomposta, quando eu puder lhe dar algo em troca. Não tenho muito a oferecer neste momento.

Os membros de Cricket estão inertes, porém seu peito pulsa forte contra o meu.

— Mas você vai me querer algum dia? Aquele sentimento que você teve por mim um dia... ele não sumiu também?

Nosso coração bate no mesmo ritmo frenético, tocando a mesma canção.

— Nunca sumiu — respondo.

Cricket permanece comigo noite afora. E, ainda que não conversemos mais, nem façamos nada *mais*, é disso que eu preciso. A presença tranquilizadora de um corpo em que confio. E, quando caímos no sono, dormimos pesado.

Aliás, dormimos tão pesado que não vemos o Sol nascer.

Não escutamos a cafeteira no andar de baixo.

E não escutamos Nathan até ele estar nos observando.

Capítulo 27

Nathan agarra Cricket pelos ombros e o atira para fora da cama. Cricket arrasta-se para um canto, enquanto tateio à procura dos óculos. Sinto a pele em chamas.

— Mas o que está havendo aqui? Ele entrou aqui enquanto... — Nathan se detém. Ele viu a ponte. Anda a passos duros na direção de Cricket, que se encolhe tanto que quase fica da altura de Nathan.

— Então, você anda se metendo no quarto da minha filha há quanto tempo? Dias? Semanas? *Meses*?

Cricket está tão envergonhado que mal consegue falar.

— Não. Ah, Deus... Não, senhor. Sinto muito.

Andy entra correndo no quarto, despenteado e frenético.

— O que está acontecendo? — Ele vê Cricket encolhendo-se diante de Nathan. — Ah!

— Faça alguma coisa! — apelo a Andy. — Ele vai matá-lo!

Uma feição homicida se molda no rosto de Andy e eu me recordo do que Max disse tempos atrás, sobre como era pior ter que lidar com *dois* pais superprotetores. No entanto a feição desaparece e ele tenta se aproximar de Nathan.

— Querido, eu também quero matar o Cricket. Mas vamos falar primeiro com a Lola.

Nathan permanece aterradoramente calado. Ele está tão furioso que a boca mal se mexe.

— Você! Fora!

Cricket se precipita em direção à janela. Os olhos de Andy se arregalam ao ver a ponte, mas tudo o que ele diz é:

— Pela porta da frente, Cricket. Saia pela porta da *frente*.

Cricket levanta ambas as mãos e, à luz do dia, é a primeira vez que vejo que ainda há lascas dispersas de tinta azul em suas unhas.

— Só quero que saibam que não fizemos nada além de conversar e dormir... *dormir* mesmo — acrescenta rapidamente. — Tipo, de olhos fechados, mãos quietas e sonhando. Sonhos *inocentes*. Nunca faria nada pelas costas de vocês. Digo, nunca nada que fosse sacana. Digo...

— Cricket! — eu imploro.

Ele olha para mim com ar infeliz.

— Sinto muito. — E desce rapidamente as escadas e sai pela porta da frente. Nathan sai tempestuosamente de meu quarto e a porta do quarto principal se fecha com uma batida.

Andy fica em silêncio por um longo tempo. Finalmente, suspira.

— Você pode me explicar por que havia um rapaz na sua cama?

— Não fizemos nada. Você tem que acreditar em mim! Ele veio porque sabia que eu estava triste. Ele só quis ter certeza de que eu estava bem.

— Dolores, é assim que os rapazes se aproveitam das meninas. Ou de outros garotos — acrescenta. — Atacam quando a guarda está baixa, quando a pessoa está se sentindo vulnerável.

O significado implícito me faz chorar.

— Cricket nunca se aproveitaria de mim.

— Ele se infiltrou no seu quarto sabendo muito bem que você está sofrendo por outra pessoa.

— *E a gente não fez nada, só conversou.*

Andy cruza os braços.

— Há quanto tempo isso acontece?

Conto a verdade. Quero que ele acredite em mim para que também acredite na inocência de Cricket.

— Só houve outra vez. Mas ele não passou a noite.

Ele fecha os olhos.

— Foi antes ou depois que você terminou com Max?

Baixo a cabeça.

— Antes.

— E você contou para o Max?

Baixo mais a cabeça.

— Não.

— E você não se perguntou se tinha algo de errado nisso?

Estou chorando.

— Somos amigos, pai.

Andy se mostra pesaroso enquanto se senta na beirada da cama.

— Lola. Todo mundo está careca de saber que aquele garoto é apaixonado por você. *Você* sabe que aquele garoto é apaixonado por você. Mas, por mais errado que tenha sido ele que entrou aqui, muito pior é você ter brincado com os sentimentos dele. Você tinha um namorado. O que você estava pensando? Não se trata alguém assim. Você não deveria ter tratado nenhum dos dois desse jeito.

Não sabia que era possível me sentir ainda pior do que eu já me sentia.

— Escute. — Pela expressão de Andy, ele preferia comer vidro a dizer o que está prestes a dizer. — Sei que você está crescendo. E, por mais difícil que seja, tenho que aceitar que você está fazendo certas... *coisas*. Mas você é uma jovem inteligente, nós já tivemos aquela conversinha e eu sei que, daqui para a frente, você tomará as decisões certas.

Ai, meu Deus. Não consigo olhar para ele.

— Porém você tem que entender que essa parte é difícil pra nós, especialmente para o Nathan. A Norah tinha sua idade quando fugiu e engravidou. Mas você pode falar comigo. Eu *quero* que você fale comigo.

— Tá... — mal consigo dizer a palavra.

— E eu *não* quero encontrar um rapaz no seu quarto de novo, ouviu? — Ele espera até eu fazer que sim com a cabeça para se levantar. — Muito bem. Vou falar com o Nathan e ver o que posso fazer. Mas nem por um segundo pense que você vai sair desta numa boa.

— Eu sei.

Ele caminha até a porta.

— Nunca. Mais. Entendeu?

— E... e quando eu estiver casada?

— Compramos uma cama portátil. Seu marido pode dormir nela quando vier visitá-la.

Não consigo evitar. Solto uma risadinha pelo nariz. Ele volta e me abraça.

— Não estou brincando — avisa.

A punição chega na parte da tarde. Estou de castigo até o fim das próximas férias de inverno. Mais um mês. Mas, honestamente, nem ligo. É a outra metade da punição — a metade implícita — que me deixa péssima.

Meus pais não confiam mais em mim. Tenho que reconquistar a confiança deles.

Durante todo o dia, tento avistar Cricket pela janela, contudo ele nunca entra no quarto. Por volta das 15 horas, vejo seu vulto passar repentinamente pela janela da cozinha, por isso sei que ainda está em casa. Por que ele está me evitando? Está constrangido? Está com raiva? Será que meus pais ligaram para os pais dele? Vou morrer se eles tiverem ligado para o senhor e a senhora Bell, mas não posso perguntar, pois, se não tiverem feito isso, posso lhes dar a ideia.

Estou uma pilha de nervos quando a luz do quarto de Cricket se acende. Passa um pouco das 20 horas. Atiro de lado a lição de inglês e corro para a janela. Ele já está na dele. Abrimos as janelas ao mesmo tempo e o ar enevoado da noite explode... com uma *choradeira*.

Cricket está segurando novamente a filha de Aleck.

— Sinto muito! — ele grita. — Ela só quer ficar no colo!

— Tudo bem! — grito em seguida.

E daí percebo uma coisa. Bato a janela, fechando-a. Cricket olha assustado, mas eu ergo um dedo e sem voz simulo a frase: UM SEGUNDO. Arranco uma folha de meu caderno espiralado e escrevo nela com um pincel atômico púrpura. Seguro a mensagem contra a janela.

MEUS PAIS!!! NOS FALAMOS DEPOIS? SEM BEBÊ NO COLO!!!

Ele parece aliviado. Depois, em pânico ao bater a própria janela. O minuto seguinte é repleto de tensão, enquanto esperamos meus pais irromperem no quarto. Eles não entram. Mas, mesmo com as janelas fechadas, escuto o choro de Abigail. Cricket a embala com pulinhos no colo, implorando que ela pare de chorar, entretanto o rostinho do bebê segue contorcido de sofrimento.

Onde está Aleck? Ou a esposa dele? Não deveriam estar cuidando do bebê?

Calliope irrompe pela porta de Cricket. Ela pega Abigail do colo dele e o berreiro aumenta. Os gêmeos fazem cara de aflição enquanto Calliope a coloca de volta nos braços de Cricket. O bebê se aquieta um pouco, mas continua chorando. Calliope relanceia os olhos em minha direção. Ela congela e eu faço um aceno mole. Ela me lança um olhar ameaçador.

Cricket vê a expressão da irmã e diz algo que a faz se retirar impetuosamente do quarto. A luz do quarto de Calliope se acende segundos depois. Ele se vira novamente para mim, ainda embalando Abigail com pulinhos, quando a senhora Bell entra. Fecho imediatamente as cortinas. O que quer que esteja acontecendo lá, não quero que a mãe dele pense que estou espionando.

Volto a me sentar com a redação de cinco parágrafos que tenho de fazer para a aula de inglês, mas não consigo me concentrar. Vem aquela sensação de culpa familiar e nauseante. Quando vi os Bell à entrada da garagem na semana passada, estavam claramente aflitos com *alguma coisa*. E eu nunca perguntei a Cricket do que se tratava. Ele esteve em minha cama por uma noite inteira e nem mesmo me passou pela cabeça perguntar. E ele está sempre preocupado com o que está acontecendo em minha vida. Sou tão egoísta.

Um novo tipo de verdade me abala: *não sou digna dele*.

A luz de seu quarto se apaga e a súbita escuridão confirma meus medos. Ele é tão bom comigo. Ele é doce, amável e honesto. Cricket Bell tem integridade. E eu não o mereço. Mas... eu o quero mesmo assim.

É possível merecer uma pessoa?

Ele não regressa por quase duas horas. No instante em que volta, eu levanto novamente a janela. Cricket ergue a dele. A exaustão se assentou entre suas sobrancelhas e seus ombros estão caídos. Até uma mecha de cabelo tombou sobre sua testa. *Nunca* tinha visto o cabelo de Cricket cair.

— Desculpe. — Sua voz soa cansada. Ele a mantém baixa, consciente de que a ameaça dos meus pais ainda não passou. — Na noite passada. Nesta manhã, nesta noite. Seus pais não apareceram, né? Sou tão id...

— Pare, por favor. Não tem que se desculpar.

— Eu sei. Nossa regra. — Ele está melancólico.

— Não. Digo, não se desculpe pela noite passada. Ou por esta manhã. Eu queria você aqui.

Ele levanta a cabeça. Mais uma vez, a intensidade de seus olhos faz meu coração falhar.

— E-eu sou a única que deve pedir desculpas — continuo. — Eu sabia que algo estava acontecendo com sua família e não perguntei. Nem me passou pela cabeça.

— Lola. — Sua testa se enruga mais. — Você está passando por um momento difícil. Nunca esperaria uma coisa dessas neste momento. Seria loucura.

Até quando estou errada, ele faz com que eu me sinta certa. *Eu não o mereço.*

Hesito.

Passe a merecê-lo.

— Então... o que está havendo? A menos que não queira contar para mim. Eu entenderia.

Cricket apoia os cotovelos no peitoril da janela e olha para o céu noturno. A estrela em sua mão esquerda desbotou-se após ser lavada, mas ainda está lá. Ele espera tanto para responder que me pergunto se me escutou. A sirene de nevoeiro solta balidos ao longe. A névoa infiltra-se furtivamente em meu quarto, trazendo consigo o aroma de eucaliptos.

— Meu irmão deixou a esposa semana passada. O Aleck pegou a Abby e eles vão ficar aqui até ele pensar no que fazer. Ele não está legal, por isso estamos cuidando dos dois agora.

— Onde está a esposa? Por que o Aleck pegou a bebê?

— Ela ainda está no apartamento deles. Está passando por uma... crise de estilo de vida.

Passo os braços em torno de mim.

— O que isso quer dizer? Ela é lésbica?

— Não. — Cricket descola os olhos do céu para olhar para mim e vejo que ele está incomodado. — Ela é muito mais jovem que o Aleck. Eles se casaram, ela ficou grávida e, agora, está se rebelando contra isso. Contra essa nova vida. Ela fica fora até tarde, em festas. Na semana passada... meu irmão descobriu que ela o tinha traído.

— Sinto muito. — Penso em Max. Em Cricket em meu quarto. — Isso é horrível.

Ele encolhe os ombros e desvia o olhar.

— É por isso que eu finalmente voltei. Sabe, para ajudar.

— Quer dizer que ainda está brigado com a Calliope?

— Talvez. Eu não sei. — Cricket passa os dedos pelo cabelo escuro e a mecha que tinha caído fica em pé de novo. — Às vezes, ela dificulta tanto as coisas, mais do que tem que ser. Mas acho que estou fazendo o mesmo agora.

Permito-me divagar e minha mente retorna a Max. Ela se enche de fantasias vergonhosas e retraídas.

— Você acha... que a esposa do Aleck fez isso porque se casou jovem demais?

— Não, eles se casaram *enganados* demais. A única pessoa na minha família que achou que isso fosse durar foi o Aleck, mas era nítido que ela não era a pessoa certa.

A pessoa certa. Aí está ela de novo.

— Como você sabia que ela não era a pessoa certa para ele?

Agora, ele está olhando fixamente para as mãos, esfregando-as lentamente uma na outra.

— Eles não tinham aquela... magia natural. Sabe? Não parecia fácil.

Minha voz se amiúda.

— Acha que as coisas têm que ser fáceis? Para funcionar?

A cabeça de Cricket se ergue subitamente, os olhos saltados como para captar o que eu quis dizer.

— NÃO. Digo, sim, mas... às vezes, há... circunstâncias atenuantes. Que impedem as coisas de serem fáceis. Por um tempo. Mas daí as pessoas superam essas... circunstâncias... e...

— Então, você acredita em segunda chance? — Mordo o lábio.

— Segunda, terceira, quarta. O que for preciso. Por mais tempo que leve. Se for a pessoa certa — ele acrescenta.

— Se essa pessoa for... a Lola?

Dessa vez, ele retém meu olhar.

— Só se a outra pessoa for o Cricket.

Capítulo 28

Cricket não é a única coisa que preciso merecer. Tenho que voltar a merecer a confiança de meus pais.

Eu sou uma boa filha, sou mesmo. Tenho muitos defeitos, mas estou em dia com meu dever de casa, cumpro minhas obrigações, raramente dou respostas saidinhas e gosto deles. Sou uma das poucas pessoas de minha idade que, de fato, se importa com o que os pais pensam. Por isso, estou me vestindo como uma pessoa responsável (toda de preto, muito séria), estudei feito louca para as provas finais e estou fazendo tudo o que eles pedem. Até quando é terrível. Tipo levar Heavens to Betsy para um passeio tarde da noite, quando faz 5 graus lá fora, o que, a propósito, fiz todas as noites esta semana.

Quero que meus pais se lembrem de que sou boa para que também se lembrem de que Cricket é bom. Melhor que bom. Ele veio se desculpar formalmente com eles, mas não acho que isso tenha ajudado. Seu nome ainda está banido de casa. Mesmo depois que a senhora Bell contou a Andy o que estava acontecendo com Aleck e meus pais expressaram à família, durante o jantar, sua reprovação, eles pularam o nome de Cricket. Disseram: "Calliope e... grrr".

Pelo menos o senhor e a senhora Bell não sabem o que aconteceu. Meus pais não ligaram para eles. Provavelmente é a Andy que devo agradecer, talvez até mesmo a Norah. Ela tem sido surpreendentemente legal em relação a tudo isso.

— Dê tempo para eles — ela recomenda. — Não apresse as coisas.

Que é algo de que também sei que preciso. Tempo.

A lembrança que tenho de Max ainda é amarga e forte. Não imaginei que fosse possível sofrer tanto pelo rompimento quando foi você quem deu o pé na bunda. E não me restam dúvidas de que fui eu quem dei o pé na bunda. Pelo menos, eu dei primeiro.

E daí ele deu um com mais força.

Sinto-me péssima pelo modo como acabou e por não ter sido honesta com ele enquanto estávamos juntos. Quero pedir desculpas. Talvez eu me livrasse desses sentimentos ruins e fosse capaz de seguir em frente. Quem sabe, com isso, não me sentisse mais atormentada toda vez que minha mente evocasse o nome dele. Deixei várias mensagens em sua caixa de mensagens, porém ele não me ligou de volta. E ele ainda está fora da cidade. Até fui a Amoeba para perguntar a Johnny.

As últimas palavras de Max me assombram. Será que não sou nada para ele? Mas já?

Não estou pronta para Cricket e, de qualquer forma, ele anda ocupado. Com Aleck deprimido demais para dar atenção a Abigail, ela decidiu se apegar a Cricket. Ele está em casa para as férias de inverno (nós dois estamos em férias) e raramente o vejo sem Abby pendurada em seus braços ou enrolada ao redor de suas pernas. Reconheço esse sentimento, essa *necessidade*, dentro dela. Gostaria de que houvesse alguém a quem eu pudesse me agarrar.

Lindsey ajuda. Ela liga todos os dias e conversamos sobre... não sobre Max. Não sobre Cricket. E não foi sem culpa que ela anunciou que vai participar do baile de inverno. Ela convidou Charlie e, claro, ele disse sim. Estou feliz por ela.

Uma pessoa pode ficar triste e feliz ao mesmo tempo.

Transferi o vestido de Maria Antonieta, a peruca e as anquinhas para o escritório de Nathan, também conhecido como quarto de Norah. Não gosto de olhar para eles. Talvez eu termine o vestido mais tarde, para o Halloween do ano que vem. Lindsey pode usá-lo. Mas insisto em não ir ao baile e ao menos sei que *essa* é a decisão certa. As últimas semanas de aula foram deprimentes.

— Quem morreu para você virar gótica? — zombou Marta, empinando o nariz para o meu conjunto todo preto. Ela e seus amigos, a panelinha mais badalada do Harvey Milk Memorial, se juntaram, e logo todo mundo estava me acusando de ser gótica, o que teria sido excelente, ainda que não fosse verdade. Não fosse pelos góticos verdadeiros me acusarem de ser uma impostora.

— Não sou gótica. E não estou de luto — insisti.

Pelo menos, meu novo visual me ajuda a me misturar no bairro. No inverno, a Castro se transforma em um mar de roupas pretas da última moda. O preto me ajuda a desaparecer e eu não quero ser vista neste momento. É fantástico como as roupas afetam a forma como as pessoas veem (ou não veem) você. Outro dia, eu esperava o ônibus ao lado de Malcolm, do Hot Cookie. Ele já me serviu dezenas de cookies M&M coloridos e estamos sempre debatendo os méritos de Lady Gaga *versus* Madonna, mas ele não me reconheceu.

É estranho. Eu, a *verdadeira* eu, sou uma desconhecida.

As poucas pessoas que me reconhecem sempre perguntam se estou me sentindo bem. E não que me sinta ótima, mas por que todo mundo presume que haja algo de errado comigo porque não estou usando um figurino? O caixa de nosso banco chegou ao ponto de mencionar a Nathan sua preocupação. Meu pai chegou em casa todo aflito e tive que lhe assegurar, repetidas vezes, que eu estou bem.

Eu estou bem.

Eu não estou bem.

O que eu sou?

Os pisca-piscas de Natal e as menorás tremeluzentes nas janelas das casas, da loja de materiais de construção, dos bares e discotecas e dos restaurantes... parecem falsos. Forçados. E eu fico estranhamente incomodada com o homem vestido de Mamãe Noel sexy distribuindo doces na frente do Walgreens e recolhendo dinheiro para caridade.

Passo as férias trabalhando no cinema, pegando turnos extras para preencher meu tempo livre e observando Cricket. Durante todo o dia, geralmente consigo vê-lo por uma das janelas dos Bell, brincando com Abigail. Abby tem cabelo ruivo como o pai e o avô, mas existe algo doce e puro em seu sorriso que me faz lembrar do tio. Ele a agasalha toda e a leva para passear todos os dias.

Às vezes, apanho um casaco e corro atrás deles. Tenho ido com os dois ao parque para ela brincar nos balancinhos, à biblioteca para ela folhear livros com gravuras e ao Spike's para um cafezinho expresso (Cricket e eu) e um homenzinho de gengibre orgânico (Abby). Tento ser útil. Quero conquistá-lo, merecê-lo. Ele sempre desata um sorriso quando me vê, no entanto é impossível escapar do exame silencioso a seguir. Como se ele se perguntasse se *agora* eu estou bem. Se hoje é o dia. E posso dizer pela expressão dele, sempre um pouco confusa e triste, que ele sabe que não.

Queria que ele não olhasse para mim desse jeito. Tornei-me sua equação difícil.

De noite, depois de Abby ter ido para cama, vejo-o mexendo em algumas coisas no quarto. Não posso dizer exatamente o que ele faz, deve ser algo pequeno, mas os sinais intrigantes de miudezas mecânicas, incluindo objetos abertos e desmontados, permanecem espalhados sobre a escrivaninha. *Isso* vem me fazendo feliz.

O Natal passa como o Dia de Ação de Graças, sem grande agitação. Vou para o trabalho — os cinemas estão sempre lotados no dia de Natal — e tanto Anna quanto St. Clair estão lá. Eles tentam me animar jogando esse jogo em que se ganha um ponto a cada vez que alguém reclama do valor do ingresso ou berra conosco porque uma sessão está esgotada. Quem tiver mais pontos ao fim do dia ganha o pacote fechado de balas de goma de lichia que St. Clair encontrou na sala 12. Não é lá um grande prêmio. Porém ajuda.

Os gerentes compraram gorros natalinos para todo mundo usar. O meu é o único rosa-choque. Agradeço a lembrança, mas me sinto ridícula.

Recebo a maioria dos berros. São minhas as gomas de lichia.

Dia de Ano-Novo. Está frio, mas o Sol brilha, por isso levo Betsy para o Parque Dolores. Ela fareja lugares na encosta para deixar sua marca quando ouço um pequeno "O-lá!".

É Abby. Estou lisonjeada por ela ter dito meu nome. Com 1 ano e meio de idade, seu vocabulário não é imenso. Vinda do parquinho, ela dispara em minha direção. Está vestida com um *tutu* roxo minúsculo. Cricket corre atrás dela, mãos nos bolsos, sorrindo.

Coloco-me de joelhos para abraçar Abby e ela desaba em meus braços, do jeito que as criancinhas costumam fazer.

— Oi, você! — digo. Ela olha em direção à presilha de *strass* turquesa que tenho no cabelo. Tinha me esquecido de tirá-la. Norah (Norah, entre todo mundo) colocou isso em mim durante o café da manhã.

— É Ano-Novo — Norah disse. — Brilhos não vão matá-la hoje.

Cricket arranca Abby antes de ela conseguir puxar a presilha.

— OK, OK, Abigail Bell, já *chega*. — Mas ele está sorrindo para ela. Ela sorri de volta.

— Você fez uma nova melhor amiga — comento.

Sua expressão é pesarosa.

— Crianças têm um gosto questionável.

Eu rio. Pelo que me lembro, é a primeira vez que rio esta semana.

— Pelo menos ela tem um bom gosto para acessórios de cabelo — ele continua. Betsy rola sobre o estômago e Cricket coça a barriga dela. Seus braceletes coloridos e pulseiras de plástico se agitam contra o pelo escuro de Betsy. O dorso de sua mão esquerda inteira, incluindo os dedos, está abarrotado de símbolos e cálculos matemáticos. Hesitante, Abby se inclina para acariciar minha cachorra. — É bom vê-la usando algo brilhante novamente — ele acrescenta.

Paro de rir e minhas bochechas ficam vermelhas.

— Ah! É besta, eu sei. É Ano-Novo, então a Norah achou...

Cricket franze o cenho e volta a se levantar. Sua sombra se estende, alta e esguia, para o infinito atrás dele.

— Eu estava falando sério. É bom ver um pouquinho da antiga Lola em você. — O franzido se transforma em um sorriso gentil. — Isso me dá esperança.

E, não posso explicar, mas estou à beira das lágrimas.

— Mas eu *tenho* sido eu. Tenho me esforçado muito para ser eu. Uma "eu" melhor.

Ele arqueia as sobrancelhas.

— Em que planeta a Lola Nolan não usa... cores?

Aponto para minha roupa.

— Tenho esta na cor branca também, sabe?

A piada não agrada. Ele se esforça para não dizer alguma coisa. Abby topa com a perna dele e a agarra com toda a força. Ele a pega no colo.

— Pode falar — incito. — Seja lá o que for.

Cricket faz um sim com a cabeça, lentamente.

— Está bem. — Ele reúne os pensamentos antes de continuar. Fala com cuidado. — Ser uma boa pessoa, ou uma pessoa melhor, ou seja lá com que você esteja preocupada e tentando consertar... Isso não deveria mudar quem você é. Significa tornar-se *mais* você mesma. Mas... eu não conheço esta Lola.

Meu coração para. Sinto-me fraca. É a mesma coisa que Max costumava dizer.

— O quê? — Cricket fica alarmado. — Quando ele disse isso?

Ruborizo novamente e baixo o olhar para a grama. Gostaria de não falar em voz alta quando estou angustiada.

— Não voltei a ver o Max, se é isso que você quer saber. Mas ele disse... antes... que, por causa dos figurinos que eu usava, ele não sabia quem eu realmente era.

Cricket fecha os olhos. Ele está tremendo. Levo um momento para perceber que ele treme de *raiva*. Abby se contorce em seus braços. Está agitada.

— Lola, lembra quando me disse que eu tinha um dom?

Engulo em seco.

— Sim.

Seus olhos se abrem e miram os meus.

— Você também tem um. E talvez algumas pessoas pensem que vestir um figurino signifique que você está tentando esconder sua verdadeira identidade, mas eu penso que um figurino é mais verdadeiro que uma roupa normal jamais poderia ser. Ele realmente diz algo sobre a pessoa que o veste. Eu conhecia aquela Lola, pois ela expressava suas vontades, desejos e sonhos para toda a cidade ver. Para *eu* ver.

Sinto o coração pulsar nos ouvidos, nos pulmões, na garganta.

— Sinto falta daquela Lola — arremata.

Eu me aproximo um passo. Ele prende a respiração.

E então ele dá um passo em minha direção.

— Ohhhh — diz Abby.

Olhamos para baixo, assustados por ver que ela ainda está no colo, mas apontando para o céu branquíssimo. O famoso bando de papagaios selvagens de São Francisco explode pelo Parque Dolores em uma lufada de penas verdes. O ar está repleto de asas batendo e chilreios violentos. Todo mundo no parque se detém para assistir ao espetáculo. O torvelinho surpreendente desaparece sobre os edifícios tão rápido quanto chegou.

Volto-me para Abby. A explosão inesperada de cor, barulho e beleza em seu mundo deixou-a maravilhada.

Capítulo 29

É a noite do domingo antes do reinício das aulas e meus pais saíram juntos. Passo o tempo em companhia de Norah. Estamos assistindo a uma maratona de programas de decoração para casas, revirando os olhos por diferentes razões. Norah acha que as casas redecoradas parecem burguesas e, portanto, entediantes. Também acho que pareçam entediantes, mas só porque todos os designers parecem estar trabalhando a partir do mesmo manual ultrapassado de decoração moderna.

— É bom vê-la sendo você mesma novamente — ela comenta durante um intervalo comercial.

Estou usando uma peruca azul, um vestido suíço de babados estilo Heidi e as mangas de um suéter dourado reluzente comprado em um brechó. Eu as cortei e as estou usando como polainas douradas reluzentes. Expiro profundamente.

— Sim, sei quanto você gosta do jeito como eu me visto.

Ela mantém os olhos na televisão, no entanto, aquela agudeza familiar de Norah lhe regressa à voz.

— Não é como *eu* me vestiria, mas não significa que não aprecie. Não significa que não goste de você do jeito que você é.

Mantenho os olhos na televisão também, mas sinto um aperto no peito.

— Então — digo minutos depois, enquanto o programa recapitula o que já tínhamos visto. — E o apartamento? O Ronnie já estabeleceu uma data para a mudança?

— Sim. Vou embora lá pelo fim de semana.

— Ah. Isso vai ser... logo.

Ela expira profundo. *Sua respiração lembra a minha.*

— Por mim, eu me mandava hoje. O Nathan tem me sufocado desde o instante em que cheguei.

E aí está a Norah ingrata que eu conheço. De repente, sua partida iminente é bem-vinda. Mas eu só balanço a cabeça e nós assistimos ao restante do episódio em descontente silêncio. Mais um intervalo comercial começa.

— Sabe o segredo da previsão da sorte? — ela pergunta, inesperadamente.

Afundo-me nas almofadas do sofá. Aqui vamos nós.

Norah vira-se para me olhar.

— O segredo é que eu não leio folhas. E quiromantes não leem palmas. E tarólogos não leem cartas. Lemos pessoas. Um bom vidente lê a pessoa que está sentada diante dele. Estudo os sinais nas folhas e os uso para dar uma interpretação do que sei que a pessoa quer ouvir. — Ela se inclina para mais perto. — As pessoas preferem pagar quando ouvem o que querem ouvir.

Encolho-me, segura de que não quero ouvir o que vem na sequência.

— Digamos que uma mulher chegue — ela continua — sem anel de casamento, blusa apertada, decote generoso. Pergunta sobre o futuro. Essa é uma mulher que deseja saber se está prestes a conhecer alguém. E, em geral, se a blusa é apertada o suficiente e com a confiança adquirida a partir de uma sorte promissora, adivinhe? Ela provavelmente conhecerá alguém. Agora, pode não ser a pessoa certa, mas isso ainda significa que sua sorte se realizou.

Franzo mais a testa. Fico olhando para a tela da TV, mas o reflexo dos comerciais dificulta o foco.

— Então... quando você olhou para mim, viu alguém que queria discussões, problemas e despedidas? E você queria que isso se realizasse?

— Não. — Norah se inclina ainda mais. — Com você, foi diferente. Não tenho muitas chances de lhe falar quando você realmente pode escutar o que eu tenho a dizer. Ler suas folhas foi uma oportunidade. Eu não disse o que você queria ouvir. Disse o que você *precisava* ouvir.

Estou confusa e magoada.

— Eu precisava ouvir coisas ruins?

Ela coloca a mão sobre a minha. É ossuda, mas de algum modo quente também. Viro-me para ela e seu olhar é compreensivo.

— Seu relacionamento com o Max estava chegando ao fim — diz ela, usando a voz de vidente. — E eu vi que você tinha alguém muito mais especial esperando logo atrás.

— A cereja. Então, você *sabia* o que eu sentia pelo Cricket já naquele tempo.

Ela retira a mão.

— Meu Deus! Até o carteiro sabia o que você sentia por ele. E ele é um bom rapaz, Lola. Foi burrice sua ser pega com ele na cama. Você sabe que seus pais são rígidos pra caramba quanto a isso... mas eu sei que ele é bom. Eles vão mudar de opinião sobre ele, também. E eu sei que *você* é boa.

Fico calada. Ela acha que sou uma boa pessoa.

— Sabe qual é meu maior arrependimento? — ela pergunta. — Você ter se tornado essa pessoa brilhante, linda e fascinante... e eu não poder levar crédito por nada disso.

Sinto um nó na garganta.

Norah cruza os braços e desvia o olhar.

— Seus pais me enchem o saco, mas são ótimos pais. Sou sortuda por eles serem seus.

— Eles também se importam com você, sabe disso. *Eu* me importo com você.

Ela fica muda, imóvel. Eu arrisco e, pela primeira vez desde o tempo em que era uma garotinha, eu me aconchego nela. Seus ombros rígidos se derretem contra mim.

— Venha nos visitar — digo. — Depois que tiver se mudado.

As luzes dos comerciais piscam.

Piscam.

Piscam.

— Está bem — diz ela.

Mais tarde, estou em meu quarto, na mesma noite, quando o telefone toca. É Lindsey.

— Pensando melhor — começa ela —, talvez eu não devesse contar para você.

— O quê? — O tom incomum de perturbação em sua voz me provoca um calafrio imediato. — Contar o quê?

Ela inspira fundo.

— O Max está de volta.

Empalideço.

— O que quer dizer? Como sabe?

— Acabei de vê-lo. Minha mãe e eu estávamos fazendo compras na Missão e lá estava ele, descendo a Valência.

— Ele viu você? Você falou com ele? Como é que ele estava?

— Não! Não, credo! E ele estava como sempre esteve.

Estou estupefata. Há quanto tempo será que ele voltou? Por que não ligou? A persistência no silêncio me leva a concluir que ele deve mesmo ter dito a verdade: *Não sou mais nada para ele*.

Ultimamente, tenho passado várias horas (certa vez, um dia inteiro) sem pensar nele. Essa é uma nova pontada em minhas feridas, mas de algum modo... o golpe não é tão violento quanto pensei que seria. Talvez eu esteja ficando bem com o fato de estar sem Max.

— Consegue respirar? — pergunta Lindsey. — Está respirando?

— Estou respirando. — E eu estou. Uma ideia se alastra rapidamente dentro de mim. — Olhe, eu tenho que ir. Tem algo que preciso fazer. — Pego um casaco de pele sintética e minha carteira e estou saindo apressada pela porta quando escuto um fraco *plink*.

Eu me detenho.

Plink, ouço novamente na minha janela. *Plink. Plink.*

Meu coração salta. Abro a vidraça e Cricket pousa sua caixa de palitos de dente. Ele está usando um cachecol vermelho e um tipo de jaqueta militar azul. Então, reparo na bolsa de couro pendurada em seu ombro e esse golpe é violento. Suas férias acabaram. Ele vai voltar para Berkeley.

Seus braços se afrouxam.

— Você está incrível.

Ah. Certo. Faz um mês que ele não me vê usando algo que não seja preto. Lanço um sorriso tímido.

— Obrigada.

Cricket aponta para meu casaco.

— Indo a algum lugar?

— Sim, estava de saída.

— Me encontra na calçada primeiro? Seus pais se importariam?

— Eles não estão em casa.

— Beleza. Vejo você em um minuto?

Faço que sim com a cabeça e desço correndo as escadas.

— Volto em uma hora — aviso Norah. — Tem uma coisa que preciso fazer. Esta noite.

Ela coloca a televisão no mudo e arqueia uma sobrancelha em minha direção.

— Essa saída misteriosa tem a ver com um certo cara?

Não sei bem a quem ela se refere, mas... qualquer um dos dois está correto.

— Sim.

Norah me examina por torturantes vários segundos. Mas daí ela tira o mudo da televisão.

— Só volte antes de seus pais chegarem. Não quero ter que explicar.

Cricket aguarda ao pé das escadas. Sua figura esbelta parece requintada sob o luar. Nossos olhares estão fixos um no outro enquanto desço os 21 degraus até a calçada.

— Vou voltar para a faculdade — ele diz.

Faço um gesto com a cabeça em direção à sua bolsa.

— Imaginei isso.

— Só queria dizer tchau. Antes de partir.

— Obrigada. — Balanço a cabeça, confusa. — Digo... fico contente. Não porque você está partindo, claro. Mas porque falou comigo antes de partir.

Ele enfia as mãos nos bolsos.

— É?

— É.

Ficamos em silêncio por um minuto. Uma vez mais, sinto o mais tênue aroma de sabonete e óleo mecânico adocicado e minhas entranhas se revolvem nervosamente.

— Então... vai por onde? — Ele aponta para ambas as direções da calçada. — Para onde você vai?

Aponto para o lado oposto da direção que ele seguirá para tomar o trem.

— Por ali. Tem, há, um assunto inacabado do qual preciso tratar.

Cricket sabe, por minha hesitação, do que estou falando. Receio que ele me diga para não ir (ou, pior, se ofereça para me escoltar), mas ele apenas se detém. E depois diz:

— OK.

Confiança.

— Volta logo para casa? — pergunto.

A pergunta o faz sorrir.

— Promete que não vai se esquecer de mim na minha ausência?

Sorrio de volta.

— Prometo.

E, à medida que me afasto, eu me dou conta de que não faço ideia de como vou conseguir *parar* de pensar nele.

O temor não me atinge até eu chegar ao apartamento e ver as paredes de estuque marrom e as moitas de oleandro rosa às quais eu estava tão habituada. Levanto os olhos para o apartamento de Max. A luz está acesa e há movimento atrás das cortinas. A dúvida se insinua como uma névoa venenosa. Foi errado ter vindo até aqui? É egoísmo querer pedir desculpa se ele não tem interesse em ouvir?

Subo a escadaria escura que leva à porta da frente. Fico aliviada quando é ele quem abre, e não Johnny, mas meu alívio dura pouco. Os olhos âmbar de Max me fuzilam e o cheiro dos cigarros é forte. Nada de hortelã esta noite.

— E-eu ouvi que você estava de volta.

Max permanece em silêncio.

Determino-me a sustentar seu olhar pétreo.

— Eu só queria dizer que sinto muito. Sinto muito por mentir e sinto muito pelo modo como as coisas acabaram. Não o tratei com honestidade.

Nada.

— Beleza. Bom. Era isso. Tchau, Max.

Estou no primeiro passo para trás quando ele pergunta em voz alta:

— Você dormiu com ele?

Paro.

— Enquanto estávamos juntos — acrescenta.

Viro-me e olho dentro de seus olhos.

— Não. E esta é a verdade. Nós sequer nos beijamos.

— Está dormindo com ele agora?

Ruborizo.

— Meu Deus, Max.

— Está?

— *Não*. E agora estou indo embora. — Mas não me movo. Esta é minha última chance de saber. — Onde esteve no último mês? Eu liguei. Queria falar com você.

— Estava com uma pessoa.

— Onde?

— Santa Mônica. — Há algo no modo como ele diz isso. Como se quisesse que eu perguntasse.

— Uma... garota?

— Uma mulher. E eu *dormi* com ela.

Max bate a porta.

Capítulo 30

Max sempre soube o que dizer — e quando dizer — para machucar do pior modo. Suas palavras doem, mas só leva um momento para eu perceber o porquê. Não é por me importar que ele tenha ficado com outra mulher. É porque não consigo acreditar que cheguei a amá-lo. Via Max de um modo deliberadamente cego. Como posso ter ignorado seu lado vingativo? Como posso ter me comprometido com alguém cuja reação automática sempre foi de ira e crueldade?

Pedi desculpas. Ele reagiu da forma típica dele. Fui a seu apartamento em busca de absolvição e a obtive.

Até nunca mais, Max.

As férias de inverno chegam ao fim e, com elas, também meu castigo. As aulas recomeçam. Fico surpresa quando três de meus colegas de classe — três pessoas que não conheço bem — me abordam no primeiro dia e dizem que estão felizes por verem que estou me vestindo como eu mesma novamente.

Isso faz com que eu me sinta... gratificada. Apreciada.

Até Lindsey está mais confiante e orgulhosa, uma combinação de Charlie e os amigos dele, que se juntaram a nós no almoço, de me ver usando cores novamente. A parte difícil é esperar pelo fim de semana. Sinto falta daquela *possibilidade* de ver Cricket a qualquer momento. O vidro azul-claro de minha janela é entediante sem ele do outro lado.

Sexta-feira sempre foi e sempre será o dia mais longo na escola. Observo o relógio com olhos que mais parecem bolas de pingue-pongue, deixando Lindsey enlouquecida.

— Vai bater — diz ela. — Paciência, Ned. — Mas, quando o último sinal toca, meu celular também toca. Uma mensagem de texto de PELADONA DO TIGRE:

naum vou p casa este fds. projeto inesperado. na primeira semana! q droga.

Meu mundo desmorona. Mas daí aparece uma segunda mensagem:

sinto sua falta.

E daí a terceira:

espero q td bem dizer isso agora.

Meu coração está dando piruetas enquanto respondo à mensagem:

sinto sua falta tb. ainda + neste fds.

!!!!!! = o grilo faz cri cri cricket + o sino faz bell bell bell

Trocamos mensagens de texto durante toda a caminhada até minha casa e estou flutuando como uma nuvem fofa cor-de-rosa. Paro de segurá-lo para que ele possa trabalhar e ele protesta por várias mensagens, o que me deixa ainda mais feliz. Durante toda a noite, meu celular pisca com novas mensagens sobre os amigos detestáveis de Dustin, seu companheiro de quarto, sobre estar faminto, sobre não ser capaz de ler as próprias anotações. Encho seu celular de mensagens sobre Norah reencaixotando as coisas dela, sobre a torta de tangerina de Andy, sobre eu ter deixado meu livro de matemática acidentalmente dentro de meu armário na escola.

De manhã, meus pais ficam surpresos quando acordo mais cedo e apareço de repente no andar de baixo enquanto ainda tomam café da manhã. Andy examina o calendário.

— Pensei que seu turno não começasse até às quatro horas.

— Queria ir a Berkeley. Só por algumas horas antes do trabalho.

Meus pais se entreolham, indecisos, enquanto Norah, arrastando os pés, entra na sala atrás de mim.

— Ai, pelo amor de Deus! Deixem a menina ir. Ela vai de qualquer jeito.

Eles me dão permissão. Com a condição de ligar de hora em hora para dar sinal de vida, o que aceito de bom grado. Estou saltitando porta fora quando uma decisão de última hora me faz voltar para pegar algo minúsculo que guardo escondido na gaveta de meias. Coloco-o dentro da bolsa.

Dou uma passada no New Seoul Garden e Lindsey embrulha um saco de quentinhas, o que faz o vagão todo (de ambos os trens que pego para chegar a Berkeley) ficar cheirando a comida. Opa! Desta vez, decido ser corajosa e ligar para ele ao alcançar os portões do alojamento, mas uma pessoa está saindo quando eu chego e isso acaba não sendo necessário. Também passo fácil pelo pátio ajardinado e pelas outras portas.

Então, estou diante da porta *dele*.

Ergo a mão para bater na porta quando ouço uma garota rindo do outro lado. Meus dedos pousam trêmulos na madeira. Será que é Jéssica? De novo?

A porta se abre bruscamente e... é Anna.

— Ei, vaqueira espacial! — Ela já captou o vestido de franjas prateadas e minhas botas vermelhas de caubói. Por um segundo atemorizante, sou consumida pela suspeita, mas a porta se abre mais e revela St. Clair. Claro. Ele e Cricket estão sentados na cama. E daí Cricket Bell me vê e a atmosfera *se ilumina*.

Minha alma se ilumina em resposta.

— Oi! — Ele se levanta em um pulo. — Oi — diz novamente.

— Fiquei preocupada que você não tivesse tempo de almoçar hoje. — Levanto a quentinha no mesmo instante em que reparo nas caixinhas vazias de comida chinesa espalhadas pelo chão. — Ah...

Anna abre um sorriso, mostrando seus dentes da frente separados.

— Não se preocupe. Ele vai comer o que você trouxe também.

— O estômago dele é bem alto — comenta St. Clair.

— E o seu é tão pequenino — provoca Anna. Do lugar onde está no chão, ele dá um empurrão nas pernas dela e Anna devolve com outro. São como cachorrinhos brincando.

Com os dois braços, Cricket gesticula para eu entrar.

— Entre, sente aqui.

Olho ao redor. Todo o espaço está tomado.

— Hã, aguente aí — diz ele. Há um monte de trabalhos escolares esparramados pela cama, que ele empurra de lado. — Aqui. Sente aqui.

— Precisamos ir — diz Anna. — Só demos uma passadinha para alimentar o Cricket e perguntar sobre as Olimpíadas. Sabia que são na França este ano? — Ela suspira. — Daria tudo para ir lá.

Seu namorado morde a unha do dedo mindinho.

— E eu estou tentando convencê-la de que, se Calliope se qualificar para a equipe olímpica, devemos considerar isso como um sinal e tirar férias.

Sorrio para Anna.

— Sorte sua.

St. Clair se vira para Cricket e aponta um dedo acusador.

— Estou contando com você para assegurar que sua irmã vença nas Nacionais semana que vem, entendeu?

Sinto um peso egoísta no coração. Semana que vem. Mais tempo longe de Cricket.

— Ela só tem que ficar entre as três primeiras — diz Cricket. — Mas até quebro a rótula das adversárias se for preciso.

Anna dá uma cutucada no ombro de St. Clair.

— Vamos nessa. Você não ia me mostrar aquele negócio lá?

— Que negócio?

Ela olha fixo para ele. Ele olha de volta. Ela inclina a cabeça em direção a mim e Cricket.

— Ah, sim. — St. Clair se põe de pé. — Aquele negócio...

Eles saem às pressas. A porta se fecha e St. Clair grita:

— Lola, o Cricket quer mostrar para você o negócio dele tambéééém! — Eles riem enquanto os passos ecoam pelo corredor.

Cricket desvia rapidamente o olhar de mim e coloca a caixa de *bibimbap*[19] dentro do micro-ondas.

— Ah. Trouxe algo com carne para você — digo, pois ele está esquentando primeiro o prato vegetariano.

Ele encolhe os ombros e sorri.

---

[19] Bibimbap: prato coreano cuja tradução literal é "arroz misturado" (com legumes e molho de pimenta). (N. T.)

— Eu sei. Eu vi.

Eu sorrio também e me sento na beirada da cama.

— Então, todos os três vão para a França e eu vou ficar aqui? Falemos sobre injustiça. — Apenas metade de mim está brincando.

— Você deveria vir.

Expiro com força.

— Sim, com certeza meus pais adorariam a ideia.

No entanto Cricket parece pensativo.

— Sabe, o Andy ama patinação artística. Se você tivesse um ingresso na faixa, ele poderia morder a isca.

— E onde exatamente eu encontraria um ingresso na faixa?

Ele se senta a meu lado.

— Cortesia do pai do meu tataravô Alexander Graham Bell, o mentiroso mais rico do mundo?

Paro de sorrir.

— Cricket. Nunca poderia aceitar isso.

Ele cutuca uma de minhas botas de caubói com um de seus sapatos *wingtips* pontudos. — Mas pense nisso — diz.

Meu pé formiga pelo contato dos sapatos. Devolvo o cutucão no sapato. Ele cutuca o meu de novo. O micro-ondas apita e ele hesita, incerto se deve se levantar. Estendo a mão e seguro seu pulso por cima de suas pulseiras de borracha e braceletes.

— Não estou com tanta fome assim — digo.

Cricket baixa o olhar para minha mão.

Deslizo meu dedo indicador por baixo do bracelete vermelho. Meu dedo lhe roça a pele do pulso e ele deixa escapar um pequeno som. Seus olhos se fecham. Entrelaço o dedo em seus braceletes, atando-me a ele. Fecho os olhos também. Meu dedo nos guia para trás e ficamos deitados lado a lado, silenciosamente ligados, durante vários minutos.

— Cadê o Dustin? — pergunto finalmente.

— Ele vai voltar logo. Infelizmente.

Abro os olhos e ele está olhando fixamente para mim. Eu me pergunto há quanto tempo seus olhos estão abertos.

— Tudo bem — digo. — Vim aqui para entregar um presente atrasado de Natal.

Suas sobrancelhas se arqueiam. Eu sorrio.

— Não *esse* tipo de presente. — Desentrelaço o dedo de seu pulso e rolo na cama para apanhar minha bolsa do chão. Vasculho dentro dela até achar o objeto minúsculo que tirei de minha gaveta de meias. — Na verdade, está mais para um presente atrasado de aniversário.

— Como... atrasado?

Rolo de volta.

— Estenda a mão.

Ele está sorrindo e estende a mão.

— Tenho certeza de que você não lembra mais, mas, vários aniversários atrás, você precisava disto. — E eu coloco uma chave inglesa minúscula na palma de sua mão. — Lindsey e eu procuramos em tudo o que era loja para encontrar isso, mas daí... não pude entregar para você.

Sua expressão adquire um ar de tristeza.

— Lola...

Fecho os dedos dele em volta do presente.

— Joguei fora sua tampinha de garrafa, porque olhar para ela era a morte. Mas nunca consegui jogar isso aí fora. Há dois anos e meio que espero para dar esse presente a você.

— Não sei o que dizer — ele sussurra.

— Estou quase acabando — digo. — Obrigada por me esperar também.

Capítulo 31

A campainha toca cedo no sábado seguinte. Ela me tira de um sono profundo, mas imediatamente volto a dormir. Fico surpresa quando sou sacudida instantes depois.

— Precisam de você lá embaixo — avisa Andy. — Agora.

Sento-me na cama.

— A Norah? Ela já foi expulsa?

— A Calliope. É uma emergência.

Saio com violência da cama. Uma emergência com Calliope só pode significar uma coisa: uma emergência com Cricket. Estávamos trocando mensagens de texto, por isso sei que ele planejou vir para casa antes de partir para as Nacionais. Entretanto, a luz de seu quarto estava apagada quando cheguei do trabalho na noite passada. Não pude saber se ele estava lá. E se ele tentou vir para casa e algo aconteceu no meio do caminho?

— Ai, Deus, ai, Deus, ai, Deus, ai, Deus, ai, Deus! — Visto às pressas um quimono e corro para o andar de baixo, onde Calliope anda de um lado para o outro na sala de estar. Seu cabelo geralmente liso está por lavar e desgrenhado e sua pele está inchada e vermelha.

— Ele está bem? O que aconteceu? Onde ele está?

Calliope se detém. Inclina a cabeça, desorientada e confusa.

— Quem?

— O CRICKET!

— Não. — Ela fica momentaneamente desconcertada. — Não é com o Cricket, é comigo. É... isto. — Suas mãos tremem enquanto ela estende um grande saco de papel marrom.

Fico tão aliviada por nada estar errado com Cricket (e tão desconcertada por pensar que algo *estava* errado) que agarro o saco um pouco rispidamente demais. Espio dentro. Está cheio de gazes vermelhas em retalhos.

E daí me sobressalto ao compreender o que é aquilo.

— Seu figurino!

Calliope desata a chorar.

— É para meu programa longo.

Com cuidado, retiro uma das tiras cintilantes de tecido rasgado.

— O que aconteceu?

— Foi a Abby. Está mais para um cachorro que para uma criança. Quando minha mãe desceu para o café da manhã, ela a viu brincando com... *isso*. Eu tinha deixado meu figurino lá embaixo para lavar. Quem pensaria que ela poderia rasgá-lo? — O pânico de Calliope cresce. — Nem sabia que ela era forte o bastante. E vamos partir amanhã! E minha costureira está fora da cidade, e eu sei que você não me suporta, só que você é a minha única esperança. Consegue consertar a roupa a tempo?

Por mais intrigante que seja ser a única esperança dela, não há esperança a se ter.

— Sinto muito — digo. — Mas não consigo consertar neste *prazo*. Está arruinado.

— Mas você TEM que fazer alguma coisa! Tem que haver algo que você possa fazer!

Suspendo um punhado de tiras.

— O que tem aqui mal dá para assoar o nariz. Se eu recosturasse as tiras, mesmo que eu pudesse, mas não posso, ficaria horrível. Você não poderia competir dentro dele.

— Por que não usa um dos figurinos antigos? — interrompe Nathan.

Andy olha horrorizado.

— Ela não pode fazer isso.

— Por que não? — pergunta Nathan. — Não é o traje que vence as competições.

Calliope estremece e é aí que me lembro de sua maldição do segundo lugar. Ela já devia estar uma pilha de nervos, e ainda acontece uma coisa dessas? Sinto pena dela.

— Não — ela diz. Mas a palavra mal sai de sua boca. — Não posso fazer isso. — Ela se vira de corpo inteiro para mim, num gesto assustadoramente familiar. — Por favor...

Fico sem ação.

— Vou ter que fazer um novo. Não tem...

— Consegue me fazer um novo? — ela pergunta, desesperadamente.

— Não! — respondo. — Não há tempo pra isso!

— Por favor... — ela insiste. — Por favor, Lola...

Estou me sentindo desesperada. Quero que ela saiba que sou uma boa pessoa, que não sou inútil, que mereço seu irmão.

— Tá bom, tá bom — repito. Todo mundo fica olhando para mim enquanto olho para os trapos. Se ao menos tivesse peças maiores com as quais trabalhar. São tão pequenas que nem renderiam mais um figurino completo.

Uma ideia me ocorre.

— Sobre aqueles figurinos antigos...

Calliope geme.

— Não, escute — eu a acalmo. — Quantos você tem?

Ela me faz outro gesto familiar, a boca entreaberta e a testa franzida. A cara de equação difícil.

— Eu não sei. Um monte. Uma dúzia, pelo menos.

— Traga tudo para mim.

— Nem me servem mais! Não posso usá-los, não vou...

— Não vai ter que usar — eu a tranquilizo. — Vamos usar as partes para fazer algo novo.

Ela está à beira da histeria novamente.

— Vai me transformar em um Frankenstein?

Mas estou calma, agora que tenho um plano.

— Não vou transformá-la em um Frankenstein. Vou renová-la!

Em cinco minutos, ela está de volta com... Cricket. Nos braços, trazem pilhas altas de tecido elástico e contas cintilantes. O cabelo dele ainda está com o aspecto desgrenhado de quem acaba de sair da cama e ele não está usando os braceletes. Seus pulsos estão nus. Nossos olhares se cruzam e seus pensamentos se expõem: gratidão por ajudar sua irmã e a inequívoca dor da saudade.

A dor é recíproca.

Levo os dois até meu quarto. Cricket hesita ao pé das escadas, sem saber ao certo se tem permissão para subir. Andy lhe dá um cutucão nas costas e eu fico aliviada.

— Com certeza vamos encontrar algo em tudo isso — asseguro a Calliope.

Ela ainda está nervosa.

— Não posso acreditar que minha sobrinha idiota fez isso comigo!

Sinto uma pontada nos músculos da face, mas eu diria a mesma coisa se estivesse na situação dela.

— Vamos esparramar os figurinos e ver o que temos.

— Esparramá-los *onde*?

Quase perco a calma ao olhar para o chão e perceber que ela tem razão.

— Ah! Certo! — Empurro para os cantos as pilhas de sapatos e roupas e Andy e Cricket se juntam. Nathan aguarda na soleira da porta, observando a situação (e Cricket) atentamente. Quando o chão fica vazio, estendemos os trajes.

Todos ficamos olhando para os figurinos esparramados. É um pouco opressivo.

— Qual é a sua música? — pergunta Andy.

Erguemos bruscamente a cabeça para olhar para ele.

— Que foi? — Ele encolhe os ombros. — Precisamos saber ao som de que música ela vai se apresentar antes de a Lo poder desenhar o figurino adequado. Qual é a inspiração dela?

Nathan pestaneja. Eu sorrio.

— Ele está certo. Ao som de que música vai patinar, Calliope?

— É uma seleção do *Romeu e Julieta* de 1968.

— Não faço ideia de como isso é. — Aponto-lhe meu laptop. — Baixe na internet.

— Posso fazer melhor que isso. — Senta-se na cadeira e digita o próprio nome em um mecanismo de busca. Um das primeiras ocorrências é um vídeo de sua última competição. — Veja isto.

Reunimo-nos em volta do computador. A música é melancólica e romântica. Carregada de drama e dominada de tensão, ela declina em tristeza e termina com um crescendo poderoso em redenção. É bela. *Calliope* é bela. Faz algum tempo desde que vi sua performance e não fazia ideia do que ela se tornara. Ou eu havia esquecido.

Ou havia me forçado a esquecer.

Calliope movimenta-se com paixão, graça e confiança. Ela é uma *prima ballerina*. E não é só pela forma como patina — são as expressões em seu rosto, que ela transmite aos braços, às mãos, aos dedos. Ela encena cada emoção da música. Ela sente cada emoção da música. Não é de admirar que Cricket acredite na irmã. Não é de admirar que ele tenha sacrificado tanto a própria vida para vê-la triunfar. Ela é extraordinária.

O vídeo termina e todo mundo está em silêncio. Até Nathan está maravilhado. E eu sou contagiada pela sensação irresistível da presença de Calliope — seu poder, sua beleza — ali no quarto.

E então... percebo outra presença.

Cricket está em pé atrás de mim. O mais tênue toque de um dedo contra a parte de trás de meu quimono de seda. Fecho os olhos. Entendo sua compulsão, sua necessidade de tocar. Quando meus pais explodem em parabéns a Calliope, eu deslizo uma mão para minhas costas. Surpreso, ele recolhe a dele, mas eu a encontro e a tomo na minha. E acaricio sua pele macia. Somente uma vez.

Ele não faz um só ruído. E ele está calmo, muito calmo.

Solto a mão dele e, de repente, é a *minha* que está na *dele*. Ele repete meu gesto. Um dedo, lentamente, na palma de minha mão.

Não consigo ficar em silêncio. Suspiro.

É o mesmo instante em que a senhora Bell aparece em meu quarto e, felizmente, todos se viram para ela, não para mim. Todos, exceto Cricket. O peso de seu olhar fixo em meu corpo é forte e intenso.

— Em que pé estão as coisas? — pergunta a senhora Bell.

Calliope suspira.

— Acabamos de começar.

Lanço-me para a frente, tentando me desvencilhar do que deve ser o sentimento mais inapropriado do mundo para se ter quando três de nossos quatro pais estão presentes.

— Olá, senhora Bell — cumprimento. — É bom vê-la novamente.

Ela enfia o cabelo curto atrás das orelhas e se lança em uma acalorada discussão com Calliope. É como se eu nem existisse. Fico constrangida pelo poder que isso tem de me magoar. Quero que ela goste de mim. Cricket fala pela primeira vez desde que entrou na casa.

— Mãe, não é ótimo que a Lola esteja nos ajudando? — Seus dedos se agarram aos pulsos, buscando as pulseiras de borracha que não estão lá.

A senhora Bell levanta os olhos, assustada com a desajeitada intrusão dele, e então me escrutina com um olhar severo. Deixo-a desconfortável. Ela sabe o que sinto por seu filho ou o que ele sente por mim. Ou as duas coisas. Queria estar vestindo algo respeitável. Meu visual "acabei de sair da cama" faz com que eu me sinta desprezível.

Não é o que eu escolheria para me apresentar diante dela.

A senhora Bell faz um sinal positivo com a cabeça.

— É ótimo. Obrigada. — E vira-se novamente para Calliope.

Envergonhado, Cricket olha de relance para mim, mas eu lhe dirijo um sorriso encorajador. OK, então precisamos trabalhar no relacionamento com nossos pais. Chegaremos lá. Viro-me para apanhar uma agenda e é quando surpreendo Nathan e Andy trocando um olhar particular. Não sei ao certo o que isso significa, mas, talvez, guarde algum remorso.

Sinto uma onda de esperança.

Avanço para o trabalho e o alvoroço é geral. Todos têm uma opinião e a da senhora Bell se revela ainda mais forte que a da filha. A meia hora seguinte é agitada, enquanto discussões são travadas, tecido é pisoteado e trajes são rasgados. Estou tentando tirar as medidas de Calliope quando Andy tropeça em mim e sou esmagada contra a ponta de minha escrivaninha.

— FORA! — grito. — Todo mundo fora!

Todos paralisam.

— Estou falando sério! Todos, menos a Calliope. Não consigo trabalhar assim.

— SAIAM — diz Calliope, e eles se retiram um a um. Mas Cricket demora a sair. Esboço-lhe um sorriso faceiro.

— Você também.

O sorriso que ele me devolve é aturdido.

Nathan limpa a garganta lá do corredor.

— Tecnicamente, você nem tinha autorização para estar no quarto da minha filha.

— Desculpe. — Cricket enfia as mãos nos bolsos. — Liguem se precisarem de algo. — Ele olha de relance para Calliope, mas seus olhos se voltam para os meus. — Se qualquer uma das duas precisar de algo.

Ele sai e eu fico toda risonha quando volto a tirar as medidas. Ela pega um modelador de cílios do tampo da escrivaninha e bate-o levemente na mão.

— Por que meu irmão não tem autorização para entrar no seu quarto?

— Ah... Hum... não tenho autorização para trazer nenhum garoto ao quarto.

— Por favor. Nathan pegou você fazendo algo? NÃO! Eca! Não me conte.

Puxo a fita métrica ao redor de sua cintura um pouco forte demais.

— *Ai!*

Não peço desculpas. Termino o trabalho em silêncio. Calliope limpa a garganta enquanto anoto as últimas medidas.

— Sinto muito — ela diz. — É legal da sua parte fazer isso por mim. Sei que não mereço.

Paro no meio do rabisco.

Ela pousa com força o modelador de cílios.

— Você estava certa. Pensei que ele soubesse, mas ele não sabia.

Estou confusa.

— Sabia o quê?

— Que ele é importante para a família. — Cruza os braços. — Quando o Cricket foi aceito em Berkeley, foi quando decidi voltar para meu antigo treinador. Queria me mudar de volta para cá para poder ficar perto dele. Meus pais queriam também.

Parece que Calliope tem mais a dizer, por isso, espero até ela continuar. Ela se afunda na cadeira.

— Ouça, não é segredo que eu dificultei a vida da minha família. Há coisas que o Cricket não teve e não experimentou por minha causa. E eu também não tive essas coisas e odiei isso, mas a escolha foi minha. Ele não teve escolha. E ele aceitou tudo com essa... personalidade maravilhosa que ele tem. Teria sido impossível nossa família se manter unida se não tivéssemos o Cricket fazendo a parte mais difícil. Mantendo todos nós felizes. — Ela ergue os olhos para encontrar os meus. — Quero que saiba que me sinto péssima pelo que fiz com meu irmão.

— Calliope... eu não acho... o Cricket não se sente desse jeito. Você sabe que não.

— Tem certeza? — Sua voz trava. — Como tem mesmo certeza?

— Tenho certeza. Ele ama você. Tem orgulho de você.

Ela fica em silêncio por um minuto. Ver uma pessoa tão forte lutando para não desmoronar é de cortar o coração.

— Minha família deveria dizer a ele com mais frequência como ele é incrível.

— Sim, ele é. E, sim, vocês deveriam.

— Ele acha que você também é. Sempre achou. — Calliope olha para mim novamente. — Sinto muito por culpá-la por isso.

Estou atônita demais com essa confissão para conseguir responder.

Ela descansa a mão sobre o figurino amarrotado ao lado dela.

— Só me responda uma coisa: meu irmão nunca esqueceu você; você já o esqueceu?

Engulo em seco.

— Na vida há pessoas que a gente não consegue esquecer.

— Ótimo! — Calliope se levanta e me dirige um sorriso amargo. — Mas se você partir o coração do Cricket eu quebro a sua cara.

Trabalhamos juntas por meia hora, escolhendo peças, tendo e descartando ideias. Ela sabe o que quer, e fico satisfeita de descobrir que ela respeita minha opinião. Decide-se por um desenho que usa somente os figurinos pretos, e ela junta os demais para levar para casa.

— Aliás, onde está o seu vestido? — ela pergunta.

Não faço ideia do que ela esteja falando.

— Que vestido?

— O vestido de Maria Antonieta. Vi o seu fichário.

— Você o *quê*?

— Cricket não desgrudava dele em uma das minhas competições, praticamente acariciando a coisa. Tirei sarro dele sem dó, claro, mas... era interessante. Você trabalhou pra caramba naquelas páginas. Ele disse que você trabalharia pra caramba na coisa de verdade, também. — Ela olha ao redor no quarto. — Não achei que fosse possível esconder um vestido de baile com traseiro gigante, mas pelo visto eu estava enganada.

— Ah... Hã... não está aqui. Parei de trabalhar nele. Não vou ao baile.

— Quê? POR QUÊ? Faz meio ano que você trabalha nisso.

— Sim, mas... é vergonhoso, né? Aparecer sozinha?

Ela olha para mim como se eu fosse uma idiota.

— Então, vá com meu irmão!

Estou emocionada com sua sugestão (*permissão!*), mas já tinha considerado isso.

— O baile é semana que vem. Ele ainda estará do outro lado do país para as Nacionais.

As Nacionais acontecem durante uma semana inteira. Sessões de treinamento, aclimatação ao gelo e ao rinque, entrevistas com a mídia, dois programas, mais uma exibição extra se ela ganhar medalha. Cricket ficará com ela o tempo todo para apoiá-la.

— Ah... — Calliope diz.

— Além disso, é besteira mesmo. — Olho para as anotações de seu figurino e puxo uma mecha de cabelo. — Sabe, baile grande. Vestido grande. Qual é o propósito disso?

— Lola... — Seu tom é monótono. — Não é besteira querer ir a um baile. Não é besteira querer colocar um vestido bonito e se sentir bonita por uma noite. E para isso você não precisa ter um par.

Fico em silêncio.

Ela sacode a cabeça.

— Se você não for, aí, sim, você é uma tola. E não merece meu irmão.

Capítulo 32

Trabalho dia e noite no figurino, descosturando os antigos, costurando a nova peça, acrescentando enfeites de meu próprio acervo secreto, fazendo apenas uma breve pausa à janela por volta da meia-noite. Cricket junta-se a mim. Inclina-se para a frente, cotovelos descansando no peitoril. A posição se assemelha muito à de um inseto, com seus braços e dedos longos. É fofo. Muito fofo.

— Obrigado por ajudar minha irmã — diz.

Inclino-me para a frente, imitando sua posição.

— Fico feliz por ajudar.

Calliope inclina-se para fora de sua janela.

— PARE DE FLERTAR E VOLTE AO TRABALHO.

E ainda tenho que ouvir isso.

— Ei, Cal — Cricket grita.

Ela volta os olhos para Cricket enquanto ele tira uma pulseira verde do pulso e a joga na cabeça dela. Acerta no nariz com um estalo firme e cai entre as casas.

— Muito maduro. — Ela bate a janela.

Ele abre um sorriso.

— Tem coisa que nunca envelhece.

— Sabia que você as usava por uma razão.

— Qual cor você quer?

Sorrio de volta.

— Azul. Mas tente não mirar na minha cara.

— Nunca faria isso. — E ele rapidamente joga a pulseira com um peteleco.

Ela cai no tapete e eu a coloco no pulso.

— Você é bom com os dedos. — E lanço-lhe um olhar penetrante que significa: *não estou falando das suas pulseiras.*

Os cotovelos deslizam por debaixo dele.

— Boa noite, Cricket Bell. — Fecho as cortinas, sorrindo.

— Boa noite, Lola Nolan — ele grita.

A pulseira de plástico ainda guarda o calor de sua pele. Trabalho pelo restante da noite, terminando o figurino enquanto a Lua se põe. Desabo na cama e adormeço com a outra mão entrelaçada na pulseira azul. E eu sonho com olhos azuis, unhas azuis e lábios de primeiro beijo salpicados de açúcar cristal azul.

— Cadê?

— Hã?! — Acordo com a visão assustadora de Calliope e sua mãe pairando por cima da cama. As pessoas *têm* que parar de fazer isso comigo.

— Terminou? Cadê ele? — repete Calliope.

Olho para o relógio. Só dormi duas horas. Rolo para fora da cama e sobre o chão.

— Está no *closet* — murmuro, arrastando-me até a porta do armário. — Precisava ficar pendurado.

A senhora Bell alcança primeiro a porta. Abre-a com violência e arfa.

— O quê? O que é? — pergunta Calliope.

A senhora Bell o retira e o ergue para que ela veja.

— Ai, Lola. É *esplendoroso!*

Calliope arranca-o do cabide e se despe daquele jeito como só garotas lindas e atléticas conseguem fazer — sem vergonha e com plateia. Desvio o olhar, envergonhada.

— Ahhh! — exclama ela.

Volto a olhar. Ela está diante de meu espelho de corpo inteiro. O figurino preto tem mangas compridas, delgadas e leves (delicadas, cintilantes e sedutoras), mas são quase mais como luvas de noite, sem dedos, pois param na parte superior dos braços, exibindo elegantemente a pele de seu ombro. O corpo tem uma saia para reverberar esse sentimento, mas a parte de cima é frente única e eu acrescentei uma camada fina para se deixar revelar um pouco por baixo, por isso, tem muitas tiras e lantejoulas e é sexy.

O efeito geral é romântico, mas... ousado.

Calliope está maravilhada.

— Estava com medo de que me desse algo maluco, algo Lola. Mas esta sou eu. Esta é a minha canção, este é o meu programa.

Mesmo com o insulto de quebra, eu brilho de felicidade.

— É melhor que o original — diz a senhora Bell para Calliope.

— Acha mesmo? — pergunto.

— Sim — respondem as duas.

Levanto-me do chão e inspeciono o figurino.

— Pode sofrer alguma alteração, aqui e aqui — aponto para dois pontos frouxos —, mas... sim. Este deve funcionar.

A senhora Bell sorri, calorosa e aliviada.

— Você tem um talento especial, Lola. Obrigada!

Ela gosta de mim! Ou pelo menos das minhas habilidades de costura, mas vou me contentar com isso.

Por ora.

Ouço uma batida na porta e deixo meus pais entrarem. Eles exclamam admirados, *ooh* e *aah*, e tanto eu quanto Calliope estamos radiantes. Marco o figurino para breves alterações, que posso fazer em uma hora. Que *preciso* fazer em uma hora, pois é quando eles partem para o aeroporto. Enxoto todos para fora e, enquanto costuro, olho de relance para a janela de Cricket, várias vezes. Ele não está lá. Peço a uma Lua invisível para vê-lo antes de partir.

Sessenta minutos depois, entro correndo na garagem dos Bell. Calliope e os pais estão colocando as últimas malas no carro. Aleck está lá com Abby no colo. Ele parece ter passado a noite em claro como eu, mas, mesmo assim brinca, pegando na mãozinha de Abby e estendendo-a para o novo figurino.

Calliope não acha a piada engraçada.

Aleck e Abby ficam, enquanto todos os outros vão. Espero que esse tempo sozinho o force a voltar à vida, porém Andy e eu temos planos secretos de ficar de olho neles. Só para garantir. Estou abrindo a boca para perguntar sobre Cricket quando ele sai correndo de dentro de casa.

— Estou aqui, estou aqui! — Para bruscamente a uns 15 centímetros de mim, quando finalmente repara que há mais gente na garagem.

Levanto os olhos. E levanto mais, até encontrar seu olhar.

— Entre no carro — ordena Calliope. — Estamos saindo. Agora!

— Você ainda está usando a pulseira — comenta ele.

— Ainda estou usando tudo da última vez que me viu. — E então me arrependo de dizer isso, pois não quero que soe como se eu tivesse *esquecido* que a estava usando. Estou bem, bem ciente de estar usando sua pulseira de plástico.

— Cricket! — Desta vez é o senhor Bell.

Há centenas de coisas que quero dizer a Cricket, mas estou consciente de que sua família toda nos observa. Ele também.

— Humm, vejo você semana que vem? — ele pergunta.

— Boa sorte. Para sua irmã. E você. Por... seja o que for.

— Cricket! — Todos no carro.

— Tchau — dizemos abruptamente.

Ele está entrando no carro quando Aleck se curva para lhe sussurrar algo ao ouvido. Cricket olha de relance para mim e fica vermelho. Aleck ri. Cricket bate a porta do carro e o senhor Bell já está saindo. Aceno. Cricket faz tchau com a mão até o carro virar a esquina e desaparecer.

— Então... — Aleck esquiva a cabeça das mãozinhas ansiosas de Abby. — Você e meu irmão, hein?

Minhas bochechas queimam.

— O que você disse a ele?

— Eu disse que você está dando o maior mole e que ele deveria ser macho e tomar a iniciativa.

— Você não disse isso!

— Disse, sim. E, se ele não tomar a iniciativa, então sugiro que você caia em cima. Meu irmão, caso não tenha percebido, é meio lerdo para essas coisas.

Cricket deixou uma nova mensagem para mim na janela dele. Está escrita com o pincel atômico preto de sempre, mas com um acréscimo: uma cópia impressa de meu nome, feita por fricção de lápis de cor, a partir das esquinas da calçada da rua Dolores.

A placa diz: *Vá ao baile, DOLORES.*

Eu vou ao baile.

— Ouvi sobre a Calliope — comenta Norah na sexta à noite. — Sexto lugar?

Suspiro.

— Sim. — Na entrevista depois de seu programa curto, Calliope estava lacônica, mas equilibrada. Uma profissional.

— Estou desapontada — Calliope disse. — Mas sou grata por ter outra chance.

— Que pena — comenta Norah.

— Não acabou ainda. — Minha voz é ríspida. — Ela ainda tem uma oportunidade.

Norah me lança um olhar desconfiado.

— Acha que não sei disso? Nada nunca acaba.

Minha família, Lindsey e eu estamos reunidos em volta da televisão. Todo mundo está trabalhando em meu vestido de Maria Antonieta. Os últimos e poucos detalhes decorativos são tudo o que resta e eu agradeço pela ajuda enquanto esperamos o programa longo de Calliope começar.

O programa curto das mulheres foi há duas noites. Vimos a final desde o início, no momento em que a câmera cortou para a primeira posição de Calliope. Estava dentro de seus olhos e debaixo de seu sorriso. *Medo*. A música começou e ficou evidente que algo estava errado.

Aconteceu depressa demais.

Suas sequências mais difíceis estavam no começo do número — geralmente, são no início mesmo, para que a patinadora tenha força suficiente para executá-las — e os comentaristas estavam em estado de agitação por seu salto triplo, cuja aterrissagem ela não vinha executando com perfeição nos treinamentos.

Calliope aterrissou, mas caiu na combinação.

A expressão em seu rosto — apenas por um instante, pois ela se levantou em um piscar de olhos — foi terrível. Os comentaristas lamentavam enquanto ela patinava bravamente para o outro extremo do rinque, e nossa sala estava em silêncio. Uma temporada inteira de treinamento. Para nada.

E então ela caiu *de novo*.

— Não é só uma questão de talento — disse o comentarista. — É também de cabeça. Ela não tem sido capaz de fazer o que as pessoas têm esperado dela e essa condição tem cobrado seu preço.

— Não existe fardo maior que o potencial — acrescentou a comentarista.

Todavia, como se Calliope os ouvisse, como se ela dissesse "basta", a determinação cresceu em cada flexão de seus músculos, cada impulso de seus patins. Ela cravou um salto extra e ganhou pontos adicionais. Seus dois terços finais foram consistentes. Não é impossível que ela integre a equipe olímpica, mas ela precisará de um programa longo sem falhas esta noite.

— Não consigo assistir. — Andy pousa sua ponta do vestido de Maria Antonieta. — E se ela não pegar medalha? Com o figurino da Lola?

Isso também anda me aborrecendo, porém não quero deixar Andy ainda mais nervoso, por isso, dou de ombros.

— Não vai ser minha culpa. Eu só fiz o figurino. É ela quem patina com ele.

Nós todos abandonamos o vestido quando a câmera corta para seu técnico Petro Petrov, um senhor mais velho com cabelo branco e rosto enrugado. Ele está falando com ela à beira do rinque. Ela fica apenas anuindo com a cabeça. O cinegrafista não consegue um bom ângulo do rosto dela, mas... seu figurino está *incrível.*

Estou na TV! De certa forma!

— Você fez isso em um dia? — pergunta Norah.

Nathan curva-se e aperta minha mão.

— É fenomenal. Estou muito orgulhoso de você.

Lindsey abre um sorriso.

— Acho você que deveria ter feito meu vestido.

Fomos fazer compras no início desta semana para o baile. Fui eu quem encontrou o vestido dela. É simples, com um corte favorável para sua estrutura pequena, e é do mesmo tom de vermelho de seus Chuck Taylors. Ela e Charlie decidiram usar os tênis combinando.

— Você vai ao baile? — Norah está surpresa. — Achei que você não namorasse.

— Eu não namoro — diz Lindsey. — O Charlie é só um amigo.

— Um amigo gatinho — comento. — Com quem ela sai regularmente.

— Estamos mantendo as coisas casuais. — Ela sorri. — Minha agenda educacional vem em primeiro lugar.

Os comentaristas começam a recapitular a jornada de Calliope. Sobre como é uma pena que uma pessoa com tamanho *talento natural* sempre *amarele* em momentos decisivos. Eles criticam sua constante troca de técnicos e fazem uma declaração audaciosa sobre uma busca equivocada pela perfeição. Vaiamos a televisão. Sinto tristeza por ela novamente, por ter que conviver com essa constante crítica. Mas também admiração por ela continuar sua busca. Não é de admirar que ela tenha construído essa carapaça em torno de si.

Desejo vivamente que a emissora mostre a família dela, o que não fizeram EM NENHUM MOMENTO durante o programa curto. Um gêmeo não deveria ser digno de aparição? Liguei para ele ontem, pois ainda é tímido demais para ligar para mim. Estava estressado, é compreensível, entretanto consegui fazê-lo rir. E daí foi ele quem me encorajou a convidar Norah hoje.

— Ela é da família — disse. — Você deve incentivá-la sempre que puder. As pessoas se esforçam mais quando sabem que alguém se importa com elas.

— Cricket Bell. — Sorrio para o telefone. — Como você se tornou tão sábio?

Ele ri novamente.

— Muitas, muitas horas de observação familiar.

Como se o cinegrafista me ouvisse... ELE. É ele! Cricket está usando um casaco cinza de lã com um cachecol listrado enrolado displicentemente no pescoço. Seu cabelo está salpicado de neve e suas bochechas, rosadas. Ele deve ter acabado de chegar à arena. Ele é o inverno personificado. Ele é a coisa mais bonita que já vi.

A câmera corta para Calliope e eu tenho que morder a língua para não gritar para a televisão voltar para Cricket. Petro toma uma das mãos cerradas de Calliope e aperta-a delicadamente. Depois, ela desliza sobre o gelo em direção ao urro de milhares de espectadores, torcendo e agitando faixas. Todos na sala prendem a respiração enquanto aguardamos o primeiro flagra nítido de sua expressão.

— E olhem só para isso — diz o comentarista. — Calliope Bell está aqui para lutar!

É o que transmite a fúria de seus olhos e a força de sua postura, ao passo que ela aguarda a música começar. Sua pele está pálida, seus lábios, vermelhos, e seu cabelo negro, preso em um coque elegante. Ela está deslumbrante e feroz. A música começa e ela se funde a seu romantismo. Ela é a canção. Calliope é Julieta.

— Abrindo com um *triple lutz/double toe* — diz a comentarista. — Ela caiu nessa combinação no Mundial do ano passado.

Ela aterrissa.

— E o *triple salchow*... observem como ela se inclina, vamos ver se consegue altura suficiente para terminar a rotação...

Ela aterrissa.

Os comentaristas ficam em silêncio, hipnotizados. Calliope não apenas aterrissou depois dos saltos como também os encenou. Seu corpo se move com intensidade e emoção. Imagino jovens garotas pela América sonhando em se tornarem como ela algum dia, como um dia sonhei. Uma deslumbrante sequência de espirais culmina em estonteantes piruetas combinadas. E Calliope já está atirando os braços ao ar em um gesto de triunfo. E acabou.

Um programa longo irretocável.

A câmera abre para um panorama da multidão que comemora. Corta para a família dela. Os pais dela estão se abraçando, rindo e chorando. E, ao lado deles, o irmão gêmeo de Calliope está berrando a plenos pulmões. Meu coração dispara de alegria. A câmera volta para ela, que grita e vibra com o punho no ar.

Não! Voltem para o irmão dela!

Os comentaristas riem.

— Primoroso — diz o comentarista. — Suas posições, suas extensões. Não há ninguém como Calliope Bell quando ela está em chamas.

— Sim, mas será suficiente para superar seu programa curto desastroso?

— Bem, a maldição continua — replica ele. — Ela não conseguiu completar dois programas perfeitos, mas falemos de redenção. Calliope pode manter a cabeça erguida. Esta foi a melhor performance de sua carreira.

Ela coloca o protetor de lâminas nos patins e caminha para a área onde as notas são anunciadas, apropriadamente apelidada de "área *kiss-and-cry*". As pessoas jogam flores e ursinhos de pelúcia e Calliope dá tapinhas em várias mãos espalmadas no ar em gestos de congratulação. Petro coloca o braço em volta dos ombros dela e eles riem, satisfeitos e apreensivos, enquanto aguardam as notas.

Elas são anunciadas e os olhos de Calliope resplandecem.

Calliope Bell é segundo lugar.

E ela está extasiada com isso.

Capítulo 33

Coloco a peruca e fico... quase feliz.

Há algo errado com meu reflexo.

Não é meu figurino, que deixaria Maria Antonieta orgulhosa. O vestido azul-claro é feminino, escandaloso e gigantesco. Há saias e sobressaias, fitas e enfeites, contas e rendas. O corpete é adorável e as anquinhas se ajustam confortavelmente por baixo, proporcionando-me uma silhueta favorável — as partes certas do corpo estão também mais esguias ou mais arredondadas. Meu pescoço está envolto em um colar de cristais imitando diamantes e minhas orelhas têm brincos tremeluzentes imitando candelabros. Cintilo com a luz refletida.

Será que é a maquiagem?

Estou usando pó facial branco, *blush* vermelho e *gloss* labial vermelho-claro. Maria Antonieta não tinha rímel, por isso eu me senti compelida a trapacear aí. Apliquei uma boa quantidade com pincel sobre um par de cílios postiços. Meu olhar sobe. A peruca branca se eleva uns 60 centímetros e é adornada com fitas azuis, rosa e penas cor-de-rosa e um único pássaro canoro azul. É linda. Uma obra de arte. Passei *realmente muito tempo* fazendo isso.

E... não está certo.

— Eu não me vejo — digo. — Desapareci.

Andy está desamarrando meus coturnos de plataforma afivelados, preparando-se para me ajudar a entrar neles. Ele gesticula, fazendo um grande círculo.

— O que quer dizer? Tudo o que consigo ver é você.

— Não. — Engulo em seco. — Há Maria demais, e não há Lola o bastante.

Sua testa se enruga.

— Pensei que fosse esse o propósito.

— Também pensei, mas... estou perdida. Escondida. Pareço uma fantasia de Halloween.

— Quando é que você *não* parece uma fantasia de Halloween?

— Pai! Estou falando sério. — Meu pânico rapidamente se intensifica. — Não posso ir ao baile assim, é demais. Demais até para mim.

— Querido! — grita ele para Nathan. — É melhor você dar um pulo aqui. A Lola está usando palavras novas.

Nathan aparece na soleira e sorri ao me ver.

— Nossa filha disse — Nathan faz uma pausa para o efeito dramático: — "é demais".

Rebentam em gargalhadas.

— Não tem graça. — E então arquejo. As anquinhas esmagam minha caixa torácica, tornando o ataque histérico difícil e doloroso.

— Opa! — Nathan logo está a meu lado, com a mão em minhas costas. — Respire. Respire.

Eu já estava nervosa por ir ao baile e ver meus colegas de classe. Ao menos não estarei sozinha — encontrarei Lindsey e Charlie lá —, mas não posso ir assim. Seria humilhante. Preciso de Lindsey aqui; ela assumiria o controle da situação. Mas ela está no meio de um jantar-mistério e Charlie apostou um mês de lanche do intervalo da escola que resolveria o mistério antes dela. É importante para Lindsey vencer.

— Celular — peço ofegante. — Me deem o celular.

Andy passa o celular para mim e eu prefiro ligar para Cricket. Sou enviada diretamente para sua caixa de mensagens, como aconteceu a tarde toda. Ele ligou esta manhã para se certificar de que eu iria ao baile, mas não nos falamos a partir de então. Continuo fantasiando que não conseguimos entrar em contato porque ele está dentro de um avião, planejando me surpreender, aparecendo magicamente na escola durante a primeira música lenta, mas é mais provável que uma nevasca esteja comprometendo seu sinal. Esta noite é a Exibição de Gala dos Campeões e Calliope está se apresentando. Ele tem que estar lá.

Mas amanhã... ele estará em casa.

O pensamento temporariamente me tranquiliza. Então, vejo meu reflexo novamente e me dou conta de que o "amanhã" em nada ajuda o "esta noite".

— OK. — Ele arranca o celular de minhas mãos sem vida. — Precisamos de um plano.

— Eu tenho um plano. — Puxo os grampos que prendem a peruca à cabeça. — Vou desmontá-la. Vou fazer uma reinterpretação moderna com meu próprio cabelo.

Estou atirando os grampos no chão como dardos e meus pais recuam, nervosamente.

— Isso parece... — diz Nathan.

— Complicado — conclui Andy.

Arranco a peruca e a atiro sobre a escrivaninha.

— Tem certeza de que você quer... — As palavras de Nathan morrem quando arranco as rosas cor-de-rosa da peruca. Metade delas se despedaça e Andy coloca a mão sobre a boca. O pássaro canoro é o próximo a ser puxado.

— Tudo bem — digo. — Vou colocá-los no meu próprio cabelo, vai ficar bom. — Atiro o restante da peruca no chão, levanto os olhos e grito. Meu cabelo está emplastrado e embaraçado, cheio e achatado. São todas as coisas ruins que podem acontecer com a cabeça de alguém, tudo de uma vez.

Andy retira com cautela outro grampo desgarrado enquanto tento passar uma escova no desastre.

— Cuidado! — ele diz.

— Estou tendo cuidado. — A escova fica presa em meu cabelo e eu explodo em lágrimas.

Andy se vira para Nathan.

— Para quem ligamos? Quem você conhece que faz cabelo?

— Eu não sei! — Nathan parece pego de surpreso. — A *diva* que fez aquela encomenda enorme semana passada?

— Não, ela deve estar trabalhando. E o Luis?

— Você odeia o Luis. E o...

— Vou usar a peruca! Vou simplesmente usar a peruca, esqueçam! — Sinto o rímel preto escorrendo pelo pó facial branco quando dou um passo em falso para trás e piso com o pé direito na peruca, amassando a estrutura de tela de arame por baixo dela.

Meus pais arfam. E a última visão remanescente que eu tinha de adentrar o baile de inverno como Maria Antonieta desaparece. Puxo as anquinhas, forçando espaço para entrar ar no peito.

— Já era.

Escuto uma pancada perto da janela quando alguém cai dentro do quarto.

— Apenas a peruca já era.

Precipito-me instintivamente na direção dele, mas meu vestido é tão pesado que eu caio de cara no tapete. O vestido cai em volta de mim como um acordeão esvaziando. Não sabia que era possível morrer de vergonha. No entanto acho que pode realmente acontecer.

— Você está bem? Machucou? — Cricket ajoelha. Ele me segura forte enquanto me ajuda a me sentar. Quero desabar em seus braços, mas ele cuidadosamente se solta de mim.

— O que... o que você está...?

— Deixei as Nacionais mais cedo. Sei como o baile é importante para você e quis fazer uma surpresa. Não queria que você entrasse sozinha. Não que você não conseguisse segurar a barra — ele acrescenta. O que é generoso de sua parte, em vista de meu atual estado. — Mas eu também queria estar lá. Para sua grande entrada.

Estou limpando o rímel das bochechas

— Minha grande entrada.

Meus pais estão paralisados, sem saber o que pensar dessa aparição repentina. Cricket se vira para eles, desculpando-se:

— Eu teria usado a porta da frente, mas achei que não me escutariam. E a janela estava aberta.

— Você sempre foi... cheio de surpresas — comenta Andy.

Cricket sorri para ele antes de me contornar novamente.

— Vamos lá. Vamos aprontar você para o baile.

Viro a cabeça.

— Eu não vou.

— Você tem que ir. — Ele cutuca meu cotovelo. — Eu voltei para poder levar você, lembra?

Não consigo olhá-lo nos olhos.

— Estou ridícula.

— Não! — diz ele baixinho. — Você está linda!

— Está mentindo. — Ergo o olhar, mas tenho que morder o lábio por um momento para impedir que ele estremeça. — Estou com cara de palhaço com rímel. Meu cabelo parece o de uma bruxa comedora de criancinhas.

Cricket parece se divertir.

— Não estou mentindo. Mas... a gente pode dar uma limpada nisso.

Ele me pega pelos braços e começa a me levantar. Nathan se aproxima, mas Andy o segura pelo ombro. Meus pais observam Cricket arrumar a saia do vestido para me pôr de pé em segurança. Ele me leva ao banheiro anexo a meu quarto. Nathan e Andy seguem a uma distância cautelosa. Cricket liga a torneira da pia e examina os frascos e tubos sobre a prateleira até achar o que procura.

— Ahá!

O removedor de maquiagem.

— A Calliope usa o mesmo tipo — explica. — Ela precisa disso depois de performances particularmente medonhas. Pela, hã... — ele aponta de forma geral para meu rosto —, mesma razão.

— Ai, Deus! — Pestanejo olhando o espelho. — Parece que um tinteiro vomitou em mim.

Ele sorri.

— Um pouquinho. Vamos lá, a água está quente.

Desajeitadamente, contornamos um ao outro até eu ficar posicionada de frente para a pia, então ele dispõe uma toalha diante do vestido. Com muita dificuldade, inclino-me. Seus dedos deslizam por meu cabelo e o mantêm para trás enquanto lavo o rosto. Sua presença física é apaziguadora. O pó facial, o rímel, os cílios postiços e o *blush* desaparecem. Enxugo o rosto e meus olhos cruzam com os dele no espelho. Minha pele agora está nua e rosada.

Ele me olha com desejo irreprimido.

Nathan limpa a garganta na entrada do banheiro e nós nos sobressaltamos.

— E, então, o que vamos fazer com seu cabelo? — ele pergunta.

Meu coração aperta.

— Acho que vou usar uma peruca diferente. Algo simples.

— Talvez... talvez eu possa ajudar — diz Cricket. — Tenho alguma experiência. Com cabelo.

Franzo o cenho.

— Cricket. Você usou esse mesmo cabelo a vida inteira. Não me diga que é você mesmo que o estiliza desse jeito.

— Não, mas... — Coça a nuca. — Às vezes eu ajudo a Cal com o dela antes das competições.

Arqueio as sobrancelhas.

— Se tivesse me perguntado ontem, eu teria dito que era uma habilidade bastante constrangedora para um cara hétero.

— Você é o *melhor* — digo.

— Só você para achar isso. — E ele parece satisfeito.

É neste momento que finalmente percebo o que ele está vestindo. É um elegante terno preto *skinny* com brilho cintilante. As calças são bem curtas — de propósito, claro —, e expõem os habituais sapatos de bico fino e um par de meias azul-claras que combinam *exatamente* com meu vestido.

E tudo o que quero é me atirar nele.

— Tique-taque — alerta Nathan.

Passo de costas por Cricket e volto ao quarto. Ele aponta para minha cadeira, por isso, levanto a parte de trás das saias e encontro uma maneira de me sentar. E daí ele alisa meu cabelo com os dedos. Suas mãos são delicadas e ágeis, os movimentos, suaves e seguros. Fecho os olhos. O quarto fica em silêncio enquanto seus dedos desembaraçam as mechas da raiz às pontas e correm soltos por todo o cabelo. Inclino-me para trás, para ele. É como se meu corpo inteiro florescesse.

Ele se curva e me sussurra ao ouvido:

— Eles se foram.

Levanto os olhos e, como era de se esperar, meus pais deixaram a porta entreaberta. Mas eles se foram. Sorrimos. Cricket retoma seu trabalho e eu me aninho em suas mãos. Meus olhos se fecham novamente. Depois de alguns minutos, ele limpa a garganta:

— Eu, hum, tenho uma coisa para contar.

Meus olhos permanecem fechados, mas minhas sobrancelhas se arqueiam curiosas.

— Que tipo de coisa?

— Uma história — responde ele.

Suas palavras se transformam em uma espécie de sonho, quase hipnótico, como se ele o tivesse contado a si mesmo uma centena de vezes antes.

— Era uma vez uma garota que conversava com a Lua. E ela era misteriosa, era perfeita, daquele modo como são as garotas que conversam com a Lua. Na casa ao lado, vivia um garoto. E o garoto observava a garota se tornar cada vez mais perfeita, cada vez mais bonita a cada ano que se passava. Ele a observava enquanto ela observava a Lua. E ele começou a se perguntar se a Lua poderia ajudá-lo a desvendar o mistério da linda garota. Foi aí então que o garoto olhou para o céu. Mas ele não conseguia se concentrar na Lua. Ficava distraído demais com as estrelas.

Ouço Cricket tirar uma pulseira do pulso, usando-a para segurar uma volta no cabelo.

— Continue — peço.

Ouço o sorriso em sua voz.

— E não importava quantas canções ou poemas já tivessem sido escritos sobre elas, pois, toda vez que ele pensava na garota, *as estrelas cintilavam mais radiantes*. Como se fosse ela que as conservasse iluminadas. Certo dia, o garoto teve que se mudar. Ele não conseguiu levar a garota com ele, por isso, levou as estrelas. Quando ele olhava pela janela à noite, começava com uma. Uma estrela. E o garoto pedia um desejo à estrela, e o desejo era o nome da garota. Ao som do nome, uma segunda estrela aparecia. E daí ele desejava novamente o nome dela e as estrelas dobravam para quatro. E quatro se tornavam oito, e oito se tornariam dezesseis, e assim por diante, na maior equação matemática que o Universo já viu. E, depois de uma hora, o céu estava tão repleto de estrelas que fazia seus vizinhos acordarem. As pessoas se perguntavam quem havia ligado os holofotes. Foi o garoto. Ao pensar na garota.

Meus olhos se abrem e meu coração está na garganta.

— Cricket... eu não sou *isso*.

Ele para de colocar os grampos em meus cabelos.

— O que quer dizer?

— Você construiu essa ideia de mim, esse ideal, mas eu não sou essa pessoa. Não sou perfeita. Estou longe da perfeição. Não mereço uma história tão bonita.

— Lola, você é a história.

— Mas uma história é só isso. Não é a verdade.

Cricket retorna ao trabalho. As rosas cor-de-rosa são adicionadas.

— Sei que você não é perfeita, mas são as imperfeições de uma pessoa que a tornam perfeita para alguém.

Mais um grampo se encaixa quando enxergo o dorso de sua mão. Uma estrela. Cada estrela que ele desenhou sobre a pele foi para mim. Olho de relance para a porta entreaberta para me certificar de que ainda não há ninguém por lá e arrebato sua mão.

Ele olha para ela.

Contorno a estrela com o polegar.

Ele olha para mim. Seus olhos são tão dolorosos e perfeitamente azuis.

Eu o puxo para baixo e colo meus lábios nos dele, lábios que, surpresos e em choque, ficam entreabertos. E eu beijo Cricket Bell com tudo o que vem se formando dentro de mim desde que ele voltou, desde aquele verão, desde nossa infância. Beijo-o como se nunca tivesse beijado ninguém antes.

Ele não se move. *Seus lábios não se movem.*

Alarmada, viro bruscamente a cabeça. Agi de maneira precipitada, pressionei-o demais...

Ele cai de joelhos e me puxa com força de volta para seus lábios.

Seu beijo não é nem remotamente inocente. Há paixão, mas também uma urgência que beira o pânico. Ele me puxa para mais perto, tão perto quanto o vestido e a cadeira permitem, e me segura tão firme que sinto seus dedos comprimirem meu espartilho.

Recuo, arfando, em busca de ar. Oscilante. A respiração dele é irregular e eu coloco as mãos nas bochechas dele para acalmá-lo.

— Você está bem? — sussurro.

Sua resposta é angustiada. Honesta.

— Eu amo você.

Capítulo 34

O luar se irradia para dentro do quarto e revela seu estado frágil.

— Não disse isso esperando que retribuísse — comenta. — Por favor, não diga se não tiver isso em mente. Eu posso esperar.

Levanto-me e destaco o vestido da cadeira. Então, ajudo-o a se erguer e coloco suas mãos ao redor de minha cintura. Apoio-me na ponta dos pés, repouso meus dedos em sua nuca e beijo-o delicadamente. Lentamente. Sua língua encontra a minha. Nosso coração pulsa cada vez mais rápido e os beijos se tornam cada vez mais ardentes, até que nos separamos subitamente, por falta de ar.

Sorrio, zonza, e toco meus lábios dilatados. Esses *não* são beijos de um meigo e legítimo garoto da casa ao lado. Puxo-o para mais perto pela gravata e sussurro a seu ouvido:

— Cricket Bell, estive apaixonada por você a vida inteira.

Ele não diz nada. Mas seus dedos se retesam contra as costas de meu corpete. Desejo pressionar meu corpo contra o dele, no entanto meu vestido impossibilita o pleno contato. Balanço-me para ficar em uma posição um pouco melhor. Ele olha para baixo e repara que ainda estou usando um certo acessório azul e, desta vez, é o dedo indicador *dele* que se entrelaça por baixo de *minha* pulseira de plástico.

Estremeço admiravelmente.

— Nunca vou tirá-la.

Cricket roça a delicada pele de meu pulso.

— Ela vai arrebentar.

— Peço outra para você.

— Eu vou lhe dar outra. — Ele sorri e toca meu nariz com o seu.

E então ele tem um espasmo violento e me afasta.

Alguém está subindo as escadas. Cricket agarra o pássaro canoro de minha escrivaninha e o enfia em meu cabelo quando Andy aparece com a cabeça dentro do quarto. Meu pai nos lança um olhar.

— Só para ter certeza de que está tudo bem. Está ficando tarde. Vocês deveriam sair.

— Descemos em um minuto — digo.

— Você nem calçou as botas. Nem se maquiou.

— Cinco minutos.

— Vou contar. — Andy desaparece. — E da próxima vez quem vai subir é o Nathan! — ele grita.

— E, então, o que acha? — pergunta Cricket.

— Você é bom. Muito, muito bom. — Cutuco seu peito, alegre por saber que agora posso tocar nele sempre que eu quiser. — Como se tornou tão bom nisso?

— Posso dizer que você é a única que extrai isso de mim. — Ele cutuca minha barriga. — Mas eu me referia a seu cabelo.

Estou radiante quando me viro para o espelho e...

O coque-banana parece profissional. É alto, esplêndido e elaborado, e não me soterra. Ele me complementa. Ele é... é... perfeito.

— Você nunca contará a ninguém que fiz isso, sob risco de morte. — Mas ele está sorrindo.

— Obrigada. — Faço uma pausa, então baixo os olhos para minhas unhas azul-claras. — Sabe aquela coisa que você disse sobre uma pessoa ser perfeita para alguém?

— Sim?

Meus olhos se erguem de volta para ele.

— Acho que você é perfeito, também. Perfeito para mim. E... você está incrível esta noite. Sempre está.

Cricket pestaneja. E uma vez mais.

— Eu apaguei? Pois eu sonhei acordado com essas palavras milhares de vezes, mas nunca pensei que você *realmente* as diria.

— Três minutos — grita Andy lá de baixo.

Desatamos em um riso nervoso. Cricket sacode a cabeça para voltar a se concentrar.

— Botas — diz ele. — Meias.

Aponto para elas e, enquanto ele termina de prepará-las, passo rímel, pó no rosto e *gloss* nos lábios. Coloco a maquiagem na bolsa. Tenho um pressentimento de que vou precisar retocá-la antes de voltar para casa. Cricket me levanta pela cintura e me carrega até a cama e eu ergo as saias quando ele me pousa na beirada. Seus olhos se arregalam, mas acaba dando mais risadas quando vê quantas camadas há por baixo.

Sorrio maliciosa.

— Há mais do que anquinhas aqui embaixo.

— Só me dê seu pé.

Do andar de baixo:

— Um minuto.

Cricket se ajoelha e toma meu pé esquerdo com as mãos. A meia entra rápido. Minha bota range à medida que ele a desliza por minha perna. Seus dedos cuidadosos e ligeiros a amarram até o joelho, onde não se demoram quase nada. Fecho os olhos, rezando para o relógio parar. Ele puxa e aperta as fivelas. E então repete tudo na outra perna.

De algum modo, esta é a coisa mais sensual que já me aconteceu na vida.

— Queria ter mais pés — brinco.

— Podemos fazer isso de novo. — Ele aperta a última fivela. — A qualquer hora.

Ouço um toque no batente da porta enquanto Betsy se lança em nossa direção. Meus dois pais estão ali. Cricket me ajuda a me levantar.

A expressão de Nathan se suaviza, assombrada.

— Uau!

Hesito.

— Um "uau" de "uau, que lindo"?

— Um "uau" para se aplaudir de pé — diz Cricket.

O modo como todo mundo fica me olhando me deixa nervosa novamente. Viro-me para o espelho e vejo... um vestido magnífico, um cabelo belíssimo e um rosto radiante. E o reflexo que sorri de volta para mim é *Lola*.

— Mais uma — diz Andy. — De lado, para a gente poder ver o pássaro no seu cabelo.

Viro a cabeça para posar para mais uma foto.

— Esta é a última.

— Tirou uma com as botas aparecendo? — pergunta Nathan. — Mostre as botas.

Levanto a bainha e sorrio.

— Tique-taque.

— Estou *realmente* me esforçando para não usar a palavra "fabulosa" neste exato momento — comenta Andy.

Mas eu me sinto fabulosa. Meus pais tiram mais duas rodadas de fotos (uma com ambos e outra somente com Cricket) antes de escaparmos na noite enevoada. Chegar à calçada requer dobrar as anquinhas, levantar as saias e descer de lado as escadas. Estamos indo a pé para a escola, pois é perto.

Porque, também, eu não caibo em um carro.

— Ei! Aí estão eles!

Aleck aparece na varanda da casa ao lado. Abby está em seu colo. Aceno e os olhos dela se agigantam como quando viu os selvagens papagaios verdes no parque.

— Ohhhh — diz ela.

— Você estão ótimos! — grita Aleck lá de cima. — Doidos. Mas ótimos.

Agradecemos com um sorriso e nos despedimos. Não é de surpreender que o vestido dificulte a manobra pela calçada (com frequência tenho que virar para o lado, e de mãos dadas é mais complicado), mas conseguimos descer a primeira quadra.

— Ainda estão olhando? — pergunto.

Cricket olha para trás.

— Os quatro.

Meu estômago gela. Ambos esperamos pelo mesmo momento. Finalmente, viramos uma esquina e Cricket me puxa para as sombras da primeira casa. Nossas bocas se pressionam uma contra a outra. Minhas mãos correm por seu cabelo, puxando-o para mais perto. Ele tenta me apoiar na parede, mas o vestido me faz voltar. Nossos lábios ainda se tocam enquanto rimos.

— Espere. — Iço a estrutura do vestido, mas desta vez a dobro de outro jeito, de modo que a área erguida e achatada fique atrás. — OK. Tente de novo.

Desta vez ele vai devagar, pressionando seu físico inteiro contra o meu, usando as coxas para me espremer contra a casa. Não importa quanto tecido haja entre nós, a força sólida de seu corpo contra o meu é elétrica. Carregada. E então nossos braços nos envolvem, nossos dedos nos pressionam, nossas bocas se procuram e nossos corpos encontram este *fecho*.

E, se eu sou as estrelas, Cricket Bell são galáxias inteiras.

O vento de inverno se espirala em torno de nós, frio e amargo, mas o espaço entre nós é quente e açucarado. O aroma de Cricket me faz voraz. Desço seu pescoço aos beijos e não consigo escutar nada além do vento, mas sinto-o gemer. Seus dedos deslizam fácil e delicadamente pelos cordões de meu espartilho e seguem em volta do *chemise* por baixo. Acariciam apenas o mais ínfimo quadrado de minhas costas, mas o tremor percorre toda minha espinha.

Nossas bocas se entrelaçam novamente. Pressionamos com mais intensidade uma contra a outra. Seus dedos deslizam para fora do espartilho. Movem-se das costas para a frente e, pela primeira vez, eu gostaria que este vestido fosse menos complicado. O próximo será bem menor, uma única camada, com uma seda fina que me deixará sentir *tudo*.

Cricket se solta de mim, os olhos selvagens.

— Temos que parar. Se não pararmos agora...

— Eu sei... — Ainda que tudo o que eu queira fazer seja continuar.

Mas ele me envolve com os braços e me retém como se eu estivesse a ponto de voar com o vento. Ele me retém até nosso coração parar de pulsar tão furiosamente. Ele me retém até conseguirmos respirar de novo.

A névoa ainda é densa e as calçadas estão apinhadas, mas todos nos veem chegar. Abrem caminho com aplausos e aclamações. Nosso sorriso é tão amplo quanto nosso coração. Enquanto desfilamos pelas calçadas brilhantes do Castro, sinto como se estivéssemos em um videoclipe. Uma mulher com um topete *pompadour* faz para Cricket um gesto enaltecedor, vibrando o punho no ar, e o homem com a tatuagem dos Ursinhos Carinhosos, dono das lavanderias ecológicas, uiva para nós dois feito um lobo.

Ou talvez só para Cricket. Ele *realmente* está gatinho.

Viramos a última esquina para a escola e ele me puxa para a privacidade de outro vão entre casas. Ergo os olhos para ele de modo provocante, batendo os cílios.

— Sabe, acabei de reaplicar o *gloss*.

Porém Cricket ficou nervoso de uma hora para a outra. Muito nervoso.

Sua expressão me enche de apreensão.

— Está... tudo bem? — pergunto.

Ele enfia a mão no bolso interno do paletó.

— Quis lhe dar isto no Natal, depois no Ano-Novo. Mas não consegui aprontá-lo a tempo. Daí, pensei que, em todo caso, seria mesmo um presente melhor para a ocasião desta noite, presumindo, claro, que você fosse comigo ao baile. Mas daí não consegui entregá-lo no seu quarto, pois estava muito claro lá dentro, por isso tive que esperar até que a gente tivesse aqui fora, porque está escuro aqui fora...

— Cricket! O que é?

Ele engole em seco.

— Então, aqui está, espero que goste.

Ele retira a mão do bolso e me coloca um objeto fino de ouro na palma da mão. O disco está quente do contato com o calor de seu corpo. É redondo como um pó compacto e há um botãozinho para abri-lo, porém, é mais fundo que um pó compacto.

E o metal foi talhado de estrelas.

O som de meu coração é forte em meus ouvidos.

— Estou quase com medo de abrir. É perfeito tal como é.

Cricket o pega e o segura na altura de meus olhos.

— Aperte o botão.

Estendo um dedo trêmulo.

Clique.

E então... a coisa mais fantástica surge. A tampa se abre em um estalo e um universo em miniatura, luminoso, ascende e se desdobra. Uma pequena lua redonda brilha no centro, cercada por estrelinhas cintilantes. Arfo. É intrincado e vivo. Cricket coloca o autômato de volta em minha palma. Seguro-o com carinho, encantada, e as estrelas cintilam indolentemente para mim.

— A Lua foi o que mais demorou. Tive problemas para atingir o ciclo correto.

Levanto os olhos, confusa.

— O ciclo?

Ele aponta para a Lua de verdade. É uma crescente gibosa (uma porção de seu lado esquerdo está escura). Baixo novamente os olhos. A pequena lua está *quase* inteiramente iluminada. Uma porção de seu lado esquerdo está escura. Estou perplexa, sem palavras.

— Assim, você não me esquece quando eu partir — diz ele.

Arqueio os olhos, alarmada.

Cricket reage rapidamennte.

— Não partir-partir. Quis dizer durante a semana, quando eu estiver na faculdade. Sem mais mudanças. Estou aqui. Estou onde quer que você esteja.

Solto um suspiro de alívio, a mão agarrando o espartilho apertado.

— Você não disse nada. — Ele puxa uma pulseira do pulso. — Gostou?

— Cricket... esta é a coisa mais extraordinária que já vi na vida.

Sua expressão se enternece. Ele me envolve em seus braços e eu subo na ponta dos coturnos de plataforma para alcançar novamente seus lábios. Quero beijá-lo pelo resto da noite, pelo resto de nossa vida. *O cara.* Ele tem um gosto salgado como a névoa do mar. Mas ele tem gosto adocicado, também, como...

— Cerejas — diz ele.

Sim. Espere. Eu estava pensando em voz alta?

— Você tem gosto de cerejas. Seu cabelo cheira a cerejas. Você sempre cheirou a cerejas para mim. — Cricket comprime o nariz no topo de minha cabeça e inala. — Não consigo acreditar que tenho permissão para fazer isso agora. Você não sabe há quanto tempo eu quero fazer isso.

Enterro meu rosto em seu peito e sorrio. Um dia eu lhe contarei sobre a xícara de chá.

O som de risadas e música flutua pelo ar da noite, rodopiante e efêmero e nos atrai. Levanto a cabeça e olho no fundo de seus olhos.

— Tem certeza de que quer fazer isso? Um baile de colégio. Não acha que isso é... meio bobo?

— Claro, mas a ideia não era que eles fossem bobos mesmo? — Cricket sorri. — Eu não sei. Nunca fui a um. E estou feliz. Estou *realmente* fel...

Interrompo suas palavras com mais um beijo arrebatador.

— Obrigada.

— Está pronta? — pergunta ele.

— Estou.

— Está com medo?

— Não estou.

Ele toma minha mão e a aperta. Com a outra, puxo para cima a parte inferior do vestido. Os coturnos de plataforma assumem a dianteira. E eu mantenho a cabeça erguida para minha grande entrada, de mãos dadas com o garoto que me deu a Lua e as estrelas.

Agradecimentos

Este romance deveria ter duas séries de agradecimentos: uma para Kiersten White e outra para todos os demais.

Ah, Kiersten! Obrigada pelos jogos de pirata no quintal, o litoral inglês, os mistérios da orquídea gótica, a dança islandesa, os cafés franceses e todas as outras aventuras pelas quais passamos enquanto eu escrevia o livro. Obrigada por me manter sã, apesar da sanidade questionável da última frase. Obrigada por me guiar gentil e persistentemente até o Fim. (Outra vez, e outra, e mais outra.) E, principalmente, obrigada por ser minha amiga. Sou muito grata por ter você em minha vida.

Kate Schafer Testerman: lembra-se daquela coisa toda de você ser minha Agente dos Sonhos? Fico feliz por anunciar que a realidade é ainda mais doce. Obrigada por ser amável e fantástica.

Julie Strauss-Gabel: quero desenhar corações de *glitter* em volta de seu nome. Meus romances são muito melhores, muito mais fortes por causa de você. Obrigada por sua orientação, por sua paciência e por desvelar a história que eu sempre quis contar. Trabalhar com você é um prazer e uma honra.

Agradeço também a todo o Penguin Young Readers Group. Aplausos de pé para: Scottie Bowditch, Kristina Duewell, Ashley Fedor, Jeanine Henderson, Lauri Hornik, Anna Jarzab, Liza Kaplan, Doni Kay, Eileen Kreit, Katie Kurtzman, Rosanne Lauer, Linda McCarthy, Irene Vandervoort e Lisa Yoskowitz.

Obrigada a minha família, meus torcedores mais entusiasmados: Mamãe, Papai, Kara, Chris, Beckham, J. D., Fay e Roger. Tenho sorte por tê-los. Amo vocês.

Obrigada às seguintes autoras pela amizade, por criticarem rascunhos e por compreenderem absolutamente *tudo*: Paula Davis, Gayle Forman, Lisa Madigan, Laini Taylor, Natalie Whipple e Daisy Whitney. Vocês todas são deusas.

Obrigada aos incríveis leitores de meu blogue. Obrigada a John Green, Nerdfighteria e Wizard Rock por não se esquecerem de ser superbacanas. Obrigada a Lauren Biehl, Natalie Payne, Lisa Pressley e Michelle Wolf por aquele *brunch* vegetariano bom demais. Obrigada a Manning Krull e Marjorie Mesnis pela hospitalidade transcontinental, pelos filmes de terror medonhos e pelo excelente vinho. Obrigada a Chris Lane por morar na rua certa do bairro certo da cidade certa, a Anna Pfaff por me emprestar o nome de seu futuro cachorro e a todos aqueles que trabalham pela igualdade LGBT.

Por fim, obrigada a Jarrod Perkins. Que reconheceu a importância de um baile colegial. Que cruzou o país de avião, me arrastou para a formatura e usou Chuck Taylors combinando. Que sempre fez com que eu me sentisse linda. Você é lindo, também. Obrigada pelos deslumbrantes dez anos de casamento e pelos muitos, muitos mais que hão de vir. Vamos pedir a Elvis que renove nossos votos, OK? Usaremos nossos Chucks.